特别感谢威斯康辛大学精神病学副教授兼博士迈克·柯尼希斯。感谢他与我分享他为了科学研究只身前往监狱与杀人狂魔谈心的经历。

你比我勇敢得多。

《纽约时报》电子书畅销榜作家最新力作

一部关于心理救治与自救的科幻小说

变态疗法

THE CURE

【美】道格拉斯·E.理查兹（Douglas E. Richards）著

邹 蜜 译

重慶出版集团 重慶出版社

版贸核渝字(2014)第115号

图书在版编目(CIP)数据

变态疗法 / (美) 道格拉斯·理查兹著; 邹蜜译.
—重庆:重庆出版社,2016.7
书名原文: The Cure
ISBN 978-7-229-11756-6

Ⅰ.①变… Ⅱ.①道… ②邹… Ⅲ.①心理变态—精神疗法 Ⅳ.①B846 ②R749.055

中国版本图书馆CIP数据核字(2016)第272426号

变态疗法
BIANTAI LIAOFA
〔美〕道格拉斯·E.理查兹 著 邹 蜜 译

责任编辑:张立武
责任校对:周太华
装帧设计:程 晨

重庆出版集团
重庆出版社 出版

重庆市南岸区南滨路162号1幢 邮政编码:400061 http://www.cqph.com
重庆出版社艺术设计有限公司制版
重庆市国丰印务有限责任公司印刷
重庆出版集团图书发行有限公司发行
邮购电话:023-61520646
全国新华书店经销

开本:889mm×1 194mm 1/32 印张:9.5 字数:218千
2017年2月第1版 2017年2月第1次印刷
ISBN 978-7-229-11756-6
定价:32.00元

如有印装质量问题,请向本集团图书发行有限公司调换:023-61520678

序 章

艾琳·帕尔默将一大块披萨塞进了嘴里，三下五除二的就嚼掉了，嘴里还不断发出“嗯呡嗯呡”的声音。她饿坏了。

艾琳的爸妈和妹妹安娜刚伸出手去拿桌子中间那一大块披萨的其中一小块时，她已经开始吃第二块了。

“艾琳，太神奇了，”她爸爸用夸张的语气说着。“你这双手天生就是魔术师的手呀。”他转头看向艾琳的妈妈。“谢丽尔，你看到没？她动作好快，就好像服务生端上来的时候就少了一块一样。”

她爸爸是在调侃她，不过艾琳知道她爸爸不是真的为了她的没礼貌而生气。他已经为晚餐如此晚道歉了。他们通常六点吃饭，现在刚过了七点半。安娜放学后加了餐，不过艾琳跟当地的其他六年级学生一起参加了足球训练，她就像是从来没吃饱过一样。

她妈妈打趣地说，“我们女儿确实很有一手。”

“艾琳，你真的不想尝试一下网球？”爸爸问道。“我的意思是你足球已经踢得很棒了。不过手那么快的人应该找到一项，瞧，可以发挥你手上特长的体育运动。”

艾琳叹了一口气。她父母不会错过她的任何一场比赛，不过她知道她爸爸并不是足球迷，尽管爸爸声称他是。“足球不是你最喜欢的运动项目吗？”她开玩笑地反问道。

“确实是，”爸爸老顽童一般咧嘴笑着答道。“我是说要是让我在赢一百万彩票和看一场足球比赛之间作出选择的话——还确实挺纠结的。”

“爸爸，你应该选彩票，”安娜很机灵地给出了建议。

小屁孩，艾琳暗想。有些事儿小孩子是不会明白的。艾琳快十二岁了，她妹妹才八岁半。“安娜，他在说笑呢，”她叫道，“对他来说一点不难。”艾琳转头看着她爸爸。“爸爸，说实话吧，要不是我上场，你会看足球吗？”

“嗯……可能四年一次的奥运会比赛还是会看的，”他边说边眨了下眼睛。

“啊哈，”艾琳得意洋洋地说道，“我就知道足球不是你真正最喜欢的运动。”

“艾琳，你和安娜参与的任何体育项目就是我最爱的运动，”爸爸一字一句认真地回答道，妈妈也点头赞同。看着他们充满爱意的眼神，艾琳知道他们说的是真心话，心头不禁一暖。他俩特别擅长这样。两人都是有趣、聪明和蔼的父母，他俩对艾琳和安娜热烈的爱充满着每一天的每一秒。

帕尔默一家人继续分享着那块巨大的披萨，不过已经不像开始那么饿了。吃完后，他们等着结账。特德·帕尔默说在回家路上他得去办公室一趟。

“为什么呀？”安娜问道。

“我得去瞧瞧辛克莱夫人的小狗，一只黑色的拉布拉多。下午的时候我给它做了绝育手术。辛克莱夫人让我照看它到明天早上。”

“它叫什么名字？”安娜问道。

“我不是告诉你了吗，”爸爸一脸严肃地说道，“辛克莱夫人。”

“爸爸！”安娜提高了嗓门说道，“晕倒，我问的是狗的名字。”

“凯瑟琳。”

安娜愣了一秒，“狗的名字叫凯瑟琳？”

爸爸点了点头。“真的就叫这名儿。我发誓，我可能不会用这个名字，不过，它不是我的狗呀。”

“它可爱吗？”安娜说道。

特德·帕尔默转了转眼睛。“有没有搞错？你见过哪一只黑色的拉布拉多幼崽不乖的？它们生来就可爱至极。”他停了一下。“事实上狗狗们就是进化成可爱的样子的。无法抵抗的可爱，吸引着人类——食物链最顶端的生物。”

作为一名兽医，他已经跟他的女儿们解释过很多次进化论了。艾琳已经完全理解了，不过她不确定安娜是不是跟她一样明白了。至少不是完全明白。

“有意思！”艾琳的妈妈说道。“我还是第一次听说。不过作为最先进化成为人类好朋友的物种一定获益不少。”

“获益丰厚，”特德·帕尔默说道。“我们国内差不多有八百万只狗。大多数的狗狗在家里都被捧为掌上明珠一样。但是，在生存特征各个方面（除了讨人喜欢这一点）超越狗的狼却濒临灭绝。”

“那猫呢？”安娜说。

“问得好。猫跟狗比与人类有着不同的友谊关系，不过它们和人类的关系也不差。”

“我想我也会养只宠物。”艾琳突然说道。

爸爸和蔼的脸上慢慢浮现了一丝微笑。

“对，我也要养，”她的妹妹也附和着。

“当然可以，”妈妈苦笑着说道，“没有小孩梦想成为专利律师。”

“不是这样的，妈妈，”艾琳立即反驳道，“嗯……那是我的第二选择。”

“当然了，”谢丽尔·帕尔默大笑着。

“孩子们，你们都还小，”爸爸说道，“如果你们想要成为兽医，那就太好了。不过未来还有很多事情可能发生——所以你们要敞开心扉接受其他事物。”

“像是专利律师？”艾琳说道。

“我们现在不要钻牛角尖了，”爸爸极力保持着不笑出来。

妈妈向爸爸扔过去一张揉着一团的餐巾，两个女孩咯咯地笑着。

很快他们走出了餐厅，朝着特德·帕尔默的办公室去了，今天晚上肯定是不用加餐了。夜幕已经降临，俄勒冈州德福德镇宁静的夜空美得出奇，像往常一样。小镇周围几英里以内都没有任何工业，尽管俄勒冈的雨太多了，不过当天空晴朗的时候，绚烂的星空中，月亮皎洁如画。

从一条狭窄简单铺整的小道步行四分之一英里就到了隐藏在密林中的帕尔默宠物诊所，这里人迹罕至。冷杉树和黄杉木将诊所围了个严严实实。特德·帕尔默觉得宠物和他们的主人们会喜欢这样宁静安详的环境的。诊所里每间屋子都涂成了淡蓝色或薄荷绿，墙上挂满了猫猫狗狗们的可爱海报。

她们俩互相打闹着，爸爸把门一打开，两人就争先恐后地朝着她们觉得小黑狗应该在的地方跑去，跑过两个检查室，穿过另一扇门，进入一间大屋子，是药房兼康复室。

装小狗的笼子在屋子中间的条桌上。安娜先碰到了箱子。

她发出毛骨悚然的尖叫，艾琳从来没听到过她妹妹发出这样的声音。只有八岁女孩才能发出这样原始的尖锐凌厉的叫声。

小狗被杀死了。碎尸了。

艾琳比她妹妹只晚了几秒看到小狗，她觉得自己的心都要炸开了。她努力深吸一口气，想要弄明白她看到的一切。她不忍看下去，但是她的目光又从可怜的狗狗身上移不开。身体不听使唤了，就像是僵在那里了一样。小狗的腿被砍掉了，软软的黑色耳朵也被砍掉了。弱小残缺身体上的黑色绒毛满是凝结的血迹。

艾琳的头似乎动不了了，不过她让自己不再定睛去看可怜的小狗的每一处伤口。她弯下腰朝地上呕吐，她父母惊恐地从门外冲进来，分明是被他们小女儿不同以往的惨烈叫声吓坏了。

爸爸瞥了一眼黑色小狗的尸体，立即将两个女儿轻轻地从箱子边推开，让她们到妈妈身旁，妈妈一只手护着一个。艾琳转过身，继续将胃里残留的食物都往地上吐了个一干二净，然后又立马缩回到了妈妈的怀抱。

特德·帕尔默在屋子翻找任何可以当做武器的东西，用来应对可能还没逃走的凶手。

不过太晚了，因为安娜的尖叫，已经有人知道了他们的到来，那人冷静地站在房间对面的门的旁边，摇晃着一直加长了枪管的手枪。尽管艾琳还有几个月才满 12 岁，但是从她以前在电视看过的动作片中，她立马认出了那是无声手枪。

那人拿着枪向他们靠近，艾琳一家就往后退，已经退到靠墙的桌子旁边了。在他们头顶上是一幅三英尺宽的墙纸，贴在紧挨着墙的天花板上，上面画着一只正在玩球的斑点狗。

这位不速之客歪着头像是很生气。“我这个星期运气真是糟透了，”他的语气像是要得到大家的同情一样。他对他所说的运气不好是那么轻描淡写，就像是打印的时候卡纸了一样，而不是他碎尸一只无助的小动物时突然被人打断了。

“你想拿什么随便拿吧。”特德·帕尔默说道，“别碰我们。”

那人冷冷地笑了一下，没有回答。

“你要是告诉我们你来这里做什么，”谢丽尔·帕尔默说，“说不定我们还可以帮上忙。”

“警察一直在追我，”闯入者说道，好像尝试着跟特德一家人合作。“我觉得他们太不了解我了。”他又说道，像是想不明白为何会到这种境地。“不过我觉得这也不足为奇了。反正，我一直很低调。那些警察差点就在附近抓到我了。不过我把他们引到另一边去了，我徒步到了这儿。我想这是你的宠物诊所吧，”他看着特德·帕尔默说道。“我无意中就走到了这儿，发现这里太完美了。我今天晚上能在这里过夜，还不会被发现了。”他摇晃着他的头就像是在训斥一个孩子。“现在你们把我的计划给毁了！”

艾琳觉得几乎不能呼吸，就像是她的喉咙被完全堵上了一样。她把妈妈的臂弯搂得更紧了，看着爸爸的脸。她看得出来他心里在翻腾。“真是不好意思。”他冷静地说道。“另外一间屋子里有一些大点的箱子。你可以把我们关在里面，然后你再走。我们不会惹什么麻烦。你还是可以像你之前计划的一样在这里过夜。”

“不用，”他难过地说道，“我挺感谢你的提议的。不过我觉得可能行不通。”

就在那短短的一秒，艾琳感受到了恐惧。时间似乎凝固在那一秒，让她突然预知到了惊骇。闯入者相貌清秀，看起来非常正常，除了他的眼睛——完全呆板，毫无生命气息。一双眼睛与世事无关，没有感觉、没有感情、没有同情……

他微微挪动了一下手臂，朝艾琳妈妈快速地开了一枪，妈妈的整个脸都炸开了花。特德·帕尔默大声叫喊着冲向了那人，但是子弹在他身体中间爆炸了，胃的正上方，血流像消防栓流出的水一样喷了出来。惯性让他又朝前冲了三步，撞击在了装满了药瓶和医疗仪器的玻璃药柜上，好几片玻璃插进了他的脸、脖子和手臂，随同露在外面的内脏流出了鲜血。

不！艾琳内心在呐喊；极度悲伤的恸哭是没有声音的，却渗入了她每一丝身体和心灵，仿佛要把她的理智撕个粉碎。安娜在她旁边尖叫，她的声带还可以发声，但是只是在她姐姐身边尖叫而已。艾琳人都软了，一阵眩晕，心脏在胸脯里狂跳。就在一眨眼的工夫，她的双亲就离她而去了。不可能。怎么会！

闯入者用呆滞无光的眼神瞪着安娜，就好像他有开关一样，安娜停止了尖叫。他歪着头鼻子吸了一下：“有人在这里呕吐了吗?”他说道，第一次朝地上望了望，看到了两堆半消化的披萨和面包棍。

“我们去另外一间屋，这里太脏了，”他冷冷地说，表情没有一丁点的变化。

两个女孩都在不停抽泣呜咽。闯入者把安娜从她倒在地上的妈妈身边拉开，一只手紧紧环绕着她的腰，安娜试着咬他的手臂，情绪激动的抽泣让这一口不够狠，他用手猛抽她的脸，艾琳觉得他都要把她妹妹的头打飞了。安娜边哭边尖叫，脸在痛苦和恐怖中扭曲。

“不许再这样，”那人说道。

他转头无情地望着艾琳，“来吧，”他说，“我们走。别磨蹭。”她正犹豫，他用坚硬的鞋尖踢了她的腿。艾琳痛得觉得腿都要断了，几乎失去知觉。

“快点，”他又催促道。

男子拖着安娜进入了旁边的房间，艾琳一瘸一拐跟在后面。

他找到一个狗脖套，套在了艾琳脖子上，把她拴在了一张桌子上。

“呆在这儿，”他命令到，走开几码用他的大掌捂住了安娜的小嘴巴。“你们把我今晚的私人时间给搅乱了，你们活该，”他特别说明了一下。

这时，药房的门突然冲开，艾琳的爸爸跌跌撞撞闯了进来，扭曲着冲向闯入者和她的妹妹。他腹部中了枪，显然已经失血大半，但是他眼里有着超人般的坚定眼神，艾琳意识到是爸爸对女儿们的爱才让他撑到了现在。

那恶魔面无表情地伸手拿枪，但是当他转过身来的时候，特德・帕尔默踉跄着倒在了他脚下。

那恶魔放下了枪，笑着摇摇头，说道：“别告诉我你也想看?”

艾琳的爸爸往前扑了过去，扎进了那人的腿下部。他用尽最后一丝力气将藏好的充满了未知液体的注射器深深刺进了闯入者的肉里。然后她爸爸倒在了旁边，死神最后还是将他带走了。

那人杀了安娜，微笑着走了过来，然后倒在了地上，他的眼神呆滞，他猛烈地抽搐了好几次，然后心跳停止了。

不论特德・帕尔默注射了什么药物，这种药物最后总算产生了效果。

艾琳・帕尔默的一小部分松了一小口气，但是她所遭受刺激的强度仍然让她神经紧绷。她几乎感觉不到时间的流逝，但是所有的事情都是模糊的。她继续轻轻地抽泣着，直到心甘情愿失去了知觉。

第二天早上，她爸爸的护士卡罗尔来上班，才发现了犹如停尸房的办公室。一个小时后，整栋建筑就挤满了警察，还有两名心理学家，艾琳仍然没有动，蜷缩成一团。

她心里已经死了，尽管躯壳还活着。她爸爸用尽所有力量救他的女儿们。但是艾琳什么都没做。现在她在这世上孤零零，剩下的只有她的懦弱和羞愧。在经历了足以让她失去理智的一切痛苦后，只剩她孤单一人了。

一位女性心理医师轻轻地把艾琳弄干净，然后把她抱入怀里，将她带离了恐怖的现场。感受到人类善良的触摸让艾琳的心暂时从隐蔽处重新跳动了一下。

为什么会发生这一切？她心里的某个声音向冷漠的宇宙寻找答案。那个人怎么能夺走她的一切？为什么上帝允许这样的恶魔存在？

艾琳机械地歪着头，看着咨询师的眼睛，“为什么？”嘶哑的声音轻轻问道，充满了恳切。

这是艾琳·帕尔默在接下来的二十七天中说的最后一个词儿。

第一部分

科学家解码精神病患者大脑

012 年 5—6 月《科学》杂志

精神病患者有着反社会人格障碍，表现为缺乏同情心、和同理心……精神病患者感受不到害怕或他们简单地无……普遍认为精神病患者都有暴力犯罪的趋向。据估计有 1% 的人口是精神病患者，但是他们占到监狱囚犯的5%。

……在健康的个体身上，看到违背道德的图片会激活扁桃体的某个区域，而这个区域在精神病患者身上却没有被激活。扁桃腺与处理感情相关。

…… 在检查了因谋杀、各种强奸和勒颈等而入狱的精神病患者大脑中“连通道路”，研究显示精神病患者的连接眶额叶皮层和杏仁核以及大脑视觉中心的脑白质比健康个人的要薄弱得多。”

研究证明精神病患者拥有完全不同的大脑结构

2012 年 7 月《芝加哥论坛报》

“……研究显示以缺乏同理心为特点的精神病患者的大脑灰质较少，而这些灰质是大脑中起到理解人类感情作用的重要部分。

……布莱克·伍德的团队对英国44名男性暴力罪犯的大脑进行了核磁共振扫描，这些罪犯包括谋杀、强奸、谋杀未遂和严重身体伤害……结果显示这些罪犯的前额皮质前缘和颞极的灰质明显少于非精神病罪犯和无犯罪者的灰质。

研究人员说这些大脑区域对于理解他人的情感和意图非常重要，当人们想到道德行为时，这部分大脑即被激活。缺乏同情心、对于恐惧和悲痛的反应低下、缺乏像内疚和尴尬的自我意识情绪都通常和大脑这部分的损伤相关联。”

1

艾琳·帕尔默把她已经开了十五年的道奇车停好了，比想象中停得更稳，特别是在沙漠骄阳下熬了这么久，在后视镜中打量了下自己。她紧扎头发，挽了一个发髻，这样让她的额头看起来特别大。她从盒子里拿出一副眼镜来，这副眼镜镜片又大又奇怪，镜框是厚厚的棕色塑料，跟她的脸型形成了鲜明的对比——戴上眼镜，检查了下妆容，岁月在她脸上留下了十五年的印记，脸上有皱纹已经不是如丝般光滑的肌肤了。

她下了车，整理了下她浅褐色的职业套装，外套没有腰，剪裁也是让人不能从脖子以下判断出是男是女，就像是长袍一样裹了个严严实实。

她离开了车，路过一块立在低矮的仙人掌和山艾树丛中的牌子，牌子上写着"亚利桑那州立监狱——图森"。这是贫瘠荒芜的沙漠中间一块小小的绿洲。

又是一天在她已经当作是自己家的地方工作。

她走向入口，大院的四周被围栏围起来，高高的围栏上布满了可怕得足以致命的铁丝网线圈。囚犯们在干燥满是灰尘的院子里往返锻炼，队伍最末的那个穿着橘色的囚服：有些穿着宽松的长裤和橘色的T恤，有些人在沙漠寒冷的早上选择穿上一件橘色的卫衣，但是所有的衣服上都印着三个巨大的黑色字母——ADC，亚利桑那州狱政局。

她在一个机械库里递交了扫描通过安检程序，两扇厚重的金属门由控制站里的警卫操作后缓慢滑开，她终于从里面走了出来。第一扇门没有完全关闭之前，第二扇门不会打开，所以有那么片刻她被困在了两扇无法打开的门之间，这叫做"舷门”。她走出了第二道门，门铛一声闷响在她身后滑动关上，她朝身后的警卫挥了挥手表示谢意。

右边一块熟悉的牌子上写着“欢迎来到亚利桑那州立监狱——图森——中等安全级别监狱”。“中等”其实是用词不当——除非让你出去——没人从这里出去过。

“亚历亨德罗，”艾琳高兴地朝她最喜欢的警卫打着招呼，他们在里面碰个正着，“早上好。”

“见到你真好，艾琳，”他回答道，非常自然地用她的名字跟她打着招呼，而不是才开始的时候用的帕尔默女士，艾琳坚持让他们都直呼大名。他护送她到旁院，在这里艾琳会工作一整天。

“你女儿上周的生日派对怎么样？”艾琳问道。

“她可开心了，”他咧开嘴大笑着说。“气球人大受欢迎。而且比请魔术师便宜很多。”他说道。

艾琳点点头，“明智的选择。魔术师可能受欢迎也有可能不会。而且气球人吧，表演完了，气球还可以留给孩子们。”

他们进入了旁院，最突出的特点是有一辆巨型拖车停在正中心，这是一个长方形的集装箱，没有与十八轮大货车连接。临时的木楼梯连接着入口。

在拖车里面铺着地毯，一个办公室，最重要的空调系统，和一个光滑白色像甜甜圈一样的核磁扫描设备，在甜甜圈空心下面有一个垂直的平台。平台可以将病人的头部和身体上部滑动送入白色的圆环内，圆环内可以产生强烈的磁场，对于病人进行无线电频率脉冲密集扫描，绘制出脑图谱。拖车还可以移动，不过现在似乎是永久性固定在监狱围墙中，艾琳把这里当作办公室，一周工作三四天，好几年来一直如此。

他们来到了拖车，艾琳递给亚历亨德罗一份打印的名单，

“我今天的安排可紧了。”她说道。

“你的安排什么时候不紧了?”他愉快地调侃道。

他们热火朝天地聊了五分钟，然后亚历亨德罗走开了，一会儿带着一个名叫约翰的犯人回来了，他虽然身穿橘色囚服，但是却没有其他镣铐。

“帕尔默小姐，欢迎回来，”约翰献殷勤，“你周末过得还好吗?”

“不错，”她平静地说道，不带感情。她要保证能够表现得专业，但是决不是友好。不过要做到这点挺难的。现在在她面前的这个男人比她一同工作过的许多男性同事都更有魅力——这就说明了很多东西。他非常放松，又自信。他中等身材，不过即使穿着橘色囚服，他依然努力显得很整洁、优雅。蓝色眼睛在黑色头发映衬下分外突出，阳刚匀称的脸，没有纹身，没有耳洞，古典的俊脸一丝不苟。

“准备好今天的治疗了吗?”艾琳保持着平静的声调问道。

“当然了，”约翰热情地回答，“期待已久了。”

是的，他曾经完美无缺，帅气优雅让人心跳。也是正是优雅的他在三年前，用轮胎撬棒将一对年轻夫妇打成一团血肉模糊的肉酱。那对夫妇外出约会，闲逛时停下来热吻的时候，倚靠在了他的车上，不小心将他的车刮花了……

完事儿后，约翰冷静地把作案工具轮胎撬棒带到附近的空地烧毁，然后回到住处冲澡，将身上大量的血迹洗刷干净，然后点了一份意大利香肠披萨——因为耗费了不少体力——最后竟然很优雅地坐在沙发上点播有线电影来看。

因为发生在深夜，没有目击证人，警察全凭运气而不是技巧在五个月后将他抓获。当被问到他是否因为自己所作所为感到懊悔时，他满脸疑惑地说道：“我为什么要感到悔恨？他们罪有应得。我才把我的车重新保养了。他们都不在乎我，我为什么要在乎他们?”

艾琳每次见约翰都要努力提醒自己约翰为什么进的监狱。他朝她友好地微笑着，“我们开工吧，”他说道，整了整他的橘色囚服。

艾琳点了点头，表情保持平静，她冷冷地想，是的，这个约翰真是容易迷惑人。她深吸一口气，将他带进拖车，她在后面跟着。

亚历亨德罗看着他们俩进去后，等着门关闭后，然后自觉回到拖车入口自己的岗位上去了。

2

艾琳已经读研究生五年多了，她早就应该完成论文了，但是现在还有至少一年的样子。事实上她并不在意。她有更大的目标，所以她不着急。即使她的论文导师杰森·阿普卡教授苦口婆心地催她尽快完成，她做得非常出色。但是被几次跟她的工作无关的突发的不幸事件耽搁了。研究生就是苦力，她不需要任何监督，有着比尖刀还细腻的心思，比学校里任何人都投入。她知道阿普卡不会催她拿到博士学位。

约翰正在填写一份标准问卷，她回想起第一次见到杰森·阿普卡的时候。那时她被六个研究项目录取了，她在回复学校之前，她跟杰森约见。她第一次来到亚利桑那大学。她第一次来到亚利桑那州。

学校坐落在图森索诺兰沙漠里的一片绿洲之中，一平方英里大小，围绕图森有五座小山脉，学校就在其中一座贫瘠的小山脉脚下。主校区很大一部分是一个植物园，周围的植物，许多仙人掌标上了记号，可以自行参观校园。

这里不是录取了她的普林斯顿大学或是芝加哥大学，但是这里对于她的专业来说，却是学术水平最高的，生机勃勃的学校园区有四万名学生。是的，夏天的时候这里热得像太阳表面一样，不过每一学年的大多数时候，这里都是充满阳光的，气候宜人，而且她确认了学校对于空调问题非常重视。

在参观了校园后，顺便吃了点午餐，她走向阿普卡博士的办公室赴约。跟她握了手后，他示意艾琳就座，面前一大张书桌堆满了学术论文和一些文具，博士必须把其中两摞书移开，他们才能面对面看着对方。

"谢谢您百忙之中抽出空来，阿普卡博士。我非常感激。"

"不用谢，"他回答道。"叫我杰森就行了。"

她应了他的要求，他继续说道，"我们系已经录取你了，但是你还没有接受。"

"还没有。我想亲自见见你，然后再作决定。"

"那就是说你对我的研究有兴趣咯？"

"很有兴趣，"艾琳答道，"我怀着极大的兴趣读了您所有的论文。你和监狱犯人的接触非常吸引人。不只是那样，"她重新整理了下言辞，"是开创性的。"

阿普卡忍不住微笑起来，"谢谢，"他说道。"我非常赞同你的说法，不过我还是得谦虚点。"

艾琳大笑。

阿普卡扬起了他的眉毛。"艾琳，学院非常期待你的加入。他们发给了我关于你的资料，我可以看出原因。GRE 高分，成绩优异，所修的专业课程非常广泛，神经科学与心理学结合，甚至还有分子生物学。你的课程难度超越了大多数学生，而且表现优异，令人吃惊。"

她点头表示感谢。

“那么你想让我给你解答些什么问题呢?”他说道,“我可以告诉你研究课程的要求,研究要求,教学要求——你想问什么都可以。我还可以向你介绍校园文化、气候,任何有助于你下定决心的问题。”

“谢谢,嗯……杰森,”她的语气怪怪的。“但是我其实真的想做的是进一步了解你对监狱犯人的研究。你的方法和结论挺直接的……具有深远意义。但是我有一些问题是关于您研究的具体细节。”

“好的。”

“我知道你对囚犯进行核磁扫描。我也知道你所发现的成果。但是你怎么做的?实际是怎么进行的?是你进入监狱里面?还是犯人被带到医疗机构?”

“整个研究都是在监狱实地进行的,”他回答道。

艾琳慢慢地点了点头。“对,为了安全着想。不过我怎么也没想到你在防卫森严的监狱搭建起核磁扫描设备。”

阿普卡微笑了一下,“没有搭建设备。但是有几家公司提供移动式核磁扫描设备出租。出租设备挺不错。就像是在十八轮胎拖车里面搭建一个医生办公室。你只需要预订一台。司机就会开到监狱,经过安检扫描,开过大门,然后把拖车固定在监狱院子里,然后把车头开走,拖车可以在那里停留几个月几年都行。”

“一定很贵。”

“没有想象中那么贵。”他说道,“我的实验室获得的研究经费不少——负担这笔费用没有问题。”他顿了一下,“顺便说一下,我在中等安全级别监狱进行研究,不是最高级别安全防护。”

艾琳的眼睛眯了起来,“我不太明白。你的论文里面写的你研究的都是强奸惯犯、杀人犯还有虐待犯。这些人难道不是在安全级别最高的监狱?”

“你对精神变态知道多少?”教授问艾琳。

她顿了一下似乎是在努力回想,她本想她应该跟博士知道得一样多,“一点点,”她撒了谎。

“如果你了解一点,我相信你应该知道精神变态者不是精神病患者。很不幸这两个词很相近,不过这在一般公众中引起了非常多的混淆。人们用一个“精神病”来统称这两种情况,不过公众一般用‘精神病’这个词表示疯子。对于精神病患者来说,他们确实是疯子。他们杀人是因为他们心里的小绿人叫他们那样去做。而精神变态则是正常的,他们完全知道自己在干什么,为什么会这样做,他们只是不在乎,他们没有一点良心。”

艾琳点了点头。

“他们是现实中最具有操控性的人类。最狡猾的说谎者,他们感觉不到害怕、内疚、懊悔或怀疑。如果你们将赤裸裸的谎言当众揭穿,他们一点也不会感到尴尬——或是感到受挫。他们只是开启机关,用更大的谎言来掩饰。”他顿了一下,“他们从来不会认为应当为他们的所作所为承担责任或者自责。约翰·韦恩·格斯虐待并杀害了三十三个年轻人,有些还只是男孩,埋在他的地下室,但是用他自己的话说他是受害者而不是行凶者。”

艾琳极力让自己的表情保持充满兴趣的样子,尽管她熟悉这些信息就像熟悉自己的名字一样。“非常有趣,”她说道。

阿普卡点点头。“回到你的问题,”他说道,“囚犯被安置在什么样的监狱并不是完全根据他们所犯的罪而决定的,还要考虑到他们在狱中的表现。我所接触的这些犯人都是从安全级别最森严的监狱开始的，我向你保证。”

艾琳点了点头。如果他一句话就回答了她的问题，她可能立马就能掌握大致的情况。但是她现在知道她必须耐心地等待阿普卡把点串成线。

“精神变态不是疯狂的，他们可能是这个星球上最有魅力、最具合作性的生物，他们能得到他们所想要得到的东西。所以他们精于操控别人。他们努力把自己塑造成为模范囚犯。以便被转移到中级安全级别的监狱。他们参加心理辅导、去上课，假装成重生的基督徒，做任何可以操控这个体系的事儿。不是所有的暴力罪犯都是精神变态。那些被留在最高安全级别监狱里面的犯人因为其他很多原因使用暴力，但是他们没有精神变态者的操控的天赋。”

“我明白了，”艾琳微笑着说，“你这样解释，中等安全级别就能说得通了。”

“但是不要误解我的话，如果你从来没有去过监狱里面参观过，中等级别对于你来说都像是最高级别。中等级别并不是什么都没有。依然是高高的围墙、层层的铁丝网、警卫和进入监狱需要通过的各种各样的门。”

“让精神变态参加您的研究困难吗？”

他摇了摇头。“一点也不困难。我们付给他们一小时一美元，即使我们不给钱，他们也乐于参加。不然他们能做些什么呢？”

艾琳扬起了眉毛，“一小时一美元？”

阿普卡微笑道，“我们实际上争论过价钱是不是太高了。我们付给学生是每小时二十五美元参加研究。但是对于这些平时在监狱做一天工才有二三美元的囚犯来说这简直是一笔巨款。他们可以在监狱餐厅或者是其他地方花，除此之外，我是想不出来还有什么地方可以花。价格高了是不符合职业道德的，因为价格太高，在他们签署受试者同意书时就好像是强制性的。”

“不过无聊并不是他们愿意帮忙的唯一原因。参与进来给了他们另外一次进行操控的机会，进一步了解系统的机会。所以他们非常乐于接受集体治疗以及其他监狱提供的康复疗程。相信我，他们并不想变好。他们对自己挺满意的，从来不质疑自己的行为，他们认为自己的行为是合理的有益的。集体心理治疗只会让他们更糟糕，因为他们能够把这种治疗作为学习的经历。他们并不会从自己的错误中学到什么。”

他们学会怎么样更好地运用心理学来操控或蒙蔽其他人。就像是他们还不是太善于这方面一样。研究证明那些参加过这类心理辅导比起那些没有参加过此类辅导的犯人在释放后更容易重新犯罪。

艾琳知道她应该表现得对此研究结果很吃惊的样子，因为怎么会有监狱的康复计划会对精神变态者有如此的反作用呢，但是她太想回到主题。“好吧，”她说道，“那么你们进入监狱，穿过各种厚重的大门和检查点，然后又怎么样了？你进入到拖车，然后警卫根据安排将每个研究对象带来？”

阿普卡点点头，“没错。”

“我试着想象这个画面，那么他们的手有被铐在身后吗？或者就铐在前面？戴脚铐了吗？”

阿普卡摇了摇头，被逗乐了，“没有，对他们没有任何手铐或者脚铐。”

艾琳消化了几秒，看上去好像不太相信阿普卡。“那么有多少警卫跟你一起进入拖车呢？”

“没有，”阿普卡说道。

“没有？”艾琳怀疑地重复了一次。

阿普卡叹了一口气，“我知道你想的是汉尼拔在监狱牢房里，脸上戴着那些可怕的面具。那样的精神变态者会一接近你就杀掉你。不过现实生活中不会这样。”他停顿了一下，“至少现在还没有发生，”他添了一句，“吉人天相。”

“但是这些人犯下了野蛮残酷的罪行。”

“我必须得承认确实花了时间去适应。我第一次在一个有限的空间里和一个因为虐待和谋杀而入狱的人独处时……我有点紧张。”

“有一点?”

“好吧，我其实压力非常大。不过挺过来了。以前也有研究者和这些囚犯独处，还没有意外出现过。如果伤害研究员，对于这些囚犯来说失去的要远大于能够从中受益的。他们能够赚点钱——至少可以改善下监狱生活——他们还有消遣的活动。如果出了任何岔子，他们就会重返最高安全级别监狱，而且别想再出来了，漫长的单独拘禁时光。”

“但是，我觉得还是至少应该有一名警卫。”

“我也这么想。相信我。特别是最初的时候。但是我不能。工作必须在学术保密情况下进行。所以没有警卫、没有视频监控、没有录音。只有我和暴力精神变态者。这是最好的方法。你不知道有多少人知道我不能泄露任何他们所说的，向我炫耀他们曾经犯的罪。强奸、谋杀、抢劫……不能对别人说，只能匿名，这充实了我的研究成果。如果警卫在场，他们一个字都不会说的。”

“我必须承认这是我所没有想到过的。”

“他们非常喜欢我必须保密这点事实。这是一开始就向他们详细解释清楚了的。除非他们告诉我现在某人正处于危险之中、或者涉及越狱或者他们计划好要进行的暴力行为——其他的都必须保持沉默。”

艾琳试着想象与这些囚犯坐在监狱中的一个拖车里，她觉得有些毛骨悚然。

“他们对人的操纵性已经达到了难以置信的境界，”阿普卡继续说道。“你以为你准备好了，然而并不是如此。即使是毕生都在研究精神变态者的学者也难逃于此。”阿普卡坐回了椅子，“早一点的时候，我没有看一个囚犯的档案，就先跟他见面了。他完全让我相信了他是被诬告的——是事件的受害人。他花了一个小时叙述事情发生的详细细节。他爱上了一个据称自己已经二十岁的女孩。但是其实她只有十七岁。被她爸爸发现后，她爸爸无理取闹，誓言要让他获刑法定强奸罪的最长刑期。那位父亲有些关系，所以硬是让这位可怜的人锒铛入狱。”

阿普卡停了一下继续回忆，“除非你就在现场，不然很难跟你解释他口才多么好，多么具有说服力。在会面结束的时候，我已经几乎要冲进典狱长的办公室，为他争取自由，做他的辩护律师。然后我查看了他的档案。”他摇了摇头，面色凝重。“那个人强奸虐待了三个还不到十四岁的女孩。档案里面有照片。”他微微颤抖，“他用剃刀割她们，女孩子们的脸就像是错放在了锯木机的一头。她们能活下来简直是奇迹。”

艾琳的眼睛中闪过愤怒的火焰，但是只是短短一秒，即使近距离观察，阿普卡都不会来得及有所察觉。

教授从书桌上一摞资料里快速翻出来一张单页，“我感觉自己就是世界上最蠢的傻瓜，居然相信了他，不过后来我跟业内人士交换过很多类似的故事，我们都被骗过。所以在跟这类精神变态者打交道时，你一刻也不能放松警惕。”他把手上拿着的那页纸递给了艾琳，“这里写的就是我所读到的。在我教授的研究生课程上我也使用。精神分析 850。”

艾琳低头看着这页纸，开始朗读。

好人很难怀疑：他们不能想象其他人做着他们自己不能做的事儿。那么所以呢，正常人通常认为“精神变态者”外表和心理一样畸形，但是事实却远不是如此……这些恶魔在现实生活中通常看起来以及他们的行为都与常人无异，就像是你的亲兄弟姐妹一样；他们比好人看起来更像好人——就像是假花看上去比真花更逼真好看一样，假花更加接近人们对美的完美追求，而不是自然而然产生的有一定缺陷的真花。

艾琳读完后，又抬头注视着阿普卡。

“知道是谁写的吗?”他问道，“出自是哪篇小说?”

艾琳立刻就认了出来，是威廉·马尔希的《低级种子》。她面向着阿普卡，摇了摇头，“不知道。”

“是威廉·马尔希写的，《低级种子》的作者。小说改编成了电影和百老汇舞台剧。你应该找个时间读读。”

艾琳暗想道，不用了，谢谢。“好的，我会的。”她说道。

“不过，我知道很多人都对跟精神变态杀手一起进行研究很感兴趣。听我的，我做这个研究的时候，还挺出名的，在宴会上绝对是关注的焦点。就像你一样，每个人都好奇我进入监狱后发生的事情。但是当我发现他们的大脑结构与常人相比的差别后，我已经转向了其他研究项目，我已经六个月没有研究他们了。”

阿普卡在接下来的三十五分钟中继续讲解着其他几个研究项目和他以后的计划。

艾琳礼节性地问了一两个问题，大多数的时候她都在聆听他讲述。她一开始就想加入他的实验室。整个过程只是想了解一下他的个性，她对所见的算评价很高。她其实不需要喜欢他。只需要的是不恨他就行了。刚聊了几分钟她就下了决定，跟他一起工作一定会很愉快的。

当阿普卡介绍完他的最后一个研究项目，艾琳朝前探身过去，专心致志地盯着他，“阿普卡教授……杰森，”她纠正了自己，“你觉得再收一个研究生如何？我希望你能做我的论文导师。如果你觉得可以，我可以立马接受亚利桑那的录取。”

“我很荣幸，”阿普卡说道，“能够有你这样优秀的人才加入，我非常欢迎。我的实验室现在有六名研究生，不过我知道怎么让他们中一半的人有项目干。你想加入我的哪个研究项目呢?”

艾琳顿了顿，“我希望能重新开始你和那些精神变态者的工作。进一步明确他们大脑结构的不同。测试他们的大脑对于其他各种不同刺激的反应。我希望百分之百投身于这一领域。”

阿普卡的眼睛眯了起来，整个脸皱成了一团表示不同意，“我以为你问那些问题是因为和其他人一样的原因。我没想到你会想要亲自来做这个工作。”

阿普卡往后仰靠在椅子靠背上，下意识地挠着脑袋。“你要知道你得和我一样经常去到监狱里面——才行。坦白说，我就是因为这样才不再继续这个项目了，虽然还有相当多的领域需要深入研究。我不想再花时间在那样的环境里工作。”他咧开嘴笑着，“不只是穿着毛呢夹克叼着烟斗装范的教授。”

艾琳也笑了，他的个性确实跟这样的典型形象差不多。

“你真的准备好了一个人在监狱里，一对一面对着精神变态杀手?”阿普卡严肃地再问了一次。

“是的，”艾琳说道，但是她说出来后显得有些胆怯，比她想象的还不确定，“是的，”她又重复了一次，这一次更加确定勇敢，“我都等不及了，”她表情冷冷的，扬起了眉毛。

他仔细观察了她几秒钟，“那么为什么对精神变态这么感兴趣?”他问道。“我的意思是，当你问一个小女孩长大后想要干什么的时候，通常与精神变态杀手一起工作肯定不会出现在她们的备选项里。”

艾琳垂下眼帘，努力隐藏自己为了回答这个问题所勾起的强烈情感伤痛。那么她会告诉他什么呢?她亲眼目睹自己一家人被残忍地杀害了?她为此受到了精神伤害很长时间?她只能靠发誓要毕生投身于研究这些恶魔为什么会让她和她的家人遭此厄运才能让她表面勉强恢复了正常?

她要不要告诉他她花了多年的时间刻苦训练她的胆识和身手，让自己不再无助，成为多项徒手格斗和各种器械格斗的专业人才?

不，暂时不能。她非常了解阿普卡的过去。在他开始研究精神变态者之前，他是大脑成像技术方面的开拓者，绘制了大脑图位，对情感反应进行了大量研究了，对于精神变态者的研究是他之前研究的延展。他对此并没有兴趣，进行该项研究的动机完全是学术性的，而艾琳的更加出于本能。

如果知道她的过去，现在她所表现出来的兴趣是不可能的。阿普卡可能会质疑她的参与是想进行一次仇杀而不是推动人类认知的进步。他可能不会担心囚犯会对她做些什么，而是担心她会对囚犯们做些什么。

无数的科学家经常会在个人的悲剧中找到自己的使命。研究帕金森病或是阿尔茨海默病的研究人员，通常都亲眼目睹过自己的父母或者祖父母深受疾病折磨。又有多少肿瘤学家选择这个研究领域是因为他们眼见着自己所爱的人慢慢地被癌症夺去生命却无能为力?艾琳的选择与此无异。阿普卡或许也会这样想。

但是可能他不会这样想。很多人可能觉得她研究精神变态者的动机与肿瘤学家因为癌症夺走爱人的动机不同。阿普卡可能也是其中一员。所以她不会给他最诚实的回答，冒这个险。幸运的是，所发生的这一切，还有她接受的心理治疗都被封存了。她想把这个秘密一直带到坟墓里。

所以隐藏了真相，她用了一些陈词滥调的说辞回答了他的问题，接触到他的工作，认识到研究的突破性。看了电影《沉默的羔羊》或者其他电影后，被精神变态者所吸引。

当她说完，他又观察了她几秒，这次思考了更长时间后才说道："你应该意识到电影和媒体故意渲染了这种耸人听闻的情况。你可能知道，有百分之一的人可以被列为精神变态者，其中只有非常非常少一部分，可能是汉尼拔那种类型。少之又少。即使在囚犯中。"

"是的，但是即使是那些可以将整个玩弄于股掌之上的——医生、律师和政治家——都是接触到的反面的事实，或者是白领犯罪，又或是不道德行为。他们一时兴起就可能把别人的生活搞得千疮百孔。"看到阿普卡的眼睛鼓了起来，艾琳赶紧加了一句，"我的意思是你必须得猜，是不是？至少我会，或者我错了？"

"没有错，"阿普卡乐呵呵地，"猜得好，我都没有你说得好。"他叹了一口气，"你至少让我试一试说服你不要进行这项研究？"他问道。

艾琳摇了摇头，"请不要这样，"她回答，然后灿烂地微笑着说道："就像你所说的，人们会一直感兴趣，我也许是在一个你叫做……艰苦的工作环境，但是我至少会成为聚会上的焦点。"

阿普卡忍不住笑了起来。但是他还是没有被完全说服。"听着，先说明一下我的婚姻生活很愉快，我不是对你有什么意思。”他有点不好意思地微笑着，“但是你一定知道你自己是一位美……额，挺有吸引力的。这类研究还没有出过岔子，原因我已经解释过了。但是精神变态者的冲动控制非常糟糕。而且他们毕竟是男人。他们年复一年被拘禁在全是男人的监狱环境中。让你进入那样密闭的空间和他们独处太冒险了。你必须要认识到你对他们的影响。即使让你和有很好自控力的正常男人独处一室，我都不放心。”

艾琳眉头紧锁。她皮肤白皙，身材更是让比基尼模特都会嫉妒，多年的格斗训练和其他自卫训练让她身姿优雅敏捷。深栗色的头发散发着健康活力的光泽，气质独特分明。

“我之前一直认为囚犯们会被铐上，”她很不情愿地承认，“还会有一个警卫跟着你。”她坚定地摇着头，“但是无论如何，我相信我会找到方法克服这个小……问题。我保证我会把自己弄得挺丑的。我可以穿上衣服让囚犯只能分辨出我的性别而已，不会让他们看出我具有女性的吸引力。”

阿普卡叹了一口气，“冒着被性骚扰的投诉的风险，还是没有成功说服你。”

艾琳温柔地回笑了一下，“谢谢你的夸奖，”她说道。然后停顿了几秒，比悄悄细语的声音稍大，但是充满无法拒绝的坚定口气，“但是我想你会发现我要是下定了决心，没有什么可以阻挡我。”

* * *

艾琳思绪又回到了眼前。真的已经过了五年了吗？有时候就好像才五天。但是因为某种原因，今天感觉好像是永远那么久。她给自己判的终身监禁，就像是法官给她定的罪一样。

她希望这次与叫做约翰的杀人恶魔的会面跟以往没什么不

同，他因为一点被刮的涂层，把两个人鞭打致死。她会给他戴上包含了一个LED显示屏的护目镜，给他的头垫上枕头，然后将他的上半身滑进像甜麦圈形状的核磁共振机器里。然后她会标记基线，最后开始收集数据。

例行公事一般很简单。

但是事情进展得并不是如此。约翰坚持要继续交谈。跟他以往的方式不同，话题也不同。三十分钟以后，他还没有要停下来的迹象。他好像非常懊悔，艾琳相信了他。

不可思议的是，这样形势的变化，让她兴奋起来，也恐惧起来。

3

"你一定是学校里最努力的女学生，"丽莎·雷纳说道，"肯定有问题。"

艾琳·帕尔默微笑道，"好吧，我承认我确实有点停不下来，但是我觉得我没有那么糟呀。"

她们到达了目的地，校园外围一家温馨的希腊餐厅，等候入座。

"你开玩笑吧，"丽莎说，"跟你合租一间公寓，就像是我自己一个人租了整套私人公寓一样。"她咧嘴笑着说，"除了这位神秘的合租人付了一半的租金。真是不错的买卖。"

艾琳哈哈大笑。实际上她觉得她自己才是占便宜的那个人。能跟丽莎·雷纳一起真是太好了。艾琳几年的室友两个月前终于完成了不可能完成的任务——她完成了博士学位，并且在美国的另一头找到了博士后职位。艾琳跟平时一样专注于自己的研究，后知后觉地发现几乎没有跟她足够亲近的人可以跟她合租现在的房子，她必须得打广告找合租女生，还特别急，不然只能到大街上去讨钱了。

大家都是知道的，研究生工作量大还没两个钱。艾琳的情况是有一些奖学金的资助金，还有一些给本科生上课的课时费，但是如果想要过得潇洒点，她还得努力赚钱才行。丽莎作为历史系三年级研究生，也发现自己总是入不敷出，所以七个星期前，她们可是一拍即合。

丽莎可能是艾琳见过的最可爱的女孩了。她勤奋并且自觉，积极向上、充满活力。艾琳知道这样的性格都是她所需要的。丽莎二十四岁，比艾琳小三岁，正好跟艾琳的妹妹安娜同岁，艾琳自己也感到吃惊，她这么快就喜欢上了这个古灵精怪的可爱的历史系女生。

“好吧，我是经常工作到挺晚的。”艾琳承认了，“但是你搬进来以后，我已经改变了很多了。你瞧，我现在不是在这儿吗，对吧？周一，跟朋友在一家餐厅坐下来谈心、分享美食。”

女服务员出现得正是时候，把她们俩领到了一张靠窗的独立小桌。

她们坐定后，丽莎轻轻摇了摇头，嘴唇一抿，一副经典的我该拿你怎么样办的样子。“我非常感谢你能拨冗来与我共进午餐。”她说道，“但是其实我是拿着枪逼你来的。”

“嗯，我很高兴你这样做了。”艾琳说道，“不断迫使我记住我还是人类群体中的一分子。”

丽莎乐了。“你一周上一次课，对吧？所以每周上课的时候都过来吃怎么样？”

艾琳意识到换做三周前这是根本不可能的，不过现在倒是可以考虑考虑。因为无法想象的事儿发生了，她得到了她一直为之努力的结果。

也许，初步的结果是令人激动的、真实的，但是他们还是处于初始阶段。她必须要花几个月的时间对这些结果进行仔细严格的确认、完善以及统计。只有做完了这些她才可能大声宣布“找到了”对她自己，或者对着休·瑞本。但是如果她的初步成果可以复制、重复，她可以让自己放松一下下，享受一下生活。但是她现在还不能同意，半开玩笑也绝对不行，“每周一次午餐?”她笑着说，“有点异想天开。”

“对你有好处的，”丽莎说道，“你自己都承认了。只是把你的工作时间分成两块，利用这个时间跟你的室友聚一聚。来吧，你工作的时候有人来看过你吗?”

“嗯，有一个人，在1943年……”

丽莎大笑起来，招待员拿点菜单过来。丽莎点了一大盘食品，艾琳只点了三明治和水，丽莎再三催促，她也没有点开胃菜或者至少一两个小菜。

“我要是身材跟你一样多好，”服务员走了丽莎就说道，“我要把菜单上的都点个遍。”她皱了皱眉，“可能就是因为这样，我没有你这么火辣的身材。”

艾琳忍住没笑，“别这样，丽莎，你又没超重。我敢说咱们俩肯定体重一样。”

“是的，但是你比我高几英寸，然后你的体重……额……分布得更均匀。”她叹了口气，“我就面对现实吧，要是让我每天都进监狱去，我肯定不用天天把胸裹起来，穿着你的那件难看得像手提袋一样的外套，我的胸都不知道到哪里去了。”

“根据你告诉我的，德里克好像挺满意你的身材。”

艾琳的室友扬起了眉毛，“他是不是有点贪得无厌了?”

德里克快要完成他的MBA，他和丽莎四周前才开始约会——不过他们见面次数越来越多，似乎就要走上正轨了。

“那他今天给你打电话了吗?”艾琳问道。

丽莎满脸笑容，“他打了。我觉得我真的喜欢他。我的意思是真的喜欢他。”她摇摇头，皱着眉，“但是艾琳，你真的把我吓着了。在认识你之前，我都不知道这个字怎么写的，精神变态。我会写成神经病，而不是精神病。”

丽莎凝望着天空，好像陷入了深深的回忆之中，“那些是过去的好时光了，”她说道。“六个星期以前，我还根本不知道这个词，也对有百分之一的人都是精神病这个事实毫不知情。现在我完全成了妄想症了。我觉得到处都是精神病。我是说，拿职业政客来说吧，他们其中有人是精神病吗？”她摇了摇头，“都拜你所赐，艾琳。”

“这样说就不对了，是你问我的有多少人是属于精神病，不是我要主动告诉你的呀，我难道该对你撒谎？”

“是的，”丽莎一本正经地说，不过眼神里透露着使坏的小眼神。“我真的喜欢他，”她又说了一遍，“但是他符合你告诉我的精神病的特点。他阳光、帅气、圆滑，社交场合游刃有余，音调……”

“听上去像是真正的怪物，”艾琳打趣地说道。

“我是认真的，”丽莎抱怨道，“你不是说这些人都很擅长操控人喜欢他们吗？”

“听着，不是说精神病有这些特点，正常人就不能有这些特点了。实际上，拥有这些特点的正常人比精神病多多了。只是他们多了灵魂。”她的眉毛一挑，“这总是好的特点。”嘴角微微翘起愉快地笑了，“但是有时候咸菜就是咸菜。”

“与精神病形成鲜明的对比？”丽莎说道。

“是的。”

丽莎思索了一下，“好吧。不过他还是可能是，对吧？”她目不转睛地盯着艾琳，“你总是一周90个小时工作时间忙活着，这个周末你必须见见他。我不管是把他拖到你的实验室，还是把你从电脑旁边架走。我是说，如果有人能区分他到底是正人君子还是恶魔，你肯定能做到，对不对！”

服务员端着他们点的菜出现了，放在他们面前，然后离开了。

“嘿，即使是专家都可能被糊弄的，”艾琳说道，“非常容易被蒙骗。我的意思是我确实能看出来的机会比你大，但是我也不能百分之百保证。你上谷歌搜索这个人了吗？”

“当然了，”丽莎打了一个响指，就好像艾琳觉得她是白痴一样。“没有在他的冰箱里发现被冷冻起来的碎尸——至少我到目前为止还没有发现。”她身子往前倾了一下，“我都不能想象跟这些变态一起工作这么多年。我要是都有妄想症了，我可以想象这对你的理解。我的意思是，你还能相信谁？是不是就是因为这个你没有男朋友呀？”

艾琳刚撕下来一大块三明治，递给她的朋友，给她几秒钟咀嚼吞下去的时间，然后她把三明治放在盘子里说道：“好的，我得承认信任不是我的强项，但是我以前交过男朋友。真的。”

“上一次是什么时候？”丽莎毫不客气问道，喝了一小口她点的可乐。

“两年以前。”

“所以……怎样？你从那个时候就开始搞一夜情了？”

艾琳转动着眼珠说，“是呀，一夜情最适合不相信人的这类型了。不用跟完全陌生的人回家。”她摇摇头，“我可不是搞一夜情的女人。”

丽莎眼睛睁得大大的，迅速吞下她刚刚咬的一口三明治，“那你两年都没跟男人上床啦？你在开玩笑吧？怪不得你总是看上去紧紧张张的。你没爆炸我觉得太奇怪了。你已经压抑坏了吧。我们得给你找个男人。”

“两年又不是很长，”艾琳说道。

丽莎完全不理会她，“我们要给你找个男人。”她重复了一次。

“呃……谢谢，”艾琳说道。“我知道你是好意。不过机缘来的时候，我自己知道把握。我们还是来说说德里克吧。”

“哇，这样转变话题的尝试是我见过最蹩脚的。你不会得逞的。你就是工作狂，我们已经达成了共识。我喜欢你，所以一定不会坐视不管不帮你的。我都不能想象必须天天对着杀人犯和强奸犯工作是多么的压抑。我把自己当作是能抵消那个鬼地方的阴霾的一道阳光，就把我看作是你生活中的一缕阳光好了。”

“你做得很好，”艾琳说道，“说真的，我都想改口叫你‘阳光’了，”她停了一下，“现在我们可以换个话题了吧？”

“好吧，”丽莎说道，“不过我已经把给你找男朋友列为了我的使命之一，我警告你哦。”

“警告收到！现在我们来谈谈德里克吧。”

“好的，为啥不谈呢，他才是我最喜欢讨论的事儿呢。”她盯着她的室友，“给我点建议吧。一定有方法来鉴别精神病的。”

“精神变态，”艾琳纠正道。

“好了，我知道了。精神病是说的疯子。你告诉过我啦，但是我说的时候指的是你研究的那类人，好吧？神志正常的恶魔。好吧，你是怎么鉴别出他们的？”

“我可以告诉你一个可行的方法，但是你不是专家。你一定会乱贴标签的。”

“就算你是对的吧。不过先快告诉我吧。你现在是在吊我胃口。”

“那好。你知道人在说话的时候，手是怎么动的？人类在这方面非常容易兴奋。即使你是在打电话，别人看不到你的时候——即使我们从来都没想过或意识到过。当我们想要克服一个比较困难的概念时候，手势就会增加。下次要是有人在找一个合适的词儿，或者话都到嘴边了，你注意到他们的手上动作。手会比平时都要活跃得多——就像是这样活动能够帮助他们找到记忆或者传达意思。我说清楚了吗？”

“非常清楚。”

“很好。如果你使用你的第二语言不如你的母语一样自如，你的手部活动就会大量增加。很可能是由于相同的原因。情感是精神变态者的第二语言。他们是真的没有感情的，就像他们听得见歌词不懂得旋律一样。给正常人的脑袋戴上脑电图，他们的大脑对于‘椅子’的反应就跟听到‘折磨’的反应不一样。但是精神变态者不一样，他们对于这两个词的反应是一模一样的。他们就像是不会区别颜色的色盲一样。所以当他们想要传递某种感情，他们会比平常人的手上动作更多。”她扬起了眉毛，“就像我说的，感情是他们的第二语言。”

“太神奇了，”丽莎说道，“跟地狱一样恐怖。不过你是对的。这没什么用。我根本不知道正常人使用手势的频率。我是说我现在开始注意，但是我不想把德里克归为一类的，因为他喜欢边说边手舞足蹈的。”

艾琳笑了起来，“我觉得德里克肯定也不喜欢。”

“我知道我们可以做什么，”丽莎继续说道，“如果德里克和我正式交往，你可以把他放进你的核磁扫描仪然后对他的大脑进行扫描。我们就可以确认了。”

“你告诉过他我是研究什么的吗？”

丽莎皱着眉头，“是呀，你说对了。我神秘的室友。那么他一定会想得出我们是想干什么，他一定不会喜欢他女朋友觉得他是一个精神病。”

艾琳正要张嘴回答，她的手机在口袋里面振动了起来。她拿了出来看着来电显示，“不好意思，是我的导师，我必须得接。”

通话持续了不到一分钟，但是和丽莎热烈讨论时出现在艾琳生活里的阳光瞬间消失了。

“艾琳，”丽莎担心地叫道，不是身体语言方面的专家，丽莎也看得出很不对劲。

“不好意思，但是我必须得走了，”艾琳说，把最后一点三明治塞进嘴里，又喝了一大口水送了下去。

“怎么了？”

“好像是系主任想在我导师的办公室跟我见面谈谈，”她回答道。“而且是马上。”

“关于什么？”

“我也不知道，”艾琳回答道，她眉头紧蹙，然后说道，“不过，他显然不是乐天派。”

4

艾琳和她的导师坐在系主任理查德·波兰德的办公桌前，两把棕色皮革椅子看起来非常高大上且舒服，不过你可不能“以貌取椅”。设计这把椅子的人一定是人体结构方面的专家，居然可以设计出这么让人不舒服的椅子。

艾琳望着系主任怒冲冲的脸，想着他肯定是故意买的这么不舒服的椅子来整他的访客们。不过现在不用椅子帮忙，就凭他一己之力就可以让访客们坐立不安了。

艾琳刚坐定，系主任马上递给她一份《华尔街日报》，其实几乎就是摔到她的身上。她低头看了看，这份全国发行量最大的报纸的周末版，占了整个头版还有第二页的封面新闻是“我们身边的精神变态者”。

艾琳把报纸递给了她身旁的阿普卡，她知道他为什么也对系主任会叫他们来毫不知情，为什么系主任这么不高兴。阿普卡也扫了一下标题。

“这篇报道你们看过了吗？”主任问道。

艾琳和她的导师都摇了摇头。

“没看过？”主任有意指向艾琳说道，“真是难以置信。”他怒冲冲地朝着她，“里面引用了你的话。”

艾琳脸色变得刷白，“你说什么？”

“别跟我说你很无辜。”

“我确实不知道。我没有读过这份报纸。一定有什么误会。我要是接受过那个《华尔街日报》记者的采访，我肯定会记得。”

“理查德，能给我们几分钟读一读这篇报道吗？”阿普卡说道。

主任显然很生气，但是他点头同意了，从桌上拿起另外一份相同的报纸递给艾琳。艾琳和阿普卡安静地读着，主任的手指不耐烦地在桌上敲击。

报道是关于精神变态方面的研究进展，特别关注的是大脑生理机能方面的不同，这些年来该方面的进展每年都在不断涌现。然后，报道转向艾琳，在第二页引用了她的话。报道中她是亚利桑那大学的研究生，研究领域是精神变态和正常人之间的大脑结构的不同，以及对于固定刺激的脑电波反应的不同，然后报道继续写道：

帕尔默女士说她的终极目标是完善诊断方式——从脑电波区别精神变态——并且通过远程的方式。“科技还没有达到那一步，”她解释道。“但是在两个研究领域的进展非常大。一是科学家们已经发现如果从大脑中找到控制假肢、游戏等的电脉冲。如果我们可以无线下载电影，我们应该也可以无线监测到脑电波——至少从比较近的一个距离。关键是要找到精神变态和正常人之间的电波区别，这也是我正在作的研究。我的终极目标是能够研发一种挂在钥匙链上的装置，当一个精神变态离你五十英尺远的时候，这个装置可以振动提醒你，就像是一个预警系统。”

报道继续，转向了精神变态研究方面的另外话题。她和阿普卡同时读完报道，后面没有再提到她。

艾琳瞄了一眼她的导师，他的面部僵硬，然后她转向主任，“这是几年以前的事儿了，”她解释道。“准确说是三年以前的事儿了。这是当地报纸的一次采访。”她脸色阴沉。“记者能这样做吗？”她质问道，“记者能把我三年前跟另外一个记者说的话直接拿来用，就好像是刚发生的一样吗。”她的声音里充满了愤怒。

主任不满地摇了摇头，“我猜记者可以这么做，”他打了一个响指，“这篇报道就这样做了，”他看了一眼阿普卡，“为什么三年以前没有告诉我有过这样的采访？”

“当时无伤大雅呀，”阿普卡回答道，“直到那家报社把它放上网上我才知道有这么回事儿。只是一家小报社。就是放在网上，点击量也不多。我已经告诉过艾琳，她是走进了一片雷区，绝不能再说出那样的话来。谁会想到三年以后会上了全国性报纸？”

主任没理阿普卡，把注意力重新回到了艾琳身上，“你这次可真的是脱不了干系了——无论是这个周末还是三年以前的。都一样。好像你的研究还不够有争议。美国公民自由联盟的代表今天一早上都在给我打电话，还有一堆的新闻网站、报社。你知道你是靠资助才能进行研究的吧？我们进行的是扎实的研究。不是招摇撞骗的研究和有争议的研究，而且我们不刺激大众的神经。”

“美国公民自由联盟想要干吗？”阿普卡说道。

“你觉得呢？你知道你三年以前就该告诉艾琳这是一片地雷区。他们很生气！我也不能怪他们。说到侵害公民自由。艾琳说的以亚利桑那大学名义进行的她想要完成的研究——看在上帝的分上，完全是现代版的《红字》。”

“听着，我明白那样说为什么是错的，”阿普卡说道，“但是艾琳心态是在正确轨道上的，尽管她的思想对那些喜欢挖掘新闻的记者疏于防范。但是我保证大多数的读者是想看到这些项目取得成功的。精神变态者毁掉生活，即使那些并不是暴力犯罪的。在一个完美的世界里，知道哪些人属于精神变态非常有用。”

“我想也是，”波兰德说道，“然后你们就能歧视他们，他们从来没有被捕或是被判有罪甚至是做错事。这种装置可以把每个人都变成他们自己的私人警察，光从脑电波就认定并终身屏蔽其他人。如果测试完全正确还好，但是万一误判了呢？哪怕一百个中有一个出错——你能想象后果吗？妻子们离开她们的丈夫。哇，他可是有爱的丈夫和爸爸，但是我的钥匙链报警了——他一定是精神病。谁说得准呢？”

主任生气地摇着头，“我看过系里面每个学生的研究提案，但是从来没人提过这个。你们俩都想瞒着我吗？这是什么机密项目吗?”

“不是,”阿普卡坚定地说道。“因为这根本不是一个项目。艾琳只是在猜测。三年以前,她确实想进行研究的第二阶段,对于精神变态的无线检测。但是她从来没有写过或是跟我讨论过。当我在网上读到的时候,我跟她说的跟你说的一模一样。这样的项目将会是充满争议并且带来许多意外的麻烦。她明白我的意思,并且同意我的说法。是的,她现在还是正在努力区分精神变态和正常人的脑电波的不同。但是目的不是为了开发一个远程诊断装置。我向你保证。”

“也许是这样吧,”主任说道,“但是这也改变不了现实,没人会相信的。你觉得他们会相信我的解释吗?——这是一个被误导的项目,只是一个尚未成为研究生的学生的灵光一现,三年以前还没开始就已经放弃了?该死的《华尔街日报》昨天还引用了她的话,说这是她的研究目的。而且是亚利桑那大学支持的研究目的?”

艾琳早就明白大多数的人听到这样随意的描述后心惊胆战的心情。可不是么,十几分钟以前,她的室友就大呼小叫地想要知道如何判定一个精神变态。更不要说一旦有错误发生,生活将会被完全打乱。但是她同意主任的说法。她的想法远不是主任或者导师想的那样,而且她也确定她正为此付出惨痛的代价,感情上的代价。

三年前,阿普卡确实让她深入审视了这个研究课题,她也一直不断在继续审视,对于哲学伦理的深入研究完全颠覆了她的看法。现在她完全接受了阿普卡的,现在是主任的观点。主任接到美国公民自由联盟和其他相关组织的电话投诉是情理之中的,毕竟他要避免系上和学校卷入争议的旋涡之中。

艾琳深吸了一口气,“我们可以要求更正,”她说道,“我认为他们不能这样未经授权随便刊登。”

“呵，祝你好运，”波兰德主任不屑一顾地说，觉得她简直太傻太天真。在这一点上，她确实不够成熟。媒体确实有一定的影响力，但是她最不需要的是更多的争议——或者说是对这个话题的更多曝光。

“从杰森完成他的工作后，”主任继续说道，“我就一直跟那些保守的团体打交道，担心如果我们证明了精神变态真的是大脑结构异常，这些魔鬼会利用此进行庭审辩护，说他们对此无法控制。现在又多了一个自由派担心对于精神变态的人格歧视，看在上帝的分儿上。我真是美梦成真了，成了两派政治斗争的出气筒。现在就毙了我好了。”

“听着，”阿普卡说道，“我明白你觉得就像是我们捅了马蜂窝一样。也许我们确实是。但是我觉得很快就会平息的。我敢保证。”

“是的，我也觉得会平息的，那是因为我决定终止艾琳的项目。”

艾琳气得眼睛鼓了起来，“什么？”她说道，“你不能那样做。”

即使她这样说道，她双重性格的另一半，一个疲倦的声音说道，放手吧。这是为你好。她真的很累。厌倦了欺骗，厌倦了罪恶感，厌倦了在伦理和道德问题上的挣扎，就像是荆棘最多的玫瑰遇到了软乎乎的枕头。要放弃多么容易，用这个作为借口停下现在所做的，将踏空在深渊上的一只脚重新收回来是多么顺其自然。但是她内心的另一部分不让她这么做——不会在她已经坚持了这么久以后——尽管已经付出了这么惨烈的代价，她也不会让事情无疾而终。

“艾琳，你听着，”主任说道，“我是在保护你。你已经得到了你拿到博士学位足够的东西了，就继续做正事吧，就你手上的数据开始写论文吧，找到一所好大学——只要不叫亚利桑那大学就行——然后去做博士后。杰森六个月以前就应该让你写论文了。”

“但是我现在正处在研究最关键的阶段，”艾琳说道，尽力让声音保持平和。

“这不是征求你的意见，”主任强调说道。

艾琳心里在迅速地翻腾着。最完美的是她还可以进行两到三个月的研究。用来确认、打磨、提炼、完善她的研究。用科学完全解释这一现象。但是她也可以作出快速不光彩的结论。不会完美，但是必须这么做了。

艾琳长长地吐了一口气。“好吧，”她小声说道，“你说得对。”她停顿了好一会儿，留出时间让主任接受她没有进行持久战就放弃了的事实。“给我两个星期让我做完现在手上的事儿。”她随意地说道，就像是这是一个超越了合理范围的要求，“然后我就会停止。”

“不行。你现在就得停止，马上停止。会议开完，我就会回几通电话。毫无疑问的是我会告诉他们我一知道事情以后，你就马上被从项目上撤掉了。这是危机公关的开始。鬼才知道我应该怎么解释为什么我之前不知道这件事儿。”

波兰德主任摇着头说，“我让你进行了这么久时间，你应该觉得自己很幸运了，”他又说道，“一年以前你就差点从这个项目撤下来。我不知道你是运气不好还是什么。你这么优秀上进的学生，麻烦却一直不断。世界上还有好几个团队都在监狱里研究精神变态者。他们合起来才有一个实验对象在研究过程中死亡，你在过去的两年中，居然遇到三个？这个项目从一开始就不顺。”

艾琳竟然无言以对，但是阿普卡可有话要说。这个决定对他的影响跟对他的学生的影响一样大。作为她的导师，他将会是学术论文的合著者，“理查德，这些不幸的死亡个案完全是两码事，”他坚持说道，“跟《华尔街日报》的报道完全无关。我希望这没有干扰你作出决定。两名囚犯是睡觉时突然脑溢血而死。是的，这是百万分之一的概率事件，但是百万分之一的事情也会发生，每天都在发生。法医已经检查了他们的中风和艾琳的研究活动毫无关系。”

“好吧，两例死亡个案是百万分之一的概率，”主任回应道，“那她在拖车中受到攻击怎么解释。我不相信什么诅咒，但是真的有这么一回事儿的话，这个项目就是被诅咒的了。三名囚犯死亡，这个概率也太高了吧？”

“那你是希望让他杀了我吧？”艾琳气冲冲地说，“这样概率就拉低了吧？两名囚犯和一名研究生死亡？”

“不，当然不是。你还没有告诉我和杰森你是空手道高手。在这件事儿发生之前，杰森和我还在想我们俩是不是疯了才能当初同意让你独自一人进行这个项目。我们要是早点知道一个120 磅的美少女可以轻易地给一个重 200 磅的囚犯致命一击，我们就不会让自己陷入这么大的纠结之中。”

“我不是故意要打断他的气管的，”艾琳说道，“我只是正当防卫，但是我出手比我想象的要重。但是为什么重提这些？我能支持阿普卡博士所说的。监狱对三名囚犯的死亡进行了彻底的调查，证明我无罪。我要不是被证明了清白，监狱方面也不会让我继续了。那都是过去的事儿了。把以前的事儿和报道联系起来是不恰当的。”

“然而并不是如此，”波兰德说道，“因为今天媒体也问了关于这几起死亡的事件。媒体和美国公民自由联盟不需要深挖你的研究就能够知道这些意外事件。这不像是他们藏起来了，他们只是刚好出现了。怪不得有些人怀疑你在研究囚犯时，是一个一个来对付，就像是十个印第安小孩的那样。”

艾琳眉头紧蹙。“关于精神病无线探测器确实是个错误。我承认。但那是我很多年前的观点，并且我没有再这样干了。其他的意外发生跟我没有关系。请不要这样，”艾琳恳求道，“既然这样，再给我一周吧。”

主任摇摇头，脸色更加阴沉了，似乎这是不可能的，“对不起，”他的语气说明了这是不可能的，“你已经被撤下了，再说一次，没有任何人可以改变这个决定。”

5

“艾琳，早上好呀。”亚历亨德罗高兴地跟走进牢房的艾琳打着招呼，艾琳身后的铁门慢慢关上。

“早呀，”她说道，碰了碰她又大又丑的眼镜，努力保持不让自己看起来很紧张。

她结束了和波兰德主任的会议，向系主任清楚表明她对于他的决定是多么地不满，同时也表明了她会尊重他的决定的立场。她会停止现有的研究并开始撰写论文。他是对的，论文早就该开始了，她的数据写两个博士论文都够了。

她向系主任和她的导师保证她会立即通知监狱方面她的研究已经结束了，监狱院子里面的移动实验室可以安排移走了。她还告诉系主任和导师她正在想休两个星期的假。她会找一个研究生帮她代两节课。

他们离开主任办公室后，阿普卡不遗余力地对发生的一切表示了道歉，并告诉艾琳她是他的学生中最优秀的一个。艾琳感谢阿普卡为她辩护，并且向他保证论文一定会令他骄傲的。

不过她还没有停下一切的意思，特别是当她已经如此接近最终想寻找的答案的时候。

“我知道你不会相信的，”她对亚历亨德罗说，“不过我很快就要去休假了。”亚历亨德罗经常告诉她不要和囚犯待这么长时间，并且经常鼓励她去休假。

“不要！”警卫故作惊恐地说，“这一定不是真的。”

艾琳努力挤出一丝微笑。不论她内心多么紧张，她的行为要看上去正常，“这次可是真的了。亚历亨德罗，我最后决定采纳你的意见了。”

她叹了一口气，“不过还有坏消息。在我休假之前，我还有很多要做的。所以我得比平时工作更长时间，至少在接下来的几天。而且看更多的囚犯。”

“这可能吗！”

“你都不能想象，”她承认道，“不过我的计划非常高效。犯人会进来出去，就像是流水线。每一次的检测会比平时更短，更有侧重。”

她的研究会既快速又高效。但是她会得到结论。离终点线只有几百米远的时候，她是不会停下这场未完的马拉松的。让一名学术官僚挡在路上太危险了——即使他是对的——她心里知道他是对的。所以她必须全速前进，即使周末也不停止，而且监狱是每天二十四小时开着的，她也没有必要停下。

亚历亨德罗离开去带她所列名单上的第一位犯人，艾琳拿出手机给导师打了一个电话，确保他在随后几个小时都不会给她电话。她深吸一口气试着让自己紧张的神经冷静下来。电话响了，并转到了语音信箱，她等待着他的留言说完，滴的一声，她的心跳比平时快。这样的欺骗不是她的作风。但是，她这么多年不是一直在欺骗吗？所以这可能又是她的作风。她都不再确定自己到底是什么样的了。

她听见一声“滴”然后开始说，“杰森，我是艾琳。我就想告诉你我已经通知监狱了我不会回去了。然后移动医疗会在今天晚些时候收回他们的核磁共振拖车，尽管租赁合同上写的会在本月末到期。如果我不在的时候，你需要我，随时打我的手机。代我问实验室的各位好，几周后见。再次谢谢你给我这个机会参与这项研究——并且为我辩护。”

艾琳挂断了电话，凝视着空中。如果阿普卡或者系主任这个星期碰巧给监狱打了电话，那么事情就会败露。不过他们很有可能不会打，不过这是碰运气的事儿。所以她是在抢时间。也许以后会有什么事儿让他们知道她向他们撒了谎，并没有立即停止项目。她正在争分夺秒。如果被抓住了，她基本可以确定她不要再想拿什么博士学位了。

亚历亨德罗又带来一个穿橘色衣服的囚犯。早上的第一个。在系主任的禁令后的第一个，这名犯人叫做托尼，他曾戴着辛普森（动画片主人公）的面具抢了三家便利店，并开枪打死了三家店的店员，用一颗子弹正对脑门心。

艾琳告诉托尼这次的看诊会比平时短，更具有针对性。

“太遗憾了，”他友好地微笑着作答，“你知道我是多喜欢和你在一起相处的。”

她点点头并没有回答，就像是她没有看过他的记录，或者是对他所作所为并不知情，就像是她也喜欢和他在一起私聊一样。

艾琳在心里为自己打气，今天会是很漫长很漫长的一天，今天的第一个犯人……

6

整整五天，五十七名犯人，不停地查看，担心着随时暴露，艾琳找到了答案。

她证实了她的初步结论，然后还有一些。

她故意没有向加州的休·瑞本报告她的进展。她不想给他虚假的希望，然后又被无情地揭穿，暴露出底牌。她最近跟瑞本讨论的时候都尽量避忌谈到有任何新的值得汇报的事情。她没有告诉他她被撤了，或是她准备违背主任的安排。

她现在该给他打电话吗？告诉他有关联合项目的重大消息？

她星期天中午结束的工作，准备在晚上心情放松的时候给他打电话。这是他们俩工作取得的颠覆性成果。消息不只是一次视频连线，是为了庆祝。

每个认识她的人都鼓励她要放开，能够更自然。但是最佳的时机呢？整个实验室的人都觉得她在休假，那么为什么不顺势而为真的去休假几天呢？

她还从来没有见过休·瑞本。当然了，他们在 Skype 上经常见面，但是为了这次终极成功，她想要亲自见见他。她之前提出过到圣迭戈与他见面，但是他的事务繁忙，一直都在出差，连见缝插针跟她见面的时间都没有。当然是她自己运气不好了，而且他似乎只是她知道的十个人中经常出差的一个，所以也并不是太吃惊——只是遗憾。他经常出差到波士顿、华盛顿特区或者湾区的生物科技卓越中心，很可惜图森并不在他的行程里，他的职位是执行总裁，他就从来没有安排一次到亚利桑那大学来见见她。

如果这些都是真的，他们合作得很愉快。尽管她徒劳无益地安排过几次见面，她从来没有怀疑过，觉得这个主意不错。

但是万一真正的见面改变了他们两个之间的气氛呢？为什么不继续这样高效的关系呢？如果关系破裂，怎么样弥补呢？

不过艾琳知道她的室友是对的。她需要的是人的陪伴。此时此刻健康的情感可以让她的灵魂得到极大的安慰。休·瑞本年纪比她大，并不是什么电影明星，但是她觉得他很有魅力。而且他至今仍单身。也许她真的该来一次一夜情，也许不止一夜。他非常友善，尽管他们大多数时候讨论的都是项目，他们在心灵上相通。他一定会为她的突破感到狂喜，如果还给他一个惊喜去见他，他一定会高兴的。

而且她还有一个好朋友住在圣迭戈，她们俩一起参加过该地区十八岁以下格斗赛获得过奖牌。所以除了在假期的时候把自己关在小小的公寓里，她还可以出去走走，去海滩，见见朋友，把自己放空，也许还可以开始一段浪漫的恋情。

艾琳给她圣迭戈的朋友考特妮打了电话，聊了 15 分钟后，艾琳说到了正题，“你最近还好吗，我想来看看你？”她说道。

“你要来圣迭戈？”考特妮兴奋地说。

“是的。我决定要随性一次。”她顿了一下，“就是说来就来了，不好意思哦！”

“说来就来比不来好，我不是常说嘛，我的家就是你的家。你什么时候到？”

“我搭今天最早的一班飞机。”图森飞圣迭戈就一个多小时，“我大概九点钟就到了。”

艾琳告诉考特妮她的计划，给休·瑞本一个惊喜，可能还会引诱他，不过没有告诉考特妮他们俩进行的项目，她会很快离开大学的事儿。她会在见面时再跟她说。也许她会申请加州大学圣迭戈分校的博士后。住在世界上气候最宜人的地方，这样离瑞本和考特妮都比较近。

“要是休·瑞本在，”艾琳说道，“我想都不会想就会来——听起来很奔放吧？不过，如果他在，运气好的话，我周一晚上不用找地方睡觉了。

“艾琳，我可见过你对男人的影响力。你不需要运气。除非他身体有毛病。”

“他不会的。”

“他是同性恋？”

“不，他不是同性恋。”艾琳停下想了想。瑞本提到过他现在没有女朋友，但是他对过去也并没有提到太多。“至少我觉得他不是。”她重新说道，“我觉得要找出真相只有一个办法。”

“我必须承认对你新的一面非常期待。”

“是呀，充满了惊喜，”艾琳说道，“我应该是《女孩也疯狂》杂志的新封面人物。”她打趣地说道。

艾琳等待着电话那头的笑声逐渐平静下来，“这样好不好，”她继续说道，“我们周二肯定要见面，你周二什么时候方便什么时候见面。我计划呢周二晚上住你家里，咱俩好好聊聊。”

“当然可以，”考特妮说道，“我觉得我可以先把工作挪一挪，这样我们可以一整天都待在一起了。”

“太好了，”艾琳高兴地说。

“如果……你的朋友……不在，或者事情不顺利，我们周一晚上可以一起吃晚饭，你也可以住我家里。”

“非常感谢，考特。不好意思周一要先去见这个人。”

“你说笑吗？”考特妮说道。“我为你感到高兴呢。我都等不及到周二你来的时候听你八卦了，”她打趣地说道。

7

艾琳开着一辆白色福特紧凑型轿车。很快上了通往拉荷亚的I－5高速路，阿斯克勒庇俄斯医药公司就坐落在拉荷亚，15—20分钟车程。

休·瑞本担任阿斯克勒庇俄斯的总经理好多年了，而且他声明公司选这个难念的名字的时候，他还没来公司。瑞本跟艾琳解释过阿斯克勒庇俄斯（阿斯克勒庇俄斯）是希腊神话中的医药和治愈之神，他是阿波罗的儿子，还有两个比他出名的女儿，健康女神海吉雅和医药女神帕那刻亚。

她觉得自己很傻的这种想法一直在她脑海里挥之不去。你不能一声不吭就闯入一个忙碌男人的生活，想象着他可以抛开一切与你把酒当歌，就像是高中毕业舞会一样，他可能根本就不在，也可能正在开高级别会议，脱不开身。

换个角度想，他丢下自己的成年人生活不管才是新闻呢。她知道这对他来说意味着什么。让忙碌的总经理取消一天的行程来庆祝是一种奢侈。但是他至少欠她，毕竟他雇佣了她，让她冒着巨大的风险，而他却置身事外。

艾琳回想起三年以前天真地接受了当地报纸的那次采访。这样一件小事儿戏剧性地改变了她的人生轨迹，并且还在继续改变着。生活中总有一些看起来毫不起眼的小事儿以不可预见的方式被放大，激起涟漪，最后形成大浪，影响着生活，甚至整个世界，从根本上的影响着。

亚历山大·弗莱明的葡萄球菌培养皿的一次偶然污染成就了世界上第一种抗生素——青霉素的发现，是医学上的一次革命，拯救了无数的生命。或者说得更俗一些，艾琳听到过多少次千载难逢的机会让人们遇到了他们未来的另一半——就像是高速路上轮胎爆胎或是一次随意的餐馆邂逅。

毫无疑问，这份当地不出名的报纸的采访对于艾琳来说就像是那个关键点。这不但让她最近被从她自己的项目上撤了下来，与系主任关系紧张，也让两年前休·瑞本首先联系了她，以一种无法预见的方式改变了她的研究方向，还有她的生活。

他给她打电话，介绍了自己，并且告诉艾琳，他准备资助她的研究。她建议他跟阿普卡谈，但是瑞本说他想先跟艾琳谈。

“我能为你做点什么呢?”她问道。

“我是阿斯克勒庇俄斯医药公司的神经科学研究的副总裁。我们是一家圣迭戈的小型生物科技公司，雇员有300人左右。我们的研究主要是心血管疾病以及神经系统疾病，像癫痫之类的。”

瑞本边说，艾琳边在她的笔记本上搜索了这家公司，输入了阿斯克勒庇俄斯相似的拼写，谷歌给出了正确拼写建议，然后她点击进入，公司的网页做得很出色——井然有序，非常高端。

她点了管理人员简介，出现了十个缩略图，瑞本的头像在正数第三幅。他三十六岁。艾琳知道这对这么有成就的人来说是相当年轻的岁数了，不过从图片看，他看上去更年轻。满头乌黑的头发，修剪整齐干净。

“我看到一篇上个星期的报纸文章，里面引用了你的话。”瑞本继续说道，她还在看他的图片。

艾琳脸僵了一下。她一年以前接受的《图森社区杂志》这次采访被放到了网上，一同放上网的还有这份报纸的其他很多过去的内容。因特网厉害的地方或者说是最糟糕的事情，看你怎么想了，就是文章永远都不会消失。四十年以后，还是会有人搜索撞到这篇文章，可能到时候《图森社区杂志》这份报纸都早已成为了过去式。阿普卡十个月前也看到这篇文章，严厉批评了艾琳在公众面前公开讨论这个项目，甚至就因为她有了这个项目的念头。他说得非常清楚这个项目她不可以做，现在不可以，以后也不可以。

“不过，”瑞本说道，“我对你的精神变态早期预警装置挺感兴趣的。”

“呃……谢谢，”艾琳犹豫地说道。

“十五年以前，我跟精神变态者有过非常不愉快的接触。我不想说什么细节，但是这让我接触到了我们这个世界的恶魔。如果我有你所说的那种小装置，就有可能拯……”他停了下来，“就太好了。”

电话那头陷入了沉默，艾琳感到休·瑞本正在平复自己的情绪。

“从那时起，”瑞本继续说道，“我让自己成为了这个领域的专家，我是神经学家，所以我可以从多个角度来研究精神变态者的问题。”

艾琳觉得好奇了。她不想暴露她的过去，但是可能休·瑞本是跟她同病相怜的人，都是这种人类恶魔的受害人。也许这个人有着跟她一样的事业心，但是他拥有的人力财力资源更充裕。

“继续，”她平静地说道。

“我个人非常支持这种装置的开发，用于你所说的目的。我想你肯定遇到了不小的阻碍。”

艾琳忍住了自己的叹气。你还跟我说呢，她觉得好玩。她为什么当时要同意接受那个菜鸟记者的采访呢？

“尽管探测器会非常有用，”他继续道，“我想它会引起非常多的法律和道德方面的争议，而完全无法通过审查。我的研究显示精神变态者和正常人的脑电波没有明显区别。当他们在想某个想法的时候，你可以会错过 90% 的时间。”他顿了顿，“所以几年以前，我想到了一个更好的方法。一个比你现在正在进行的更可能成功的方法，尽管这个方法看上去是违反直觉的。”

艾琳的思维飞速运转，努力想要猜出他的意思，但是她什么也没想到。瑞本保持了几秒钟沉默，很可能是故意卖关子，不过他得手了。

“我在听你说，”艾琳说道。

“我是想把他们作为一种病进行治疗，”他平静地说，“并且治好他们的病。”

艾琳难以置信地摇着头，“治好？”她重复着他的话，“治好精神变态者？你一定在误导我吧。”

“完全没有，”瑞本说道，“为什么不呢？我阅读了所有关于精神变态者和正常人大脑结构不同的学术文章，包括你和你的导师阿普卡博士写的，正如我自己，我是分子生物学和药理学方面的专家。”

“不可能，”艾琳说道，“谁能知道到底精神变态者的大脑结构异常是由多少基因引起的？我们每年都在不断找出新的区别。你必须找到所有的基因，然后修正这些基因，重塑大脑。”

“很好，”瑞本赞许地说道，“你提到了分子药理学。不过我现在应该已经找到基因，一共是八条基因。”

“我觉得太难以置信了。这类跟大脑生理机能相关的基因不会主动表现他们自己。即使找到一条都比大海捞针一样还难。无论你多专业。”

“确实是这样的。但是根据我的大量专业经验，加上我的个人运气，我解决了这个问题。我获取了精神变态者和正常人的 DNA 样本，并且进行了完整的基因组序列排序。”

艾琳在思考。第一次的基因组排序的成就相当于第一次将人类送上了月球，整个世界通力合作解密人类基因组的三十亿碱基对，如果打印出来将是成千上万本百科全书。排序花费了几十亿美元，时间长达数十年。而且这只是一个非常粗略的版本，在世纪交接时完成的。仅仅过了十二年，从精神变态者和正常人提取的完整人类基因组就能在数周时间里花费一万美元就被解密了。现在，速度还更快，花费更少。速度上的提升和成本的下降在计算机时代更为突出，影响更为深远，就像是天方夜谭一样。

“目的当然是为了比较这两者，”瑞本继续说道，“找到正常人基因组和精神变态者基因组的所有主要不同之处。我给了一组数学家一笔资金让他们设计出我可以对无数字节数据和可能的排列进行分类的公式。这个项目最后确定了八条基因是不同的，每一条都有影响。”

“如果这是真的，”艾琳强调了“如果”这个词，“你真的很了不起。这是非常伟大的第一步。但是这只是攀登万尺高山的第一步。”

“请允许我说完，”瑞本说道，“我能够设计一个基因鸡尾酒疗法，运用基因工程技术替换这些基因中的不正常部分。”

“所有八条?”

“是的。”

“所以你的意思是你已经成功了？你找到了如何治愈精神变态者的方法?”

“我就是这个意思。是对此的专业的、新的方法，外加神来之笔。我不会对你撒谎——运气的成分很多。但是我觉得我做到了。”

艾琳想要挂电话，但是觉得他还会打过来。她想要知道这次对话的逻辑结论是什么。“如果是真的，那么这肯定是突破性的。为什么没有在同类的学术期刊上发表呢？”她问道，心里已经有了答案。因为“骗子瑞本”的欺诈行为永远不可能通过正规期刊的详细审查。

“我现在还把它作为秘密。过去几年，我一直在研究这个秘密，并且雇佣其他人帮助解决这个谜团的某些部分。但是没有告诉他们研究的真正目的，还没有。”

“听着，如果你真的是找到了反转这一状况的方法，我肯定是最高兴的人。但是即使你能够用正常基因替换所有的八条基因，这并不意味着你就治好了他们。谁知道会发生什么事儿？你又不能在动物身上实验，因为没有任何一种动物是精神变态者模型。”

“嗯，其实有一种。接近完全的症状。我想你应该知道隔－海马通路损失的啮齿动物会有一些精神变态者的行为。我在早期使用了这一模型。我也对老鼠基因组进行了排序，发现老鼠也是类似的八条基因。如果把这八条基因去掉，老鼠会表现出与隔－海马通路损失的老鼠相似的异常行为。”

“所以你还创造了精神变态老鼠？”

“是的。一样的反常基因，一样的行为，至少能够在这种有限智力的动物上体现出来。然后我修正了这些基因，做了以后，我也改变了这种情况。老鼠的大脑重新恢复了正常，是做了成百上千的实验才使得精神变态发生了逆转。”

双方陷入了长时间的沉默，“我不想无礼，”艾琳说道，“但是我必须要说，就这一点来说，我不相信你。”

瑞本哈哈大笑起来。“我不怪你。这证明你没疯。即使在我修正了基因后，也不是那么容易的。我发现的是所有这些基因必须同时起作用才能恢复到正常。这些基因之间有着非常微妙的互相作用。所以这是一个两步走的过程。只是替换了基因是不够的，因为即使你有正常的基因，如果你不能保证它们正常被激活了，所有的基因都表现了出来，并且在正确的水平，你还是会看到精神变态状态。实际上，如果正常基因没有正确表现出来，你还可能让情况比没有修复它们之前更糟糕，所以关键不止是修复基因，还必须确定所需的程度，相应的修正基因的表达方式。”

艾琳摇了摇头。如果她以前不相信这是可能的，那么显然瑞本的解释让她觉得更难以相信了。她不是分子生物学家，但是细胞有非常多复杂的机理控制基因。在分子水平需要搞清楚这么复杂的相互作用还有很长的路需要走，更别说具体测量了，那更是难以想象的困难。“你能够决定八条基因所需要的精确水平？”她怀疑地问道。

“很遗憾，不能。这不是实验的问题，这是一个死结。即使是老鼠，我也是通过试错法找到了答案。据我所知，没有别的方法，是经过千百次的尝试都找到了正确的方法。你也许需要进行几百次或者几千次的组合就能意外发现能打开大门的那把钥匙。”他顿了顿，“这些基因的修正，理论是没有用的，必须在实践中才能获得。”

电话两端又陷入了深深的沉默。

“我知道我给你打电话非常冒昧，我告诉你的这一切听上去是异想天开。但是我恳请你查看我的资历读一读我的著作，都是些非常严肃的论文。我可以发给你所有我现在获得的数据，我觉得你肯定会觉得大开眼界的。”

艾琳思索着。“好吧，就算是你发给我了你的数据，这些数据证明了你所说的。那么为什么你不开始对人的临床试验，让你的这种治疗方法获得批准？”

“这就是关键了，”瑞本说道，他充满热情的嗓音中透露着丝丝疲倦。“这种疗法永远不会被批准通过。正规药物批准途径是通不过的。首先，食品与药物管理局要求在两种动物身上进行药效实验，我只有一种。这种还不是广泛被认为是合适的模型。即使他们接受我的模型，老鼠的治疗时间窗太小都不可能让它们通过。有效剂量和致死计量非常接近，难以掌握。尽管我有理论和实验证据证明治疗时间窗在人类身上会大一些。”

“对于这么重要的事情，食品与药物管理局不会区别对待吗？”

瑞本笑了起来，“看得出你没怎么跟食品与药物管理局打过交道。他们做了一个看上去有弹性的钢铁管口。相信我，他们绝对不会让我开始临床试验的。”

艾琳眯起了眼睛。“知道了。我怎么突然对你给我打电话感到非常不舒服呢？”

“我需要你的帮助，艾琳。我能从那篇报道中感受到你的热情。给社会一个对付这些恶魔的工具是你的动机，一路走过来，清楚明了。你是为数很少的一部分研究者走进监狱研究精神变态者，对他们进行日常的大脑扫描。”

“你是不是想让我在我的犯人身上实验你的疗法？”

电话另外一头又陷入了长长的沉默。

“你疯了吧，”艾琳说道。

“这是唯一的方法。必须要进行实践才行。”

“当然了。我会坐牢的。”

“没人会知道的。我把鸡尾酒疗法给你，还有八条关键修正基因，表达水平千差万别。你只需要把它们加入可能的组合，直到你找到对的那种。不会是轻松的工作，因为我们可以确信在老鼠身上发生的微妙平衡在人身上不是必然会发生的。我做了几千次的实验，你可能也会做这么多次实验。但是当你找到正确的组合，你就会见证完完整整的情况逆转。你的精神变态主体的大脑会被检测为正常。当向他们出示带有情感的词汇时，他们的扁桃腺会被激活。我刚才说了，这些异常基因不但需要被替换，还需要被正确地表达。所以他们的大脑结构会回归正常——在DNA这个水平上会正常。精子或卵子都会正常。你的核磁共振数据会证明一切。”

“仅是理论上的。但是如果有一对完美的基因表达水平的组合，我想至少会有一对不完美的。这样的组合是可能致命的。你的实验中死了多少只老鼠?”

“让人吃惊的是几乎没有。”瑞本说道，“大多数的错误组合什么作用也没有。我说过，老鼠的治疗时间窗非常狭窄。人类的治疗时间窗应该更宽。所以碰到致死的组合的概率更小。”

“但是你并不确定，概率小不等于概率为零。”

艾琳听到电话那头深深的叹息声。“是的，在进行药物试验测试的时候没有绝对的保证。以临床研究的名义，测试主体会失去他们的生命，但是测试会继续。很遗憾会发生这样的事儿。但是这就是药物开发的本质。如果我们想要重要的新药来到这世上，这是必须承担的风险。”

“这没错，但是食品与药物管理局的临床试验中，这些病人都有知情权。都向他们进行了有关好处和风险的详细解释，然后他们才签字的。他们知道有出错的风险，但是他们是自愿者，是明明白白参与的。”

“听着，艾琳，你知道的，即使管理局同意了这样的临床实验，精神变态者也绝对不会自愿参加。他们都认为自己没有什么不对劲的——是我们其他人才有问题。”他深呼吸了一口。

"艾琳，你研究的是暴力犯罪者，而且很多还是惯犯。他们出狱后，他们还会犯案的。你知道他们会的。他们没有良知，没有灵魂。如果他们少数人在临床实验中死掉，确实是悲剧。但是比起他们给无数生命带来的悲剧相比，根本不足挂齿。"

"我不会做的。"艾琳坚定地说。"你说什么我也不会改变主意的。到此为止。我同意你所说的。我跟精神变态者也有过节。我才会决定研究这个课题。但是我不会出卖我的灵魂。我发誓不会让研究侵蚀我自己的道德标准。"

在艾琳刚刚决定她一生所从事的事业后，艾琳偶然间看到弗里德里希·尼采的一段名言，就是对她的警示："与怪兽搏斗的人要谨防自己因此而变成怪兽。"尼采还写道，"当你在窥视深渊的同时，深渊也在窥视着你。"艾琳从心底铭记这个忠告，立志一定不会让她对恶魔的研究让她自己也变成恶魔。

"我不是在请你降低你的道德标准。你再考虑考虑。我只是在请你从大局着想。如果你能在这世上找出驾驭他们的方法，想想你可以以此拯救多少生命。我不是建议你去杀死精神变态者，把他们进行物理消灭。我想让你做的是治好他们，让他们变成正常的人类，把灵魂还给他们。你给他们判的是终身监禁。"

瑞本停了下来，想让艾琳接受他的观点，然后继续道，"想想全世界成千上万你可能拯救的受害人。不只是暴力犯罪的受害人，还有受过欺诈、心碎和操纵的那些人，现在还有以后的世世代代。如果你知道这些监狱里冷血杀手的死可以换回成百上千人的生命——让成百上千的强奸受害人，尤其是儿童免受其害，你觉得值不值得？而且，并不是我们这一代人，而是永永远远。人类痛苦和折磨的整体下降是里程碑式的，无法计算的。而且我还并不确定是否有人会在试验中死去，因为我认为不会。但是，就算我错了，确实有人死了，你难道会否认他们死得其所吗？”

“我不会做的，”艾琳说道。

但是这一次她的口气不如之前那么坚定了，而且她没有想要结束对话的意向。

8

艾琳把她租的福特车停在了工业园区中大型停车场中，阿斯克勒庇俄斯医药公司和其他几家生物科技公司共享这个停车场。天空蓝得非常灿烂，异国风情的热带植物抬头便见。生物科技园区里蜿蜒的步道上，布满了小溪和假瀑布，四层楼高的现代建筑外面是蓝色的玻璃，只有从每栋楼前不同的大理石方尖碑才能分辨出哪栋是哪栋。

我不是在白费心思吧，艾琳紧张地想。瑞本会在吗？他会怎么反应？她应该在哪里过夜？

她努力说服自己不提前知道才有趣嘛。她的生活太程式化了。

她和瑞本最后一次通话，她没有提到任何要去见他的计划，所以她非常希望他在。如果他没在，她就去动物园或是海洋世界，然后再去和考特妮吃晚饭。无论怎么样，她都想要一个好玩放松的假期，远离当地的监狱。实际上，她还担心自己会跟监狱绑在一起。

她看了看阿斯克勒庇俄斯公司的大厅，不过她没选这条路线。一不做，二不休。让前台通知瑞本她来了，还有什么惊喜可言。当然了，在聊了两年的视频后，突然见面，是挺奇怪的。但是考特妮坚持说瑞本要是见过立体的艾琳，他肯定不会再想仅仅进行视频对话了，特别是她能诱惑他。

瑞本的办公室在阿斯克勒庇俄斯的植物园中，一栋普通的建筑，并没有正式地跟生物科技园连接，离主楼还隔着几栋房子，没有招牌，不想招来动物权益保护者的注意。她走到入口，拉开了一扇双层玻璃门。发现是锁着的，她并不吃惊，因为不远的墙上有一个钥匙卡扫描器。

她朝里面望。跟预想的一样，看不到任何动物。不过她看到一个穿着白大褂的年轻技术员正走过朝里的另一扇门，但是他不是朝着她来的。

她立即敲了敲玻璃。几秒钟后，技术员转过身来，他开了门，不过用身体挡着入口，“有什么我可以帮忙的吗?”他问道。

艾琳微笑了一下，“是的，我是瑞本博士的老朋友。刚好路过这里，我想给他一个惊喜。”

技术员上下打量着她，不过没发现她有什么可疑之处。她穿着合体优雅的轻薄棉质长裤蓝色衬衫，没有藏武器、颜料罐或是其他动物权利保护激进人士喜欢携带的东西的空间。她的美貌容易让人疏于警觉，如果她就是激进人士，这个技术小哥肯定毫不犹豫地想要跟她一起混了。“老朋友，嗯?你看起来没有那么老。”他调情道。

她对他回敬了一个电力十足的微笑，“好吧，你赢了，”她说道，“我其实是瑞本博士的一个年轻朋友。他告诉我他的办公室在你们植物园的后面。他今天在吗?”

技术员把门打开一点，让到一旁，“你真够走运的。我刚刚十分钟前看到他在办公室的。要不要我带你过去?”

“太好了，”艾琳说道。

植物园是一个巨大的不锈钢结构建筑，高吞吐量、完全电脑化的动物处理工厂，专门设计用于动物实验，它正在完美体现它的功能。艾琳以前从来没有见过，但是她对这一切非常清楚。在全世界范围内，都以科学的名义牺牲着动物，在本科和研究生院的免疫学课上，每一种的实验中。

医药公司里聚集着善意的动物爱好者，他们别无选择只能以临床实验的冷酷性对待这些牺牲的动物。食品及药物管理局要求药品必须在动物身上做实验，甚至要求医药公司使用更高剂量的药品，直至50%的动物使用后死亡——这一剂量就是所谓的致死剂量——LD50——然后方能在人类身上进行试验。

“要我边走边来介绍一下我们的设施吗?”技术小伙问道。

艾琳发现自己已经呆住了。“很明显我是来参观的?”

“挺明显的，”技术小伙说道，“不过没关系，我们已经带很多朋友亲戚参观过了。”他开始继续向前走，背向艾琳，“我们饲养的有七类动物：家鼠、小白鼠、家兔、豚鼠、沙鼠、仓鼠、尤卡坦小型猪。”

“尤卡坦迷你猪?”

“对呀。差不多八十磅重，看上去像是变形的野猪。所以不是你在动物园里见到的那种可爱的粉色猪。”

“明白了。”艾琳说道。

“动物送到这里后，放在有条形码的笼子里，根据不同种类放在不同的房间里。净化后的水自动输送到每间笼子——电脑控制。每间房间的湿度、温度、空气质量和灯光都得到严密监控。”

“是的。确保排除实验中所有的额外变量。”

“非常正确。”他挥动手臂指着门径，“这些是手术室。我不会带你进去的，不过跟人类的手术室差不多。在使用麻醉的时候，我们超出了政府规定范围，但是我们尽可能做到人道。”

她冷冷地点点头。每年几十亿只鸡和其他食品动物都屠宰了，也许一个星期就有这么多。但是对于这样一个医药公司来说，艾琳觉得这里就像是纳粹集中营。她并不确定为什么。

真正值得注意的是她自己能够分别对待的这种能力。建立起一个不可摧毁的屏障把所有那一切挡在外面，不只是她失去家人的那一晚，还有这些记忆的感情成分。她现在身处一个对动物进行实验的大楼里，有可能会唤起她记忆中的那只被肢解的小狗。她确实想起了。但是只有短短的一秒，在她的心的另外一部分被纠结在这一幕之前，赶紧把它抹掉。这么多年的噩梦和恐惧，不相信他人，和叔叔婶婶住在一起，在半夜的惊叫中醒来，汗水湿透全身，她的心慢慢作出调整，让她能够去过正常的生活——远离她的魔鬼。

大多数的时候。

“动物尸体从植物园的另外一端未消毒即被带走，”技术小伙继续说道，“放在袋子里，然后扔进一个大型的冷冻室。我们有外包服务弄走在实验中受到辐射的动物。”

“他们把这些动物弄到哪里去？”

技术小伙歪着头想了想，“问得好。”他说道。“我还真不知道。你为什么不问那些没有受到辐射的动物被带到哪里了？”他笑了笑。

“让你看穿啦，”艾琳说道，回敬了一个微笑，“这些没受到辐射的动物尸体去哪儿了？”

“很荣幸你开口了。都被捐赠给了圣迭戈动物园，成为了食肉动物的美餐。”

艾琳抬起了她的眉毛。“如果你看到北极熊在黑暗中发光，你就知道你们一定是搞混了这些受辐射没受辐射的动物尸体。”

技术小伙大笑着，继续往前走。他们朝着一张长长黑色的实验桌，桌子好像是由光滑的如混凝土一样坚固的材质做成的，

“你可能会觉得有点……可怕。”

一排玻璃量筒整齐地排列在黑色长椅上，每隔两尺一排，跟每个仪器连着的是一小坨粉色、跳动着的、像小的鹅卵石大小的东西，浸泡在溶液中，其中一半包含了实验药品。这样鲜红的一坨，只可能是心脏，继续有节奏地跳动着，只是现在没有了主人。每颗心脏由一根细线连着电脑监控器，记录着每一次收缩的频率和强度。

“家鼠的心脏，”技术员说。

心脏的跳动出奇的快，扑通扑通！扑通扑通！扑通扑通！艾琳完全低估了这种惨状。“没有老鼠，它们的心脏也会继续跳动，”她沉思着，“谁知道？”

技术员迅速走回到门道，穿着白色实验长袍的女技术员正逮着一只老鼠的尾巴。固定好老鼠，熟练地把就像是音叉的双叉金属探针放入老鼠的鼓起的红眼睛里，同时按下按钮，将强力电源直接接通。老鼠开始抽搐，她仔细地在摊在桌上的实验笔记本中记录了抽搐持续时间。

“啊……我觉得我已经看够了，”艾琳说道，她可以把她的痛苦记忆封存起来，但是没有必要来刺激这些记忆。“不是，我感谢你的介绍。真的很有趣，就像是恐怖电影里面的酷刑室。但是我要去给瑞本博士一个惊喜了。”

技术员点了点头，“说得对，”他带着她又走了三十码，左转，然后停在了办公室前面，外面的标识牌上写着：休·瑞本博士，硕士/博士，副总裁，神经科学。

艾琳心跳加速——真相即将揭开。

瑞本办公室的门是开着的，他们走近的时候，他正在忙着打字，艾琳站在门口，不顾她的紧张，希望她不会因为激动而脸红。

“瑞本博士，你的一个老朋友想要见你，”技术员说道，指着他身后的艾琳。

瑞本抬起头来，看着艾琳。他打量了她几秒钟，面无表情。最后他转头对技术员说：“特洛伊，如果你是在开玩笑，我觉得我不太明白。”

艾琳一听到他的声音，立马惊得目瞪口呆了，说不出话来。

“她说她是你的一个老朋友，想要给你一个惊喜，”技术员说，本能地退后，怀疑地打量着她。

瑞本摇摇头，“我从来没见过这位女士。”他坚持。

9

艾琳感到一阵眩晕，几乎不能呼吸，这绝对是她在电脑屏幕上看了几年的那张脸，无可置疑，同样的姓名，同样的称号，同样的公司。

但是不是同一个人。

她立即听出了声音的不同。她熟悉的那个声音音调比较高，而面前的这位声音更深沉。另外那位英文很好，但是有一种她不能分辨出来的口音——他出生生长在美国，肯定是他想要改变或者掩饰自己的口音。而她面前的这位没有任何口音。

怎么回事儿？

他在要什么把戏？

他不是她两年来一直合作的那个人——这是完全不可能的。他的样子是休·瑞本，他的头衔和公司也都是。但是人们如果想要，是可以变成不同的声音的。特型演员就可以模仿任何人的声音。

但是如果他只是在装，想要混淆她的视听，他不可能在见到她的那一刻一点痕迹都不露，一点痕迹都没有。没有人在完全吃惊的状态下隐藏他们的所有反应，没有人可以。

换句话说，这就是他。没有其他可能的解释。

她该不该去质问他？大吵大闹，逼他使用他的真声？她本能告诉她，不要。她需要时间把事情想清楚。

所有的这些分析在她脑子里一闪而过，“我搞错了，”她低声说道，“我想我才是惊喜，像个傻瓜。我想要给一个惊喜的朋友也叫休·瑞本，也住在圣迭戈。可是好像教训就是你不能只在谷歌上找出这个人，然后给他一个惊喜。”

瑞本和那个叫做特洛伊的技术员都好像看着胸罩里藏着炸弹的恐怖分子一样看着她。瑞本看起来好像在犹豫要不要叫警察。

“非常抱歉，”艾琳接着说，她马上转向技术小哥，“特洛伊，你能不能带我出去呢，我马上消失，然后去找对的人。”

瑞本的眼睛眯了起来，“她没拍照吧？”他问特洛伊。

技术小哥摇摇头，“一张都没拍。”

“她有没有掏出手机来？她有可能趁你不注意的时候拍了一堆。”

“没有，她没拿过手机出来。”

瑞本看着艾琳的眼睛然后叹了一口气，“听着，”他说道，“我知道你不会明白的，但是我们尽可能地做到人道。这样在动物身上的测试出来的药物可能拯救无数的生命。我们大多数都是动物爱好者。真的。我家里养了两只狗，我像爱孩子一样爱它们。但是我们没有选择。要求就是我们必须在动物身上实验以后才能在人身上进行试验。”

艾琳脸都僵了，“我真的不是为了动物权利来这儿的。”她说道，“我不想妨碍你们。我只是犯了一个无辜的错误。你们要是愿意可以领我出去。”她眉头紧锁。“我很想离开，就像你们恨不能我立马离开一样。”

10

艾琳在一家小型超市旁边停下了车，整理刚刚发生的一切。她的内心很乱。

她面对着两个不可能的结论。要不是瑞本有一个双胞胎兄弟，或者是幽灵——跟他有一样的名字、头衔和公司——要不就是他在玩什么见不得人的把戏。她仍然不相信他可以掩饰他的见到她时的本能反应。所以可能是他知道她要来。越想越不可能，另外一种情况可能更说得通。毕竟，她还为他承担着吃官司的风险。也许他是假装不认识她。如果她被抓了，他可以否认所有事情。他看上去不像这个类型的人。但是她越想越觉得她想不出更好的解释了。

她的双手不自觉地握成了拳。如果她私底下给他打电话，他会突然又承认他认识她吗？然后为自己的神秘找个借口？然后冠冕堂皇地道歉？

你会想他可能给了她一些暗示。使了一个颜色。或是什么。他可能会告诉特洛伊他想亲自领她出去，然后趁着单独跟她在一起的时候，小声告诉她，他希望能够保持这段秘密关系，原因以后会解释。

难道是她一直在跟多重人格障碍的人一起工作？她想想都觉得讽刺。也许他的人格一方面就是位精神变态者，另外一面是精神变态斗士。

她从口袋里拿出了手机，然后深吸了一口气。她点击了快速拨号，瑞本的私人号码。这一定会很有趣。她很生气，他要是觉得她会原谅他，那他就错了。

她自己挖苦自己想，还搞什么浪漫呢。

电话响了三声便接了，“嗨，艾琳，”一个很激动的声音问道，“事情进展如何?”

电话那头的声音是她熟悉的声音，而不是今天在阿斯克勒庇俄斯听到的那个声音。“不要跟我胡扯了！”她愤怒地说道，“你在玩什么把戏? 嗯? 如果你不想承认你认识我，你至少可以给我使个眼色什么的。”

“你在说什么呢?”瑞本说道。

“我在说我去你的办公室的时候，你却假装不认识我，你这个混蛋。我在说的是我们在视频通话的时候，你换了一副声音。是吗? 你是不是跟每个不同的合作伙伴用的都是不同的声音?”

“你去了阿斯克勒庇俄斯?”瑞本警觉地说道。

艾琳疑惑地摇了摇头，她想要穿过电话，直接掐死他，告诉他当然去了阿斯克勒庇俄斯，但是他的声调让她严肃地回答他的问题，“是的，我本想给你一个惊喜。”

“啊哦，”瑞本说道，“看来进行得不顺利。”

“你就在那儿的，你知道怎么回事儿。”

“我不在那儿。你一定是碰到的真正的休·瑞本博士。他完全不知道你是谁。”他顿了一下，“我知道你现在肯定想找词儿来骂我。我不怪你。”

“那么你能解释一下到底该死的发生了什么事儿吗?”

“嗯，很显然呢我不是瑞本博士。我跟你撒了谎。但是我有很充分的理由。”他加快语速说完。

“让我猜一猜。你有一个跟你长得一样的双胞胎兄弟——不同的声音。”

“不。我跟他没有任何关系。只是第一次跟你联系的时候，我需要一点资历。我知道你会查我的背景。所以我用了他的名字和头衔。我们视频聊天的时候，我有软件能够把我的脸转换成他的。”

艾琳固执地摇着头。“不可能，”她说道，“没有这么好用的科技。你的嘴唇和表情跟你的话配合得很好。如果有这样的软件能够将你的每一个表情和嘴唇的动作都即时反映在模板上，忽悠了他人一次又一次，我一定会知道这样的软件。”

“我会给所有事情一个解释的，”电话另外一头的声音说道，“真的。”

“我应该叫你什么呢？”她怒冲冲地说道，感情上的巨大伤害让她的愤怒变本加厉，她认可的一个朋友和科学上的同事背叛了她。她跟魔鬼签订了协议来帮的一个男人。

“如果你愿意，你还是可以叫我瑞本。都两年了，使用一个不同的名字对我来说不是很妥吧。”

“不是很妥？”艾琳反击道，“继续使用一个你冒名顶替的名字，才是我认为的不妥。你叫什么名字？真正的名字！”

“德雷克。”

“是名还是姓？”艾琳问道。

“既是名又是姓，”他回道，在他们继续纠结名字之前，德雷克说道，“听着，艾琳。我不怪你这么生气。但是在我们深入讨论之前，能告诉我你为什么不请自来吗？”

“你的意思是这都是我的错？因为我想要给你一个惊喜？听着，我不需要解释我的行为。但是你必须解释你的！”

“我没有任何怪你的意思，”他很快地回答道，“这完全是我的错。全是我的错。我欺骗了你，我会解释到你满意为止。但是，在我们进一步讨论之前，我想要知道清楚。突然到访圣迭戈不是你的风格。所以我得猜才能知道是什么。”

她想了想该怎么回答，然后说道，“你料想得没错。我找到了。我找到了可以逆转精神变态的组合。”

“太棒了!”他小声地激动道。“难以置信，我以为至少还要花费一年的时间。”

“我也是这么想的。”她承认道，然后像是又加了一句，“德雷克。”

她挺走运的，这次她可是像是中了彩票一样。没人能保证她会成功，毕竟老鼠和人是不一样。即使配方存在，也可能花上好几年才能找到，也有可能致死个案远不止才三例，如果再发生一起致死案例，她会马上停手，无论找到还是没有找到配方。

“我一个月之前找到的。我想在多些案例身上确认后再告诉你。”

“在所有对象上都有用?”瑞本/德雷克兴奋地说道，“每个对象都实现了完全逆转?”

“是的，在几天的测试下。超过五十个对象。不只是生理机能，还有大脑模式对于带感情词语的反应。所有的。我们找到了精神变态者的完全治疗方法。”

“不可思议。”

艾琳点点头。从大局来看，这让高不可攀的难题瞬间变得如同小儿科一样。

“艾琳祝贺你。我知道你承担了所有的风险和压力。我永远都欠你一个人情。”他顿了顿。“成功的配方组合是什么?”

“那是我想见你跟你说的其中一件事儿。不过现在我不知道该不该相信你了。你都承认了撒了这么大一个谎，从我们一开始接触开始，你就在骗我，我再相信你那我就是白痴。我准备告诉的是瑞本，不是德雷克。”她不客气地说道。

“不论我是谁，我还是那个让这一切变成可能的人。我付出了时间和相当多的经济上的支持。你现在必须告诉我，马上。”他的声音里突然出现了命令的口气。

“我没有义务做任何事情。我也不会做。我得先弄清楚到底怎么回事儿。”

电话另一头一声重重的叹息声。“你说得对，”他说道，“对不起。但是我必须要赢回你的信任。好吧，你可以暂时不说，没关系。但是希望我解释清楚我们所做的这一切，你就会明白的。然后告诉我能够治疗精神变态者的治疗配方。”

“你是不是都不在圣迭戈……德雷克?”她问道，有意地多次使用这个新名字，让她自己能够尽快适应这个现实。

沉默了半晌，“是的，不管你相不相信，我住在亚利桑那。尤马附近。要不我们明天下午在亚利桑那大学学生会见面吧?在你的主场，就在书店门口，我会跟你解释一切，一点半怎么样?”

艾琳几乎无法抗拒的就要答应，急切渴望知道他的骗局的底牌，但是她不能这样对考特妮，她也不会这样对考特妮，特别是她的好朋友专门为她请了一天假陪她。

“我在圣迭戈还有事儿。”艾琳说道，“只有周三一点半了。”

“有什么事情比这还重要……?”

德雷克突然停了下来，艾琳都能想象出他那急迫得几乎要咬到自己舌头的样子。他的声音里充满了令人窒息的紧张，她从来没听过他这样。

“好吧，”德雷克沉沉地说道，好像在故作冷静地回答道，但是忘了他的牙齿还咬得紧紧的，“周三一点半，没问题。”

“我突然想起来……德雷克，”艾琳说道，“我现在甚至都不知道你长什么样子。”

“我们见面前，我会给你手机发送相片的，”他说道，“我们书店见吧。我请你吃午饭。”

“太好了，”艾琳说道，“这次最好一切顺利。”

“会一切顺利的，”他向她保证，“请相信我。”

她结束了通话。对于一个假装休·瑞本的人来说，信任显然是件最不可能的事儿。他一直瞒着她两年，而她根本不知道到底发生了什么。她真的会想疯的。

他现在肯定也知道她对他的信任度连一个陌生人都不如，所以他才建议在一个公开的人多的地方见面。即使如此，即使艾琳很擅长徒手格斗，她还是要好好准备这次见面，不能再想象着理所当然了。

尤马不知为何想想都觉得那么恶臭，她甚至在圣迭戈都能嗅到一丝不对。她会跟瑞本——德雷克见面，睁大双眼，带着她沉重隐藏的秘密。

11

想到跟德雷克的关系，艾琳越来越紧张。他好像很自信可以搞定一切，但是万一他自己就是精神变态者呢？他的反应似乎都符合。难道他是一个想要治愈自己的精神变态者？不太可能。整件事情像洋葱一样需要层层剥茧。

但是如果他是一个说谎的精神变态者，他会继续做他自己所做的，继续撒谎，编织一个更大更合理的谎言来掩盖他的痕迹。

无论他是不是精神变态者，她都必须准备好他继续向她撒谎，完全地用谎言掩盖谎言。所以，不论见面的时候他告诉她什么，她是傻子才会相信。只是身体上作好防预准备赴会还不够，还需要在心理上做好应变准备。

艾琳真正需要的是能够查验他所说的内容的方法。她需要在见面后继续跟踪他，他们路不同。他肯定说得非常具有说服力——但是他的行为呢？如果他告诉她他住在尤马，然后艾琳跟踪他发现不是，那么艾琳就可以确定他在说谎。但是如果他所做的跟所说的一致，那么她可以开始相信他了。她需要偏执一些，但是她也不想在他坦白实情后还是疑神疑鬼的。

考特妮下班回家陪她吃晚饭，所以艾琳现在有足够的时间。她用手机打开谷歌，输入“GPS 跟踪装置”，马上就有无数的搜索结果出现。她往下拉了拉，间谍装置超市吸引了她的眼球。在两天后与瑞本——德雷克见面后，她要做的就是当回间谍。但是有没有哪家商店——不对，是整家超市都是关于间谍的？有没有什么东西是不能通过因特网得到的？

她点了一下屏幕上的链接，转到了超市，屏幕上出现了上百条“最受欢迎产品”。

艾琳不相信地摇摇头，用食指滑动着屏幕朝下。这是真的吗？装着摄像头的钢笔？内置摄像头的领结？是真的？

隐形摄像头似乎是这个网站销量最好的产品。墨镜、闹钟、帽子里的摄像头。你想得到，就有人能在里面放个摄像头。很明显的，保姆摄像头已经被发展到了极致。

艾琳继续往下滑动，隐形墨水？好像太小儿科了。撬锁工具，夜视设备，她的眼睛眯了起来。一个预装载好软件的闪存盘，当在另外的电脑上下载时，“间谍盘”的主人可以监控和记录主机的所有活动，从键盘输入次数到 Skype 网络电话。她完全不能想象这样的东西怎么合法化的。

然后艾琳又看到了窃听装备。她在电视上看到过比较便宜的类似设备的广告，号称可以放大声音帮助人们更好地听清楚电视里的对话，或在吵闹的剧院后排更好地观看表演。尽管这些合法申明都是画外音说明的，广告向人们展示了如何使用这些设备窃听私人谈话，这一直让艾琳觉得反胃，一阵恶心。网站上的那些装置比她之前看到的高出好几个数量级，更加精密。六面板组合式抛物柱面反射器天线只要——只要九百美元！可以在差不多四百码开外的地方听到对话。

她还找了GPS定位装置然后查找了一遍。有非常多的种类，但是有一种正合她的需求。只有一角硬币那么小，重量也差不多，可以依附在衣服上。配有微型电池，装置本身不工作，而是与目标手机同步，让手机发出信号给安装装置的人，提供位置。家长和雇主已经使用某种类似软件追踪他们孩子或者员工——这让艾琳觉得是非常可怕的趋势。这种装置也是同样的道理，只是更加隐秘。

艾琳把装置的名字粘贴在搜索栏中，想找一家附近的实体店，还有到实体店的路线。半个小时后，她来到了这家商店，一家叫做现代电子监视的店铺，把车停在了停车场。

她刚把引擎熄火，手机就响了。她看了看来电显示，是一个陌生号码。

“你好？”她试探性地问道，心想谁会打电话呢。

“是艾琳·帕尔默吗？”一个低沉的男声问道。

“我是。”

“我是史蒂夫·富勒，是尖端科学应用公司的。”

“你怎么有我的号码？”

“帕尔默小姐，不好意思侵犯了你的隐私。我给你宿舍打过电话，但是你的室友说你到圣迭戈了。她觉得我可以给你打手机找到你。”

艾琳微微转动了钥匙，刚刚可以让车子启动，摇下了窗，“有什么可以帮忙的吗？”

“我们是一家资金充裕的私营公司，进行过许多划时代的新科技产品研究。你在精神变态者方面的研究最近引起了我们的兴趣。我们明白你即将获得你的博士学位了。我们希望能够在你方便的时候，抽空跟你商量到我们公司工作的事情。”

艾琳想到他们一定是看到了《华尔街日报》的报告。但是如果是这样，他们会立即得出每个人都会得出的结论——精神变态者早期预警装置。是的，每个人，除了她。社会是绝对不会接受这样的装置的。

但是治疗配方——却可能对于企业来说更加有用。他们难道注意到了她过去两年的活动？她摇了摇头。她现在在犯傻，与德雷克的小插曲让她有点神经质。

“谢谢你们，”她说道，“但是公司确实不是我的菜。如果你们真的明白我所做的工作，你们不会对我还有兴趣的。”

“我知道你可能有顾虑。但是我相信我可以打消你的顾虑。你可以获得无限量的科研资金作支持。没有必要争取补助金，没有必要担心校园斗争。而且你的工资会比你想象的还要高。”

“你们为什么愿意在我的研究上花这么多钱？”

“我也会向你解释的。你能不能来我们公司跟我见面，我们聊几个小时，我可以回答你所有的问题。我相信我一定会说服你加入我们团队的。”

“你希望什么时候？”

“因为你已经在圣迭戈了，改期不如撞期，我想我们可以好好利用这次机会，所以我才这么着急在你回图森之前跟你取得联系。明天你有空吗？”

艾琳皱着眉头。她决定要好好跟朋友在海滩放松一天——这么多年的第一次——然后每个人都想在这一天安排重要会议跟她见面。“明天恐怕不行，”她回答道。

“星期三中午呢？我可以根据你的时间。”

艾琳在考虑。她完全不知道这是怎么回事儿，但是出于某种原因她的直觉给她提示一定要搞清楚。一切的一切都不是平白无故发生的。很奇怪这个神秘的公司也碰巧在圣迭戈，如果她不搞清楚，会让她寝食难安的。她在想，他们知道些什么？他们是谁？还有他们为什么对她感兴趣？她现在已经有些抓狂了。

如果她同意了，她就得在这里多待几天，然后短信通知德雷克他们的见面顺延一天。两个谜团都在周三这个时间节点争夺解密时间。今天又会发生什么事儿呢？她顿了两三秒考虑怎么办。

她最后决定爽约德雷克。他欺骗了她整整两年，所以让他为他一心想要得到的信息再多等一天正好。只要他能证明他的欺骗是有原因的。

“周三中午可以。”她说道。

“太好了！”那人激动地说道。“你能不能告诉我你周三上午在哪里，我会派车来接你，带你到圣迭戈直升飞机场，我们从那里出发。”

“直升飞机场？”艾琳说道，“你难道不在圣迭戈吗？”

“非常近——眨眼就到。我们就在棕榈泉外面。直升飞机非常方便，不用在山里绕圈，开车太费时间。我不想占用你更多的时间。但是我会准备好直升飞机整装待发，让你很快到达。我保证晚饭前送你回去。”

艾琳的眉头又皱了起来，她又一次不太确定自己是不是愿意。“你能等一下吗？”她说道。

“当然，”这名叫做史蒂夫·富勒的人答道。

艾琳快速地在手机上用谷歌搜索这家叫做尖端科学应用的

公司。公司网页非常简洁，还有专门的招聘页，特别提到了公司有五架直升飞机可以载员工到他们想要去到的包括斯坦福、加州大学洛杉矶分校、硅谷在内的等加州的高等科研机构。

“不好意思，”几分钟后她又开始通话，“我看这样吧。你把直升飞机场的地址发送到我手机上，告诉我时间，我自己去那儿，不用派车来接。而且我只带了些休闲的衣服。我不准备参加什么正式面试之类的。”

“好的。休闲装没关系。我们已经知道我们迫切需要你的加入。这更像是你来面试我们。我非常感谢你能临时决定见面。”

富勒发送了地址，艾琳等了一下，确定了艾琳收到地址后，富勒挂断了电话。

她把头靠在了头枕上，转动着眼睛。她从一个火坑跳到了另外一个火坑。今天是超现实的一天吗？除非搞明白怎么回事儿，否则她是不会相信任何情况的。

如果史蒂夫·富勒真的知道她在干什么，那么她可能会受他摆布。她违法了。她可能为此掉脑袋。死了三个人。更糟的是，其中一名还是在她使用了实验疗法直接在拖车里毙命的，她编造了一个故事说她被袭击了来掩盖的，暴打一个已经死了的人。是的，所有三个人都是被判有罪的杀人犯，但是她仍然有可能被判刑好几年，甚至几十年。也当不了什么研究人员了。

但是富勒不太可能知道。但是他很想跟她见面。她就是一个无名小辈。只凭《华尔街日报》引用的关于远程精神变态者装置的天方夜谭是不可能给她这样的 VIP 招聘待遇的。

她继续在网上搜索关于尖端科学应用公司的信息，但是一无所获。除了他们的网站，她什么也找不到了。这对这么高规格的公司来说是不可思议的，而且令人疑惑不解。

她接着又搜索了史蒂夫·富勒，属于公司高层，能够派车和直升飞机。他的名字很大众，但是用他的名字组合公司名字、科学和商业搜索，也没找到任何有用信息。

事情越来越奇怪。艾琳·帕尔默像很久很久以前那样感到坐立不安。

12

那两天与朋友待在一起的时候，艾琳强迫自己不去想德雷克和史蒂夫·富勒，收获就是重新体会了尽情释放的滋味。她告诉考特妮，休·瑞本不在。她的朋友非常支持她，为她真心感到遗憾。

如果她朋友知道真相，或许就不会这样想了吧。不过，艾琳似乎也不知道真相呀。

她用短信通知了德雷克关于把见面时间改到周四一点半的事儿，地点不变，他同意了。但她知道短信的文字没有完全体现出他对她推迟一天的愤怒，她能想象他有多失望。随后她把航班和租车都延后了一天。

现在她要做的就是搞清楚这家神秘的公司为什么对她感兴趣，然后坐坐豪华直升飞机。

尖端科学应用公司使用的直升飞机场是圣迭戈最偏僻的一个。圣迭戈是一个气候宜人的热带天堂，至少海岸线一带是。但是不小心往内陆只走 10 英里，气温都可能迅速上升，这个距离能让温度从 10 摄氏度上升到 30 摄氏度，景观主体颜色也从绿色变成了棕色。往东内陆走或者往南靠近墨西哥边境，房屋价格、人口都大幅下降。直升飞机场就在海岸线东边 15 英里，墨西哥边境往北几英里，所以非常崎岖，人烟稀少。

艾琳用谷歌地图对这片地区地形作了一个虚拟勘探。陌生来电对她的兴趣超出了合理范围，而他和他的公司在互联网上没有留下任何足迹。在这样的情况下，艾琳是不准备去坐直升飞机的。她不知道为什么这样的情况让她如此不安，但是她不会没有防备地自投罗网，不过她的直觉告诉她这有一定的危险性，她学会了相信她的直觉。

越往深想，她居然大笑起来。见到休·瑞本的时候，她相信了她的直觉，结果一个叫做德雷克的神秘男人出现了，这怎么可能说服她呢？她必须承认最近她的直觉挺不管用的。即使如此，她还是没有完全抛弃直觉的打算。

艾琳把车停在了一个小型圣公会的停车场，这个地方周日里或者其他特殊节日应该聚集了这个地区分散的人口，但是现在却被废弃了。几棵棕榈树环绕着，看上去死气沉沉而不是生机勃勃。要不是屋顶一个八英尺高的白色木质十字架和水泥停车场，这里很可能被认为是一个又大又乏味的屋子。

她停好车，在这栋建筑后面，只露出一个车头，放下车窗，然后拿出一副高倍数的双目镜，和 GPS 定位系统一起买的——比双目镜还贵。谢天谢地还有信用卡。以她那可怜的薪水来计算，她几乎要用一年来还这些钱。

她选定方向开始用双目镜找机场，找到了，跟想象中一样，有 240 码的距离。只有一架直升飞机，即使通过双目镜——跟小型望远镜一样管用——飞机看起来都像是无线电控制的玩具，直升机停靠在一块篮球场大小的浅灰色混凝土板上，旁边是大门和栅栏。在栅栏里面，直升机旁边，是一个像是保养库和小型自助加油泵，可以加任何直升机使用的燃料。在划定的专门区域，里面还停了几辆车。

直升机很大，可以坐八个甚至更多乘客，高端大气上档次，但是没有公司名字印在上面，艾琳觉得这也是一个危险信号。

艾琳看到坐在机舱里的一个人，那人雕像大小，正在做起飞前的准备——他们随时等候着她的到来。两个男人互相挨着站在直升机前面，穿着休闲，尽管在望远镜里显得很小，但是可以清晰地判断出他们给总统当保镖绝对都没有问题，但是现在居然来给艾琳充当礼仪先生。

艾琳从她的皮箱里取出监听装置，把六个面板组装好。在完全装好后，就像是一把没有钢丝的大雨伞，厚重黑色的麦克风在中间，短而带凹槽的枪柄。反射器挺轻的，相当于三把同样大小雨伞的重量，还带有一个三脚架，她慌忙组装了起来，调整着反射器和三脚架，让它们正对直升机场。

还好，直升机叶片还没转动起来，要是转动了起来，它们的响声会淹没这一区域的所有谈话声音。艾琳花了三四分钟调整监听系统的三挡平衡器来接受她想要的频率和声调，就跟广告里的一样，她能够在耳机里听到两百码以外的对话，就像是就在她的身边一样。她觉得有点罪恶感，不过如果这样的行为是合法的，并无伤大雅，但是如果动机不纯……

两个人闲聊了几分钟。她从望远镜里看到较高的那人——高出四英寸而不是三英寸——看了看他的手表，“她迟到了。”他说道。

另外一个人没有回答。

“嗯，又不堵车，怎么会还没到呢。”高个子男人说道。

“也许她上厕所去了，”另外一个人说，“我们也不着急。尽管我很想看看她是不是跟说的一样火辣。”

“亚当，这是直升飞机，不是单身酒吧，”高个子男人说道，像是在调侃而不是在训斥。“我这样说是因为我怀疑她会害怕。富勒说了他很吃惊，她这么快就答应跟我们一起飞，没有作更多调查，或者问更多问题。”

“他还是用的尖端科学应用公司这一套?”矮个子男人说道。

“是的,”另外一人答道。

“他跟她说了他的真名吗?”

“他用了。还真吓了我一跳。他很少这样。”

另外一人没说什么，但是耸了耸肩，但是这么远艾琳看得不清楚。

她自嘲地想，真是太好了。富勒很少使用他的真名。那么公司肯定的也是假的，因为那人说了“老一套”。

为什么突然真相成了稀有物品了？难道她脖子上挂了一块牌子写着“对我撒谎”吗？她开始感到自己拿着卫星锅盖对着那些人很疯狂很可笑，但是没有其他感觉。

艾琳眼睛余光看到旁边有动静，一下子蹦了起来差点撞到车顶。两个肌肉健硕、面部轮廓清晰的男人，已经站在车门前，脸上表情严肃。

她太集中精神听几百码开外的对话，耳机把近处的声音都隔离掉了，她甚至没听到他们把车停在教堂另外一边的声音。他们没关门，以防声响会引起她的警觉。

她摘下耳机的同时，其中一人从开着的车窗伸手进来取下了她的车钥匙，熄了火，把钥匙放进了自己的口袋。对于这个人的一举一动，坐在车内狭小的座位上是最不利的防御位置——或者说是进攻位置。在她采取任何行动之前，她的本能——在错误判断瑞本之后迅速调整过的直觉——告诉她必须改变。她猛一开门，溜出车门，站了起来，一气呵成。

两个人往后退了几步，他们上下打量着她，当然是在看有没有武器。

“嗯，这很不走运呀,”其中一人说道，指了指三脚架和接收锅盖，“也出乎意料，你得跟我们走一趟。”

“你们是谁?”

“我们是你要见的人派来的。”

“把钥匙还给我。”她要求道。

“你应该清楚故意窃听私人谈话是非法的，”其中一人说道，他的搭档一直站在他旁边没出声。

艾琳没有回答。她不知道他说得对不对。可能是对的，但是即使是犯罪了，也是轻罪。

“跟我们走……我们会护送你到……直升飞机。”

这些人是谁？他们怎么找到她的？艾琳不相信是巧合——这件事儿上不可能。那就意味着他们还追踪了她。当他们意识到她迟到得太久，他们一定是决定要走出来查个究竟。如果他们跟踪她，在这么荒凉的路上她一定看得到他们，而且他们应该来得更快，他们很可能是跟踪了她的手机。

艾琳厌恶地摇摇头，“通过手机追踪别人，”她说道，“未获得许可的情况下，也是违法的！”

那些人眼中的诧异证实了她的预感是对的，尽管他们的表情立马恢复到了平常的冷漠。“我不知道你在说什么，”说话人口气轻松地说道，“但是我们得走了。我们不想迟到。”

“谢了，”艾琳假笑一下，“不过我改变主意了。我觉得不去见面了。请向……呃，史蒂夫·富勒转达我的歉意。”

“不好意思我们现在可能不只如此了。问题在于我们不知道你到底想要偷听什么？所以你没有选择，你得跟我们走。”

“不去，”她冷静但是挑衅地说，“不好意思我不会去的。我现在要拿回我的钥匙。”她加了一句。

这么多年来她一直学习各种自由搏击术，十几岁的时候花了成千上万小时来训练、比赛、打赢锦标赛，就是为了这一刻在准备。她从来没有在实战中检验她学到的东西，但是她从身体上和精神上为此已经作了无数年的准备。她发誓再也不要无助、发呆、或者是犹豫，再也不要！

当她还是一个软弱无助的孩子时，她看到了纯粹的恶魔的眼睛，完完全全无情的眼神，眼前的这两个人吓不到她。他们现在完全不知道他们要对付的是什么样的人。要说外貌可以欺骗人的话，她可是这方面的高手。

“恐怕我们还得继续为你保管钥匙，”其中一个说道，声音里没有一丝友好，“你必须得跟我们走。我不想使用武力。”他特别强调。

“没错，我也不想。”艾琳回答道，眼神闪过坚定冷酷的光。

他们完全没有机会。艾琳突然跳起，朝没发言那人的脑袋一记回旋踢，他就如死人一般重重摔在了停车场的水泥地上，没倒地之前就已经失去了知觉。艾琳身轻如燕地落地，然后在那人完全倒地之前，回到了蓄势待发的姿势，连贯的下扫腿，在另外一个人还没来得及反应之前，将他扫倒在地，他也猛地栽在了地上。

值得夸赞的，后倒地的这人立马跳起站了起来，接下来的15秒钟，他展示了他不凡的身手，挡住了艾琳连续猛攻，并且还尝试还击，不过都没打中。有那么一刻，艾琳想起了在锦标赛中遇到强手的情形，只是没有她强，她现在的对手就属于这一类。

她感到他也意识到了这一点。跟她一样训练有素，她料想他会改变战术，把格斗比赛变成摔跤比赛，因为这样他可以凭借力量取胜。他朝她快速扑来正是这个目的，希望能够把她扳倒在地，不过艾琳早有防备，往旁边一闪，并且朝他膝盖后面一踢，他两腿弯曲跪倒在地。她完全可以把他膝盖都踢破，但是估计减轻了力道，以免对于他的重要关节部位造成永久损害。他蜷缩着身体就要掏枪，但是她从他手上把枪踢开，并且拿到了，而且还在地上趴着。

她没有认出是什么枪，而且重量不一般，她没时间细想，把枪指着她的敌人，他自己坐了起来，揉着膝盖。

“举起手来！”她命令道。

他把手慢慢地举过了头顶。

“现在，”她冷冷地说道，“我再问你一次，你是谁？”

“我也想问同样的问题，”他回答道。

他抬着头盯着她，表情充满了尊重和钦佩，“你把那个我们一直监视着的柔弱的书呆子研究生怎么了？”

“这到底是在干什么？”她问道，“这一切到底是怎么回事儿？”

“不好意思，我恐怕解答不了你的问题，”他说道，“我就是他们雇的打手。虽然我表现得不尽人意。”他含含糊糊地说道，“不过你应该问的人就是想要跟你见面的人。”

“你叫什么名字？”

“艾伦。”

“好吧，艾伦。暗中监视我真的值得让你赔上命？”

“听着……艾琳，”他说道，“我很愿意告诉你一切我所知道的。他们告诉我你就是一名叫做艾琳的研究生，给我看了你的照片，然后告诉我们监视你。”

“就这样？”

“就这样。他们都没告诉我你还是……自由搏击高手。”他又朝下瞟了瞟自己受伤的膝盖。“这可是很关键的信息。”

“我不相信你。”

“我其他什么都不知道了。我就照着他们说的做而已。他们付给我的钱还挺多的。但是我完全没有参与其中。那些雇佣我的人对他们的隐私只字未提。”

他的语气让艾琳相信了他，如果这个名字是真的，那么他可能说的是实情。如果他说的是真的，那么再想从他那里问点什么出来也是浪费时间。她不知道在这些人被发现失联到后援赶来之前，她还有多少时间。

那么现在该怎么办？她匆忙地环顾了一下四周。她现在前不着村后不着店的，不能藏匿于人群中或是车流中。他们追踪了她的手机，那么他们肯定也知道她租的车的品牌、型号和车牌号码。他们肯定还知道她应该乘坐今晚八点的航班回图森，所以只要盯着圣迭戈机场就行了。所有这些都说明，她想要逃跑是不可能的。

现在只剩一件事儿她可以干了——主动出击。一个大胆的计划在她心里初现雏形。但是她必须要这两人跟着直升飞机一起走，这样她需要分散别人的注意力，她需要艾伦的合作。

那么问题又来了：她准备怎么来获得他的合作呢？要不要继续她刚才没干完的事儿打破他的膝盖骨呢？

即使她闪过这样的念头，她也不会这么做的，无论情况有多么危急。是的，在试验精神变态者配方的时候她已经打了法律的擦边球了——她已经踏入了黑暗领域；是的，她对这两个人是挺强硬的。但是那只是为了自卫。不论如何她都不能把人整残废了。这不是她，她发现自己的真实想法后，松了一口气。

“好吧，艾伦。你必须按照我说的做。”她拿低了枪，指着他的膝盖。“你一违背我，就让你的膝盖不保，明白了？”

她不会这样做，但是她还是可以虚张声势。

另外，万一他决定要吓唬她呢……

“我听你的，”他叹了口气说。“但是你要知道你拿着的是麻醉枪。你用麻醉枪是打不爆别人的膝盖的。请一定记住，即使我开了枪，你也不会有任何生命危险，也不会受伤。”他特别说明了一下。

艾琳瞟了一眼她手里的枪，突然觉得被梗住了。她以为自己表现得很专业呢——不过没有她想象的那么完美。她迅速到了艾伦的同伴身边，还是用枪——麻醉枪——对着艾伦。他的同伴还是没醒过来，尽管还在呼吸，她很快在他身上找到了一把9毫米西格·绍尔半自动手枪和另外一把麻醉枪。她拿走了半自动手枪，回到了原来的位置。

“谢谢你的提示，”她说道，这次她举起了9毫米手枪对着那人的膝盖，“我再说一次。照我说的做，不然你别想再走路了。”

艾伦叹了一口气，“你想要我干吗？”

“给直升飞机那边的人打电话，”她边说边用头示意了一下北边的直升飞机停机坪，“告诉他们你们在以北一英里找到了我，但是我找到了一个伏击你们的位置，而且我还全副武装。给他们一个地址让他们支援。你自己看着办，一定要让他们三分钟内开车往北。不然就打掉你的膝盖。”

她自己都不相信她会这么做。她是研究生，一名科学家。

不过她还是能从读过的小说中找到一点策略。她喜欢看恐怖小说，只要不涉及心理变态角色。技术上来说确实有1%的杀人犯属于心理变态者，但是只要他们是为了钱或者权利就行，只要不是故意为了好玩折磨或者残害别人的杀人犯或者强奸犯就行。不然会太冲击她的底线。

好的小说都有比较靠谱的真实性，尽管她曾在书中跟随男女主人公想方设法要逃脱险境，但是她从来没有经历过她现在所面对的这一切，一点相似性都没有。不过好像她一直在潜意识中从心理和生理上为应对这类麻烦做着准备。

还有什么忽略的吗？所采取的行动对不对？在冥思苦想几秒钟后，她意识到她忘了点什么。如果小说真的教会了她什么，肯定是信用卡，能够被这样的团伙追踪。所以她的信用卡必须封存起来。

她不是小偷，但是他们已经开始了——无论开始的是什么。

“等等，”她说道，“在你通知你同事之前，把你的钱包扔给我。”

那人皱了皱眉头，不过还是照她说的做了。除了一本驾照证明他是艾伦·史密斯，他没有信用卡和其他身份证明。她并不奇怪。她在钱包里找到一沓20美元的现钞，然后取了出来。她把钱包扔了回去。“不好意思了，”她说道，“去找你有钱的老板补偿你。”

她又搜了搜他的同伴的钱包，拿走了一些钱，不过枪一直指着艾伦。两人的现金都不少，很可能是因为他们没有信用卡。

“好了，”艾琳说道，用头指了指北边。“现在给你飞机场那边的兄弟打电话，呼叫支援。”

她取下戴在头上监听设备的耳机，然后只放在一只耳朵旁边，另外一只耳朵空着，“两边对话我都会听到，”她说道，“别想要什么花招。”

艾伦点了点头，基本同意，然后嘴角微微翘起，露出一丝微笑，“我现在想都不敢想，”他平静地说。

13

艾琳系着安全带坐在车内的后座上，所以艾伦肯定不会觉得猛踩刹车并不是什么好主意，同时确定她在乘客后座上保证了他们之间距离的最大化。艾伦的同伴已经大体恢复了知觉，然后她给了他一枪麻醉剂，把他留在了教堂的停车场。

艾伦作为头儿很快把直升飞机那边的人支开了，不过他们一旦发现扑空了会很快杀回来的。走运的是，即使沿着蜿蜒的路，他们还是一眨眼就到了停机坪的大门。艾琳在座位上蜷缩得更低了，但是枪一直指着司机，他在金属小键盘上输入了密码，然后门自动滑开了。

艾伦把车停在了直升飞机旁边，然后朝飞行员走去。直升飞机飞行员现在站在机舱外，朝车走来。在艾伦接近司机座位的时候，艾琳朝艾伦脖子开了麻醉枪，然后从后座跳了出来，用枪指着飞行员。艾伦随即趴倒在了方向盘上。

飞行员问都没问就举起了手。

“进飞机去。”她命令道，“我们走。”

飞行员看了看倒在座位上的同伴，然后点点头。

他们上了直升机，跟艾琳猜想的一样，非常豪华。乘客舱非常宽敞，还有软包的机长座椅，由柔软的象牙色皮革制成，座位间隔宽敞，再高大的人放脚空间都很充足，还有酒吧台、橱柜和大屏幕电视。飞行员很快从豪华的机舱来到了驾驶舱，艾琳在他身后保持了安全距离。

“让飞机飞起来！”飞行员一到驾驶舱，艾琳立马下了命令，“马上！”肾上腺素爆发出来穿过艾琳的身体，她都怀疑自己没有飞机也能像火箭直飞冲天。

飞行员操作了几个开关，直升飞机顶上的叶片开始转动，很快就加速起来。几秒钟后，豪华直升机就脱离了重力，轻盈地飞入了空中。

“去哪儿？”飞行员大声吼道，他们俩都懒得戴上耳麦来进行对话。

艾琳心想问得好。她知道她必须得足够机智才能让她摆脱现在所面临的一切。肾上腺素会让一些人头脑发热，但是对她刚好相反。当她在一大群人面前作演讲时，肾上腺素就会迸发，她会比平时任何时候都口齿伶俐，能言善辩，而她在排练时却完全不能达到这样的最佳状态。

“先提升高度，”她朝飞行员大声嚷道。“我等下就跟你说。”

那么她应该去哪儿呢？直升飞机能够从圣迭戈飞到图森吗？如果能，要飞多久呢？

她摇摇头。思路不对。

她想过要扔掉她的手机，这样他们就不能再追踪她了，但是她的直觉告诉她晚点再说，毕竟他们还可以用雷达什么的追踪他们自己的直升飞机，就是这些飞行器上经常会装的定位装置。

知道他们会追踪，这意味着什么呢？

首先，旅途必须短，这样他们就没办法猜出她要去哪里，然后到场欢迎，或者派另外一架直升机跟着她。第二，他们能够准确定位她的位置，在降落后她必须迅速离开，如果她在沙漠中降落，她绝没机会藏起来。但是如果她降落在大城市的中心呢……

“去洛杉矶市中心，”她嚷道，“以最快的速度。我告诉你在哪里降落。”

飞行员点点头，警惕地看了看她的枪。直升飞机倾斜，然后朝西北飞去。

“要多久？”她大声喊道。

飞行员耸了耸肩，“大概三十分钟。”

她知道她可以在平顶楼或者摩天大楼楼顶降落，无论有没有直升机停机坪。但是思索了一下后，她决定要反其道而行之，降落在停机坪可能是更好的选择。

所以在喧闹的城市中心的哪里才能找到停机坪呢？思考了几分钟后，她得到了答案。

他们一路沉默飞行着，不管叶片有规律的稳定转动，艾琳一直保持警觉，让飞行员在她视线范围内。当洛杉矶市中心出现在远方时，她说道，“我们去西好莱坞的西达斯西奈医学中心。在它们的停机坪上降落。”

“你知道我不一定能做到的，”飞行员吼道，“如果有另外的直升机起飞或降落怎么办？”

“那就尽量不要相撞了，”她说道，翻了一下白眼。

五分钟后，他们在停机坪上降落了，一个大型六英尺宽的黄色条带圆圈。叶片转动开始减慢时，艾琳就朝飞行员的腿上打了一枪麻醉枪。

她还是不能相信自己干了这一切，但是现在不是开小差的时候。飞行员这么配合，她完全不敢相信这是真的。她打开了一个光滑上漆的储物箱，把手枪和麻醉枪放了进去，然后下了飞机。

停机坪是极好的遥望好莱坞山风景的位置，除了旁边的一个大大的梅西百货标志有点大煞风景，不过她可没有时间享受美景。还好，停机坪没人，她冲过大门进入了医院。

几分钟后，她从医院出来，径直走向了梅西百货。她立马买了一套全新的行头，是她能找到的最便宜的，包括袜子、鞋子、裤子还有一个棒球帽，换上新衣服，把自己的衣服扔掉了。

她知道自己有点神经质，反应过激了，但是她读过太多小说，看过太多电影，都是讲的那些坏人能够在主人公的衣服上安放追踪器——这不正是她计划跟德雷克见面想做的事儿吗，结果在她身上预演了。太过小心总比不小心好。而且，即使他们追踪的不是她的衣服，旧衣服也会让那些人轻易认出她来，新衣服则可能不会。

正要离开商店她又想到了什么。她又买了一件T恤，叠成球形缠绕在她的手机上，然后出了商店来到了人行道上。她扫视着繁忙的街道，寻找出租车和皮卡车。她先盯上了一辆皮卡车，然后在卡车经过的时候，把她用T恤包着的手机扔到了卡车后面空着的后备箱中。跟她希望的一样，有了T恤的包裹让手机掉到后备箱里的时候没有太大声响，可能司机根本没察觉到他又拉了一点新的货物。运气好的话，皮卡车能够把那些追她的人引开，给她争取更多的时间。

三分钟后，她打到了一辆出租车。“去巴士总站。”她一边说一边坐在了后座上。

司机是一个皮肤黝黑不修边幅还挺着一个大啤酒肚的男人，说道：“你是说灰狗巴士站吗?”

“嗯……是的。就是它了。”她说道。

坐在车上，艾琳想着她的下一步行动。有可能是她对现在所处的困境过于夸大了，这个机构所拥有的资源，或是对她的兴趣。不过，也可能她并没有夸大。她觉得自己没有选择，只能假设他们会不遗余力来找到她——尽管她没办法大胆预测到底他们最终目的是什么。

不过，如果他们如她料想一样厉害，他们肯定会知道她在洛杉矶降落了，然后在洛杉矶机场布局，她要是想租车的话，他们还可能追踪到她。

所以只有大巴了。她觉得他们不会想到这一招。现在还有人坐大巴吗？她为自己想到这个主意很得意。即使他们想到她会搭巴士，她也希望他们会认为她最有可能去的目的地有两个：

亚利桑那的图森。

不过她确实要去，用现金买了车票。

毕竟她跟那个把自己叫做休·瑞本的人还有约会。她还是想遵守这个约定。

14

大巴午夜过后才到达图森。旅途让艾琳坐卧不安，她只睡了两三个小时，没有手机让她感到简直是在裸奔，不过这比起她所担心的已经是最微不足道的了。

她想过去报警，但是她知道是不行的。她首先得弄清楚她所面对的到底是什么。她应该对三起人命事件负责，这对她现在的影响比以前任何时候都大。她以前一直在逃避这个问题，但是她确实是个杀人犯，无可争辩。

她怎么让自己落到现在的境遇？就像是一场醒不过来的噩梦。她是不是也成为了自己所研究的那种恶魔？

也许是吧。

但是她很确定没人知道她跟这三起命案相关——除了德雷克——但是她现在必须要怀疑所有事情。也许其他人知道呢。这样一来报警就不是什么好主意了。特别是她刚才袭击了好几个人，并且用麻醉枪攻击了他们，还劫持了一架直升飞机逃走。

这些都是出于自卫，但是她一人之言可是跟一家有钱的大公司的事实证据对抗，毫无疑问警方会相信后者的话。即使如此，史蒂夫·富勒的人也可能向警察报案，我可以想象直升飞机飞行员编造一个故事来隐瞒降落在赛达斯－西奈医院的事儿。一次事故，联络失误。他感觉眩晕需要在晕过去之前降落之类的。

一到图森，艾琳就打了一辆车到城外的仙人掌旅馆，用假名入住了，预先就支付了现金。旅馆是一排平层楼的结构，L形布局，一个接待大厅在一头，长方形的停车场离旅馆二三十码远。房间很宽敞，价格便宜，并不破旧，并没有一楼经常能闻到的霉臭气味，挺干净的。

这种叫做“柱状”仙人掌的植物原产地就是图森，可以长到70英尺那么高。旅馆真是“名”如其景，两株巨大的仙人掌，就像是两根长满刺的电话杆直插云霄，在酒店外的两个尽头，足足有三层楼高。

艾琳喜欢这种大型仙人掌，不过今晚她可无暇顾及这些了，房间里的床挺舒服的，但是她还是辗转反侧直到凌晨三点才迷迷糊糊睡了一会儿。

醒来后，她好好洗了一个热水澡来清醒头脑。发生太多事情了，无论她怎么努力使用她的逻辑推理来解开这个谜团，都一无所获，从大局到细节都是如此。她掌握的信息太少。不过她决定了不向德雷克提到史蒂夫·富勒的事儿，除非她了解更多事实，她的直觉，时好时坏，又一次指引着她。

她在圣迭戈买的GPS追踪定位系统还在，不过其他什么都没有了。她不能冒险回公寓去拿她的枪，在她见德雷克之前她也没有足够时间买一把新的。她思考了几分钟，然后用旅馆的电话给几家典当行打了电话。她打过去的第二家有一把电击枪，不贵，不过口袋里放着这把枪——还有电话让她觉得安心了一些，至少不是裸奔的感觉了。

她打了一辆车去典当行，然后去了沃尔玛，买了一部预付费的一次性手机，然后买了点吃的回到旅馆。她告诉前台她还要多住一晚，并续缴了费，然后才坐上出租车去学校见德雷克。

她在亚利桑那大学学生会旁边的环形路下了出租车，这里无论从地理位置、人气和美食来说都是校园的绝对中心，因为学校本科生数量巨大，没有食堂。学生会有一个大型的美食广场，有好几层，白天晚上都有很多学生，特别是那些出来吃零食的，由他们的父母提前充值，每间小食店都接受充值卡，只需轻轻一刷卡就能享受美食了。

艾琳站在书店门外，却能躲避阳光直射。快到一点半了，接近午餐结束时间，这个地方不如之前那么吵闹了，不过还是有不少背着书包的穿着各式熟悉的野猫标志红蓝色调衣服的学生们从广场穿行而过。

艾琳等了一两分钟，突然有一个高五英尺 11 英寸的男子从人群中向她走来。她一下子紧张起来，突然想起她还根本没有机会查看手机里德雷克传给她的照片，而且他传给她的照片已被她连手机一起扔掉了。不过她不认为会有人跟踪她到了这里。即使如此，她也决定要提高警惕，她现在不相信史蒂夫·富勒也不相信德雷克了。

走过来的男人大概三十岁左右，外貌英俊，行事稳重，看上去友好亲切，浅棕色的头发，深邃的蓝眼睛。

“艾琳·帕尔默?”离她几英尺远的时候，他问道。

她本来想说“你一定是德雷克吧,”突然转念一想，可能不是德雷克，而且这次声音又不对了，她警觉起来，打量着他是否有带武器，尽管在人这么多的地方，他不可能会做什么引人注意的事儿来。

“你是谁?”她低声问道。

“我是凯尔·汉森。”他实事求是地说，稍顿了一下，当然是这个名字，好像在跟她说这个名字意味着什么。他很奇怪艾琳为什么一脸茫然。

“德雷克来不了，所以他派我来了。”他又说道，好像是在提醒她而不是第一次向她解释。艾琳还是很茫然。他一怔，

“不好意思，”他说道，“德雷克告诉我他几个小时以前给你发了短消息还发了我的照片给你。”

艾琳点点头，一切都清楚了。“是的，嗯……我的手机有点问题。”她边说，脑子边在飞快转动以应付突如其来的变化。

这又是在玩什么新把戏？凯尔·汉森又是谁？把他派来赴约有什么目的？

那个她认识叫做休·瑞本的人坚持要见她，向她解释多年来对她的欺骗。艾琳和他是唯一知道精神变态者治疗方法存在以及对囚犯进行试验的人——至少这是她的推断——派这样一个代表来有什么意义。

“再次抱歉，”凯尔·汉森真诚地说道，“我们并不想吓到你。”

“听着，我觉得你是挺好的人。不过我很抱歉你只能空手而归了。我是来见……嗯……德雷克的。而且是他提议的私人约会。他想要澄清我们俩之间的一点误会。所以另外的人代替不了他。”

“请给我十分钟好吗？”汉森说道，“如果十分钟后，你还是觉得见我而不是德雷克是在浪费你的时间，我马上就走。我真的能够解释所有事情。”他听起来很真诚，没有威胁的口气——尽管他可能是在伪装。

艾琳深吸一口气，点了点头。“那就十分钟吧，”她说道。

“我听说这旁边有个不错的美食广场。”

艾琳指了指离书店二十英尺的长方形建筑，“比你想象的近。”艾琳说道。

“你吃了午餐了吗？”

她摇摇头表示没有。

“我请你吃吧，”他的声调里洋溢着愉快友好的气氛。

“听着，十分钟后就走，所以你最好买的是可以带走的午餐。”她提醒道。

他咧开嘴笑了，发自内心自然而然的笑容，“我一定会抓住机会的，”他说道，他的口气中透着有种让人无法抵抗的魅力。“听着……艾琳……德雷克跟我说了，我知道你现在很困惑。我也知道他的做法让你有千万条理由不相信他。但是只要你给我机会，我一定会解释到让你满意的。”

“我看悬。这事儿很敏感。”

汉森抿着唇，脸色越来越沉重，“我知道的比你想象的多。”他说道，“我是你的朋友。不只是朋友，你很快就会明白的，是跟你同一条战线的，是战友。我和德雷克在一起工作的时间比你还久。”

“德雷克告诉你，我和他一起工作?”她用一种暗示德雷克可能会撒谎的口气问道。

“是的。我想你又要经历一次背叛。我知道你和他合作的性质。而且你刚刚取得了重大突破。”

15

艾琳把一大瓶冷饮喝了下去，然后吃她刚买的或者说是汉森给她买的火鸡三明治，一共花了 7 美元，“好了……凯尔，”她说道，“坐下来了，开始计时了，我洗耳恭听了。”

他们坐在一个小型长方形桌子旁，美食广场里成百上千的各种对话声音从四面八方涌来。还有几拨学生就坐在能听见他们对话的地方，不过那些学生都自己玩自己的——大笑、争论、调情，在手机上浏览脸书、打游戏，要不就看着从天花板上吊着的电视屏幕，艾琳一点也不担心有人会认真听他们说话，或是听到也知道他们在聊什么。

那么德雷克告诉了这个叫做凯尔的人，她的那些足以让她坐牢的工作。而德雷克还发誓说，他从来没对别的人提过这件事儿。所以她的朋友又彻底背叛了她一次？那么新问题又来了，还有谁知道？还有谁不知道吗？

汉森似乎很饿，排队的时候他就吃完了一大包薯片，刚坐下他几乎又把半个鸡肉色拉三明治都吃完了。“要打开话题真不是容易的事儿。”他说道，“我敢说你最开始肯定不相信我。但是我会证明我所说的一切。我没有疯。不过如果你可以先假装相信我，就是帮了我一个大忙。”

“继续说吧。”艾琳说道。

汉森长长出了一口气。“德雷克不是人类，”他单刀直入地说道，边说边注意她的表情变化。

艾琳转动着她的眼睛。她一定还在做着疯狂久久不能醒来的梦吧。要不然就是她进入了暮光之城，会不会她把她这一生的超现实离奇事件指标都用光了，她的生活被搅得一团糟，“少来，凯尔。我可没心情跟你胡扯。”

“记住，我说过你不会相信我的。不过，这就是为什么他没有亲自来的原因。他能够变成人形一会儿，但是长时间这样是很冒险的。”

“那么他究竟是什么呢？”艾琳说道，准备陪他玩下去，“精灵？”

汉森笑了，“不是，他来自一个叫做萨朗的星球，距离地球三十七光年。”

“萨朗，”她重复了一遍，好像是尝试着这个单词的发音，“什么，跟那种保鲜膜牌子发音一样？”她说道，又一次转动着眼珠。

汉森睁大眼睛，“非常好。发音是‘萨’而不是‘宿’。艾琳你一定觉得很好玩。因为我就是这么称呼德雷克和他的同类的。保鲜膜人。”他咧嘴大笑，“好好教训一下萨朗人！”

艾琳凝视着他好几秒钟，似乎他就是科学实验品，看看是不是有最近刚从精神病院逃跑出来的迹象。他既放松又耐心地回望着她尖锐的目光。眼里只有疯狂，尽管表面不像，但是很明显他已经疯了。她特意看了看自己的手腕，尽管她没有戴手表，“十分钟已经到了。”

“我没有浪费你的时间。如果你能再配合一下我，很快就会解释完。我明白。这很疯狂，你在等好戏上演。但是这不是，也不会是一出戏而已。配合一下我。”他请求道。

她全身一紧想要从椅子上站起来离开，但是他的眼神让她没有这样做。是自信，简单的信息。他的自知之明——知道自己对艾琳来说有多荒唐，但是依然对他的信念的深深的坚持让他自信会说服她的。她长叹了一口气，“好吧，凯尔。我很难想象我会相信你，不论你说什么，我再尊重你一下。”

“谢谢，”他说道。

“那么如果德雷克是来自萨朗的，那他怎么可能变成人形，即便是很短的时间？所有的《星际迷航》的外星人看起来都是人形的，因为他们没有足够的预算做出来不是人形更具想象力的外星人。”

“也不全是这样。有一种叫做趋同进化的概念。保鲜膜人从外形上来说跟我们很接近。是的，非常接近，所以他只要经过大量的外科整形或者基因工程就能够让他短暂地变成人形来这里。不过还有很多外星人的外形跟我们……嗯……非常不同。

“德雷克变成人形更多的是因为他的习惯而不是外貌。人类进化过程中积累了很多微表情，所以皮克斯这样的动画公司在最初的时候不敢挑战真人动画。如果动画动物稍微有点不像，不是大问题。但是如果人形动画有一点不对，我们都可以看得出来。表情是在我们的皮肤之下的，泄露着我们的特点。所以他在跟你视频对话的时候是用的休·瑞本的外形。这样你在谷歌搜索到他的时候，可以获得你更多的信任。”

这时艾琳眼睛里第一次闪现的不全是怀疑了。汉森抓住了这一瞬间，“德雷克告诉我当他解释他是如何用软件把他的脸变成瑞本的，你说了那是不可能的。不可能那么真实，那么毫无破绽。不可能在对话中实时进行。是的，你是正确的。那是不可能的。至少人类的科技是达不到的。”

这让艾琳怔了一下，这是什么鬼把戏，不过他作了解释。

“我希望等我解释完所有事儿以后，”汉森继续说道，“你能够信任我，让我带你去尤马亲自见见德雷克，这是你能完全相信我的唯一方法。你会亲眼看到他不是人类。亲眼见一下就好，你的疑虑都会全部消除。”

艾琳再次审视着他。她现在还不认为他说的是事实，但是如果他的目的只是想骗她去尤马，他大可不必这么大费周折编这样一套谎话出来。他这样做只能让艾琳更加怀疑他而不是信任他。

汉森似乎看出了艾琳眼里的犹豫，“你给我的十分钟到了。你要是愿意，我可以现在就离开。当然你也可以离开，我不会拦你。不过像你这样充满好奇对知识充满渴望的人，我觉得绝不会拒绝至少让我把话讲完。除非你真的觉得我是疯子，而其实你并不这样认为，对吧！”

艾琳意识到他是对的，叹了一口气，“继续说，”她无奈地说道。

“老实说，德雷克一直试图把知道他来历的人的数量控制在最低，但是原因很明显，对你肯定是藏不住了。”

“那么为什么现在告诉我?”

“他别无选择。你看到过真的休·瑞本,然后觉得非常怀疑,并且感到被背叛了,你不愿意告诉他治疗配方组合。所以他觉得必须彻底解释清楚。他安排了这次见面,不过他从一开始就知道他只能派我来。邀请你到尤马去,证实我所说的一切,这是最直接的方法。但是他知道你不可能这么信任他去做这一切。你需要慢慢接受这个全新的令人震惊的事实。所以他就分为两步走,在你的主场,在你感到舒适的地方先告诉你。”

“好吧,”艾琳说道,“为了再多配合你一下,你提到了其他外星人种群。那么那些种群的代表是不是都在地球上呢?”她朝他倾斜过去,眉毛扬起,“你不是‘黑衣人’吧?”

汉森大笑,“我不是。我不喜欢黑色。恐怕德雷克是。就这样。我等下告诉你为什么,但是他是地球上唯一的非人类。”

“啊哦。有人给他指出了错误的方向吧,去到尤马。他肯定知道51区在他西边吧,而罗斯威尔空军基地就在东边。”

汉森脸上又闪过热情真诚的微笑,露出两排整齐的牙齿,当然了小时候戴着金属牙套矫形牙齿还是有用的。“那两个区域都没有外星人。”

汉森停了停,似乎是在找更快让艾琳开窍的方法。“现在你想听我解释了,那么让我从头开始吧。我们所在的银河系区域中有十七种智能物种。他们的科技水平基本是一样的。我们科技正在飞速发展,但是科技发展并不能一直保持这样的高速状态。经过成千上万年的交换,这十七种文明的主要科技区别都已经磨平了,现在是趋于同化的状态。有些文明几千年前就达到了现在的水平,但是科技就以龟速发展几乎停滞,现在它们在多个领域努力发展到已经超出了宇宙所能负荷的上限。”

艾琳觉得太新鲜了。如果这是一个骗局,那么也是一个非常精心设计的骗局。

汉森吃完了他最后一口三明治，喝了一大口可乐，然后继续说道，“最近——至少发生的一串事儿中——离我们最近的智能星球邻居捕获了我们传输的信号，并且把这些信号传给其他十六个已知的智能星球。现在大家都意识到在他们还有第十八个智能星球邻居——这对他们来说可是大事儿。一个智能物种还需要发展很久才能达到整个银河系文明的科技水平。他们希望欢迎我们加入银河系大家庭，但是在看完我们的传输信号后，他们变得警觉起来。”

“他们没有看过我们的电视真人秀吧?”艾琳假装严肃地说道，“那一定会让任何智能生物都警惕的。”

汉森又笑了，“我当然希望他们没看到。好消息是他们可以区分小说和非小说。不过我不太确定他们怎么分辨电视真人秀。但是，即使把我们试图在小说中描述的暴力和破坏忽略不计，我们也是他们见过的最暴力、最棘手的物种。能够从事其他物种所不能理解的暴力——种族灭绝、折磨拷问、无法形容的残酷。他们发现我们有天赋，但是却很野蛮。”

“那么他们已经超越了这个阶段了?”

“我不是专家，但是我所知道的是他们没有一个物种曾经经历过这个阶段。进化可以通过竞争实现，但是也可以通过合作实现。比如蜂窝，完完全全的合作，他们在进化的过程中表现得非常出色。大多数的物种都是结合了残酷的适者生存的竞争以及对整个物种和基因长期存在的合作。比其他十七种物种，我们明显的适者生存占到更大比例。”

艾琳在琢磨着这个观点，没有回应。她也吃下了最后一口三明治，没有把眼睛从对面这个男人身上移走。

“但是问题来了，”汉森继续说道，“这十七个……”他顿了一下，“我把他们叫做‘十七星团’。我不知道为什么，不过把他们叫做银河系或者是类似的名字，我会觉得很奇怪。‘十七星团’的电脑比我们的电脑强好几百万倍。然后他们的计算机得出的结论是有高达92%的可能性，我们会自我灭亡。”

艾琳点点头。她也会那么告诉他的。

“在银河系中，智能是非常罕见的。他们呢，希望我们更成熟后再加入银河系大家庭。他们不喜欢我们会自我毁灭。”

艾琳眯着眼睛，敏捷的思路飞速运转，她突然明白了汉森接下来想要说什么。但是她决定让汉森自己说出来。

“问题是他们对于我们的自杀行为管不了。星际距离就是星际距离，光速旅行比我们想象的要难很多。十七星团能够以部分光速行径已经不错了。就是从萨朗来的太空船也要花上好几百年的时间。听说他们的科学家取得了突破，能够让他们以光速穿越。但是却要付出非常多的能量和资源。就像是我们的阿波罗计划倾巢而动只为把一个人送入太空。他们需要整整几年的整个星球的能源产量。”

“你是说他们准备了这样的阿波罗计划，然后把德雷克派来了？”

“是的。他们认为如果他们用慢船来的话，太晚了。”

“这个十七个物种的星团联盟就只派了一个……保鲜膜人来？”

“是的。保鲜膜人只是‘十七星团’的非官方领袖。这个物种对于整个大家庭来说贡献最大。跟其他‘十七星团’中成员的母星比较，萨朗又是离地球最近的。更重要的是，是从外形上来说跟地球人最接近的。”

“好吧。打破了原有的物理定律，还吸收了整个文明的大量能量，把德雷克送到地球，只是为了拯救我们。你是这个意思吧？”

“是的。‘十七星团’并不认为人类自我灭亡的趋势会被改变。但是如果可以改变，那么德雷克就是来找到这个改变的方法的。”

艾琳的唇微翘浅笑一下，真相总算揭开了。如果这真的是真相，那就是它了。“让我来猜一猜，德雷克决定这个改变的方法就是找到治疗精神变态者的配方？我没说错吧？”

“是的。有了他带来的量子计算机，他可以让德雷克的脸和休·瑞本在视频对话时无缝转化。这样的能力非常惊人。”

“量子计算机。听起来很超前呀，不过我不懂计算机的事儿。”

“我也不会费口舌向你解释。是根据量子物理学原理，跟直观的完全不同，也跟现在计算机的主导原理完全不同。但是数量级更加强大。我们地球人也研究了好几十年了，但是进展不大。这台计算机计算出如果我们找到精神病患者的治愈方法，那么我们自我毁灭的概率就会降低许多，而且在未来几百年中我们可以赢得我们在银河系大家族里的位置。当保鲜膜人和其他物种可以最终来到地球的时候。”

“如果一艘飞船到达我们这里都要花上好几百年的时间，那么怎么会包含一个大家族呢？银河系大家族？或者是‘十七星团’？你叫他们的名字。你这跟下象棋不是差不多么，好几个世纪才走了一步棋。”

“首先，他们不能以常规光速进行，那样的话就会被超光速传播系统搞崩溃。让量子计算机成为可能与光速传播是同样的科技。尽管德雷克没有花时间和资源来建立这样的传输机，因为只使用现有的人类科技是巨大的挑战，不过最后他还是会进行回报。如果他成功了，所有已知的十七种文明就会向我们的太阳系派出飞船，最远的要花上上千年才能到达地球。每个十七星团的成员在他们的系统中都有十六架飞船。所以‘十七星团’的成员都有一套完整的银河系内联盟围绕着他们的星球。这是唯一能够实现的方法。”

艾琳一脸茫然，“我一定是听掉了什么事情吧？”

汉森脸上露出羞怯的微笑，“如果你真的听掉了，只能怪我没有解释清楚。我已经得出结论你没有漏掉任何细节。”

莫名其妙的，艾琳发现自己对于恭维竟然欣然接受了。

“这些飞船是星际内方舟，”汉森继续说明道，“我们构想这种飞船好几十年了，但是他们却把它变成了现实。你只需要把一个小行星掏空，然后把它变为一个迷你星球——不过是你可以在太空中驾驭的飞船。你可以放进几百万，甚至几亿的人，他们在掏空的小行星中会很舒适，小行星比我们的月球还要小很多。想象一下一个直径只有二十英里的球体。然后里面的分层像是洋葱，又或是像蜂巢，内部能够提供的表面面积是惊人的。对于直径只有二十英里的飞船来说，像这样能够几十上百年运载大量人口的飞船叫做年代飞船，或是星际方舟。进行星际穿越的外星人承诺他们以及子孙后代会世世代代生活在外来的太阳系。但是考虑到如此远距离的航行，这是唯一实现文化交流的方法。”

艾琳现在觉得是彻底的脑洞大开了。这个名叫凯尔·汉森的人是这么有说服力，而且逻辑严密。像催眠术一样在幻想，她发现自己竟然希望这是真的。但是她必须提醒自己，尽管自己希望是真的，并不代表这一切就会是真的。科幻小说家杜撰出来的社会比这复杂还更合理，而且细节都非常详尽。

汉森的手机振动了，但是他没管，他对着艾琳全神贯注地解释。现在的人都不会下意识地去看谁打的电话，无论他们处于什么环境中。还有少数人会在全情投入的时候去查看手机。

艾琳盯着汉森深邃湛蓝的眼睛，眼神简单清澈。“我来理理思路，”她说道，“就是说现在有十七种生物物种住在一起，在十七个不同的太阳系内。每个物种都派出居住有大量人口的迷你行星朝另外十六个邻居飞去。而且他们都和谐共处?”她用怀疑的语气说道。

“问得好。再重申一次，我不是专家。但是我的理解是所有的外星物种并不比人类更友好，更具合作性。这并不是一个完美的世界，或者说是完美的银河系。所以答案是否定的。十七个物种中有两个几乎故步自封的。他们也派出年代飞船，但是只有几千居民而不是几百万。就好像他们只是在文明的外围设置观察哨点，进行监视。其他一些物种关系就像是人类和狗的关系，迅速成为了朋友，形影不离。其他的互相之间还有天生就厌恶对方的。无论是因为对方的外形，还是心灵，有水火不容的外星人一见到对方就立即觉得憎恶，开始蠢蠢欲动。有很多时候，A 文明是 B 文明的朋友，B 是 C 的朋友，但是 A 和 C 成百上千年来都从来没有互动接触过。”

艾琳基本上花了整整一分钟消化这十七种文明在银河系的十七个区域的事实。

“这听上去太奇妙了，”她最终开口了，“真是难以置信。对于研究过心理学和社会学的人来说非常引人深思。所以即使不是真的，也对你的以限制速度进行银河系跨文化交际的出色远见表示尊重。”

“谢谢你艾琳！但是所有都是真的。你仔细想想，你已经有了所有你需要的证据了。我对药物的基因工程一窍不通，但是你难道没有想过德雷克是如何做到他所做到的吗？在基因水平——确认影响精神变态者的准确基因，然后找到逆转这些基因的方法?”

艾琳眉头紧蹙。她以前以为这完全是运气，再加上新型的完整基因组排序，这种技术在几年前还是不可能的。与精神变态者身体基础理论方面相关的知识、基因排序方面的进步、一个出色的计算公式和一些运气——一些科学家喜欢把这叫做“灵感迸发”。

但是当艾琳冷静仔细想想，他所做的完全没有任何胜算，简直是百万分之一，而她曾经那么相信。他的动物实验数据那么具有说服力，但是凯尔·汉森的解释确实成了一种靠谱的答案。

“我是不是在你脸上看到了一点点相信的光芒?”汉森说道。

艾琳扬起眉毛，“可能吧。”她回答道。“但是即使德雷克就是外星人。即使你证明了这一切都无可置疑，也不意味着这一切都是真的。”她指出，“他可能自始至终都在撒谎。”

汉森看起来有点不自在。“没错。不过我跟他在一起工作了这么多年，已经默默地信任他了。他是光明正大的，除非因为需要他被迫欺瞒，就像对你。”他身体往前倾了倾，“关键是你拥有拯救人类的钥匙。我知道这听起来荒谬可笑，还很夸张。但是这是真的。所以请跟我到我们总部去吧，亲自见见这个与你一直合作的外星人。让你更加确信我所告诉你的这一切。这样你就可以毫无保留地加入我们。告诉德雷克你的突破性发现，让我们一起拯救人类。”

艾琳摇摇头，“我对他的那台计算机的出色表现并不是太惊讶。但是他得出的治疗配方确实很惊艳，简直堪称奇迹。很有可能是真的，但是还需要几年的时间来通过审核。”

艾琳已经和“瑞本”就这件事儿长谈过好几次了。首先他们必须证明配方有效。但是即使手中握有可行的配方，还是需要费点周折才能让食品及药物管理局同意进行临床试验证明，同时还确保她不会锒铛入狱。

他们计划将治疗配方介绍给其他研究精神变态者的团队，远离艾琳·帕尔默的。当其他团队发现并宣布他们的研究对象奇迹般地痊愈了，这会成为轰动世界的新闻。然后“瑞本”就会把装着配方的药水瓶和动物数据寄给食品及药物管理局总管，匿名的，解释这就是原因。食品及药物管理局别无选择必须严肃对待。也许会花上十年的时间，但是最后治疗配方还是会通过批准。

但是即使他们成功了，艾琳也觉得作用不大。“即使那些配方今天就能通过，”艾琳解释道，“精神变态者不觉得他们所做的有什么错。他们认为自己是优秀的。如果只为自己着想，能够无情地、无道德地、无灵魂地进行这一切，可能他们确实是最优秀的。还有那些治疗配方可能对社会带来巨大影响的人，世界的独裁者、毒枭之类的，他们肯定不会同意使用。除非你觉得食品及药物管理局或是我们的政府又或是德雷克对中东的精神变态独裁者有司法管辖权，能强制执行。”

历史上有多少独裁者暴君都是精神变态者？艾琳觉得可能大多数都是。反社会这个词经常跟精神变态者互换使用，但是有一个区别，尽管这个区别非常细微不那么引人注意，即使专业人士也不完全知道。反社会者还受困于反社会人格障碍，但是这跟他们成长的经历和环境息息相关。而这对于精神变态者来说却并不是如此。他们也许成长得非常顺利，但是不能改变任何事。他们的妈妈可能是特蕾莎修女，他们的爸爸是甘地，都对他们没有任何影响，因为对他们来说这些只是形式。

不过他们的环境确实在许多情况下可以影响他们在哪方面

会产生精神变态。那些在爱心家庭中受过良好教育的精神变态者，可能会从事白领犯罪，诈骗、公司陷害、内幕交易或是腐败。他们可能成为医生、律师、会计，因为这是获得成功的捷径，如果在背后伤人是必须的，那么他们肯定会这样做。

但是，在杀戮盛行的环境中长大特别能激发他们的变态行为。一个在黑帮环境或是周围全是暴徒中长大的精神变态者，无疑会成为冷血中最冷血的。他们会用尽所有办法，如果需要得到一个法律学位，即使砍头是必须的手段，也根本不是问题。如果强奸和折磨会让他们的对象害怕，那就更不在话下了。

阿普卡在《坏种》中第一次见面所说的一段话完全正确。这些人看上去是优雅理性的人，不是恶魔。普通人完全想象不出在他们光鲜的外表之下会有怎么的一颗反差极大的心。

这些精神变态者热情、口齿伶俐、温文尔雅。那么有逻辑性，毫无威胁感，所以那些关于他们的传闻都被夸大了，是谎言。“我要个人为那些持异议者被斧头砍头的负责吗？在鲜血溅到我的脸上时还在微笑吗？不可能。看看我熨烫平整的制服多么干净。看看我的微笑和姿势多没有威胁力。当然了，这就是西方舆论，我的社会多么进步。”

讽刺的是，那些基因往往让那些最具同情心、最能感同身受的人、最不可能是精神变态者的人们被欺骗。这些人无法看穿精神变态者的脑子跟他们大脑的思维是多么的不同，动机是多么的奇怪。具有这样同情心的人可以轻易地把这些理解看成是谎言——这些善良的人的基因构成不允许他们相信——这是事实。当需要公关的时候，最危险的精神变态者可以轻易地把世界上善良的人们当成是他们手中的木偶一样来玩弄。

“所以治疗配方是了不起的成就。”艾琳继续说道，“尽管可能性也许有限，但是非常吸引人。但是达不到德雷克和他的计算机估计的那样效果。那些比你我冷酷得多的摧毁人类就像是打死一只苍蝇的人仍然会存在。”

汉森叹了一口气，“你的观点不无道理。但是还有更多是你不知道的。”他的脸露出一丝内疚的神情。“但是我觉得那是有必要的，你可能需要点时间才能接受。”

16

有那么一瞬间，艾琳不太确定她还想不想继续听汉森解释。这些意外的事情来得太突然了。汉森最后所说的听上去很让人担心。这次她又漏掉了什么吗？她觉得自己不能再承受更多的心理上的冲击了。可是她也知道，潘多拉的魔盒一旦打开是永远关不上的。

“我有个主意，”她说道，“让我重新整理一下。我要给自己打打气好接着听你接下来要讲的事儿。你知道当心理受到冲击时，什么最有用吗？”

汉森眉头紧蹙着思考，“不知道。是什么？”他最后问道。

“奶酪蛋糕。”艾琳回答道，嘴角微翘浅浅一笑。“午餐是你买的，我来买甜点吧。然后我在享用美食的时候，你可以再扔一颗炸弹过来劈我。压力大的时候吃甜点不是好习惯，不过现在就来破个戒。”

“你肯定控制得很好，”汉森无不欣赏地说，“我以为你吃东西跟那些模特一样呢。”他顿了一下，“老天，其实我刚刚猜你就是模特呢。”

“好吧，恭维的话也有一定帮助。”她承认，“不过没有奶酪蛋糕管用，我们走吧。”

他们正在排队，汉森的手机振动了两下，非常短，提醒他有新的短消息。“对不起，”他说道，“德雷克可能给我发消息了，我得看看。我想他是想看看我们进行得如何，所以早打电话了。这不是查岗。”边说他边微笑了一下。“不过他相信你现在是这个星球上最重要的人。”

“为什么？即使我现在就死了，他还是可以把我的工作重来一次，找另外的研究员来进行确认。”

“抛去你进行实验所牵涉的风险，你承担的风险，这都需要好多年的时间，但是我们可能并没有这么多年的时间。”他专门加了一句，然后看了手机短信。

凯尔·汉森眼睛睁大，脸色惨白。

“怎么了？”她问道。

汉森没有回答。直接把手机递给她看那条短信。

尤马基地被袭击。SF做的。团队其他人完了。我逃了出来，不能冒险语音通话。丢弃手机。别跟我联系。尽快去CO的MB，开始行动！我等你。我48小时内联系你。如果迟了，别等我。保护艾琳安全。她是关键。

艾琳把手机递回给汉森。她不太确定应该相信什么，但是这个插曲不太可能是专门为她而设计的。“那我猜现在是去不了你们的总部尤马了。突然之间，你就不能证明你所说的了，对吧？”

汉森摇摇头，脸上还是震惊惊骇的表情。“去总部的事儿先缓一缓。”说罢他离开了排队的队伍，艾琳跟着他，他们找到附近一张没人的桌子，又一次坐了下来。

“这不可能，”一坐下汉森立马开口，“怎么可能这么巧合，你一找到配方准备告诉德雷克的时候就发生了这一切。我不相信什么巧合。”他说道。

艾琳注视着凯尔·汉森，对他又有了几分新的尊重。在他作出的所有反应中，这是最能赢回她信任的反应。她自己都说不到这么好。她直视汉森的眼睛，她觉得他身上有种东西让她相信他。他似乎是个心思细腻、谦逊友好的家伙、有点幽默感。她发现自己对他有点好感了。被他吸引得无法承认，即使是对她自己。

“尤马已经完全失守了，”他继续说道，“现在。你一定跟这或多或少有关系。”

“到底发生什么了？”艾琳问道，“旧金山和尤马之间到底有什么联系？德雷克是跟那里某个人在合作吗？”

“旧金山？”

“是的。德雷克的短信不是说旧金山（SF）该对此负责。”

汉森疑惑地看着她几秒，然后眼睛里突然闪出光芒，“你在想他为什么使用SF，德雷克不是说旧金山（英文缩写SF）。他是指的史蒂夫·富勒。”

艾琳屏住了呼吸。

“你怎么知道史蒂夫·富勒的？”汉森立即问道。

“哇，”艾琳为自己感到懊恼，“看来我们都意识到了我不太擅长打牌。我承认我听过这个名字。但是你先来讲讲吧，他跟这件事儿有什么关系？”

汉森沉默许久，“好吧，”最后开口道，“我想我先来吧。富勒是国际军火商，也可能是精神变态者。”他再次犹豫，好像不确定接下来怎么说。艾琳希望他是在掂量告诉她真相的最好方法，而不是在想怎么圆眼前这个谎言。“德雷克在跟你进行这个项目的时候，他一直被那些对人类生存威胁最大的人追踪。富勒就是这些为数不多的人中的一个。我想他SF的意思就是这个了。”

“德雷克怎么知道他是幕后黑手？”

汉森耸了耸肩，“我不知道。也许是在被袭击的时候认出了他。”

“但是为什么富勒要袭击德雷克呢？”

“我不知道他是怎么知道德雷克的存在的。但是可能是他听到了风声说德雷克试图治愈精神变态者。”

艾琳满脸茫然地盯着他。

“如果治愈了精神变态者，”汉森说道，“那么对于军火商来说将产生巨大的负面影响。如果他的最大客户突然变得有良知了，不再购买军火了，开始围着篝火唱民谣了，那么对生意的影响将是釜底抽薪。富勒自己也是一名偏执狂。就像你说的，他们最不想的事儿就是世界和平。所以一个穷凶极恶实力强大的军火商发现德雷克想要改变世界的这个现状，他会怎么做呢？”

艾琳必须承认，如果袭击是真的，刚刚的推理分析确实是有逻辑基础的，而且具有非常强劲的说服力。

“我对史蒂夫·富勒就知道这么多。”汉森说道，“现在换你了。”

艾琳深深地凝视着他的眼睛。她感觉他应该知道得更多，但是决定暂时不逼他。她的直觉告诉她，如果他隐瞒一些信息，唯一的原因就是，他觉得这些信息不相关。在艾琳看来他不是一个天生的或老练的骗子是他最突出的性格特点，艾琳在跟世界上最狡猾的骗子相处多年后，有这样的判断实属不易。

艾琳开始讲她是怎么碰巧知道史蒂夫·富勒，从那个电话开始，他成为了一个想要雇佣她的人，他的公司叫做尖端科学应用。当艾琳说到教堂停车场的那段，她怎么逃脱，怎么回到图森时，汉森带着崇拜的表情，毫不吝啬他对艾琳勇气和机智的赞美之词。

艾琳说道，“富勒打电话的时机跟其他事情一样都不可能是巧合。我觉得《华盛顿邮报》的文章是导火索，但是导致什么？为什么？”

“什么是《华盛顿邮报》的文章？”

她告诉了汉森《华盛顿邮报》刊登了她多年前关于远程精神变态者鉴别装置的想法，让他和德雷克最初联系上的那篇报道。

“因为某些原因，”艾琳说道，“我以为你和德雷克看过这篇文章了，不过我觉得这不是他打电话的原因。富勒肯定知道了配方的存在，尽管我完全不知道他是如何得知的。”

汉森摸着下巴，深入沉思，现在已经快三点了，但是两个人都没注意到时间过得这么快，或者是来来往往了多少学生或者教职员工，在他们周围匆匆来去的人群就像是一大群吵闹的蚂蚁。他们保持在位置上，其他人不停地缩小放大就像他们在使用延时摄影。

“也许没有其他原因了。”汉森最后说道，“《华盛顿邮报》的文章已经足够了。”

“什么足够了？”

“足够让富勒有兴趣招募你。他觉得你真的可以像文章中那样改进精神变态者鉴别装置，已经是非常有价值的秘密武器了。”

艾琳摇摇头，“我提出的时候也觉得是这样的。不过要使用这种工具还牵涉了更多的伦理问题。”

“也许是的，”汉森说道，“但是伦理问题不是军火商所要顾忌的问题。这样的装置对他来说更加有价值，比起做一个正常人来说。他每天接触的那些人——恐怖主义者、独裁者、或者是中间商都是些激进分子。但是有些人不是。对于他和他的人来说区别哪些人是有良知的，哪些人没有良知是很有用的。他处理潜在客户和招募下级时也是有用的。”

“嗯，我明白了。他读了文章，觉得那是个有用的秘密武器，然后希望我离开大学来改进这个仪器。但是并不知道我在好几年前就已经放弃了这个项目了。”

“然后你同意见他。然后又怎么样了?”汉森两手一摊，似乎不能继续推理下去，“我们怎么把这事儿和现在的情形联系起来呢?”

艾琳眼睛一鼓，“他们在和我见面之前就在监视我了。”她警觉地说道。“所以他们才会在教堂停车场找到我。那么不难想象我在圣迭戈的时候他们都对我进行了全程监视。甚至在他们联系我之前。对不对？搜集信息，对我有所了解。用最佳手段诱惑我上他们的船，给我一颗糖或是给我一棍子。”

“所以当你在圣迭戈给德雷克打电话的时候，他们也在监听?”

艾琳点点头。“我不太确定。但是我想是的。”

“你还记得你说了些什么吗?”

“记不清楚了。但是我对休·瑞本的伪装非常生气。”她眉头紧蹙，“而且我告诉他我来圣迭戈是因为我们成功获得了配方。”

汉森吐了一口大气，“原来如此。”他说道，“富勒的人监视你是因为他想要你制作一个远程诊断实验。但是他们却意外得知你和德雷克找到了治疗配方，这一定让富勒这个战争狂恐惧不已，你从有价值的潜在盟友变成了潜在敌人。”

“如果他们追踪我给德雷克的电话，就不难解释他们怎么找到德雷克的了。然后进行了攻击。”她突然感到一阵迷惑。“但是为什么没有立即?”艾琳说道，她知道这可能是德雷克和汉森精心设的一个局，但是此时此刻她别无他法而是相信这不是一个局。

“他们能够跟你毫无顾忌地见面。他们可能决定要从你这里得到尽可能多的信息再进行攻击。他们没有料到你这么多疑，或者是这么难对付。”

“有道理。但是他们跟丢我以后，他们为什么没有直接攻击德雷克?”

汉森想了想，他也没有好的答案。

而艾琳呢，她已经找到她自己问题的答案了，突然觉得脊背发凉。她凑近汉森说道，“凯尔，我刚刚想到了他们出手时机的原因了。”她眼神露出紧张的神情，“因为他们就在这里。”她说道，环视四周，把整个美食街看了一个遍，“就现在。耐心地等着我们走出人群，再把我们带走。”

17

艾琳暗暗环视四周，看到一个比一般学生年纪要大的人。富勒可能派人监视他们了，一直跟踪他们到了嘈杂的美食街，然后当他们离开的时候继续尾随他们，并向外面的人报告他们的行踪。

“我不太明白，”汉森说道，“你是说他们故意等到现在才袭击德雷克，因为他们想要你跟我见面。”

“是的。这样他们就能再次捕获到我。他们希望德雷克跟我见面，这样可以一石二鸟。趁我们之间还没有交换任何警告信息。当他们发现你替代了德雷克来到图森跟我见面，他们一定是决定到了这一步才下手。”

艾琳边说边意识到他们一定捡回了她扔到卡车里的手机。这样的话，富勒肯定知道是凯尔·汉森来见她而不是德雷克。不过这无关紧要。他们只需要推迟对于德雷克的袭击直到她和汉森见面。如果他们的打击是100%成功的，那么德雷克是没有机会通知汉森的。他们两个会毫无知觉地走进他们张开的大网。但是即使德雷克通知了汉森尤马被袭击的事情，他也确实通知了；谈话的两人也可能既找不出尾随在他们身边的危险，也无法顺利脱身，即使他们已经意识到被包围了。

汉森好像还不是完全相信。“他们为什么会确信在发生这一切之后你还是会来和我见面呢？或者说有种……有胆量……”他纠正了一下措辞，“来绕过他们来赴约呢？即使你确实想。难道他们不应该觉得你还藏在洛杉矶？低调藏身？”

“从我跟德雷克的对话，他们很可能意识到了这次见面对我来说有多重要。我也许分析有误，但是现在我们必须假设我是对的。我们必须假设他们在这里了。现在就在我们身边某处。只要我们还在人群中，我觉得他们不会动手，他们等得起。”

汉森毫无顾忌崇拜地望着艾琳。她感觉到他对她有兴趣，不是普通的那种吸引。她已经习惯了男人们对她的外貌很感兴趣。但是她从来没感觉到他是被她的外表所吸引，即使他恭维过她。

“德雷克告诉我，你非常优秀，”汉森说道，“从人类的角度来说，”他打趣地说道，“但是我觉得他还是低估了你。你从洛杉矶再潜回图森真是太令人吃惊了。你的思维就像是大侦探级别的，或者是高级特工。就好像是你的一生都在从事黑色行动。我看过你的背景。我知道你掌握了一些防身本领，但是没有任何资料说明你有反侦察方面的实践经验。”

艾琳的眉头一蹙，“嗯，是的，别过早恭维我。我也只是分析了眼下的问题。我现在还根本无法让我们安全脱身呢。我的秘密武器就是我读过很多惊险小说。我知道这听起来很不可思议，但是我觉得真的有用。”

艾琳知道她的外表看起来挺有迷惑性的，所以汉森也可能如此。他讨人喜欢，而且确实是很友善，看起来也不是特别强硬或者体格健壮，她有理由相信，他肯定不是雇来的打手。他非常绅士，而且似乎非常体贴周到——跟动作男完全搭不上边。

“你呢?”艾琳说，“你是不是德雷克那边的保镖?”

汉森觉得这个推测挺好笑，“不是呀。”

“完全没有这种情形的经验？不会功夫？你不是什么海豹陆战队退伍战士?”

汉森笑出声来，“怎么可能？不过我把它当做你对我的恭维。我连童子军都不是。更糟的是，我都没读过科幻小说，所以你这方面比我有经验。我不知道怎么开枪，不知道怎么用刀，我觉得90岁坐着轮椅的老太太都能在面对面枪战中把我撂倒。”

“好吧，”艾琳的眼睛一亮，“我非常佩服你的……毫无保留的……直白。”

“所以我们现在该怎么办?”汉森问道。

艾琳转头不看他，希望中断谈话，这样能有时间好好思考。她重新整理了一下她现在的思路，还是觉得是可靠的。除了一点，他们真的这么大费周章：就因为一通电话攻击德雷克；派小分队来监视他们，这一切？也许，她是不是神经过敏了。富勒不会使用这些资源，冒这么大险——攻击尤马的基地，在美国领土上公开使用武力——除非他确定她不是凭空说出治疗配方。

如果她的假设和推理是正确的，他们就可以直接作出预测。可以简单就能得到证明的预测。如果证明成功了，那么她几乎就可以认定对德雷克的袭击不是骗局，真的有人在监视他们，那么她也不用再臆想有些不存在的可怕的威胁近在眼前。

艾琳决定继续按照有这样的人存在的假设采取行动，来验证她的判断。

她转回头看着凯尔·汉森，汉森还在继续保有自信地看着她，他确定有了她从圣迭戈金蝉脱壳的前例，她一定会再次化腐朽为神奇的。她觉得自己不想让他失望，因为某种不是他们自身安全的原因。

“我要打个电话，”她说道，“我打电话的时候，我要你走到后面的书店去，但是要绕着圈走，假装是你要不要再去弄点吃的。找出在这里盯着我们的人，他身材应该是很强壮的，不是学生，而且装得完全投入，尽管他有可能并没有看着我们。要装得超级自然，不露一丝马脚。”

汉森点点头，“我尽力吧。”他说道。

“我猜这里的监视人会通知外面的小分队你离开了，他们会监视着书店入口。所以你在这里来回转悠的时候，确保你是跟人群一起的，这样他们就不敢贸然采取行动。在商店里面买两个大背包、两件野猫 T 恤还有两顶帽子。”

大 T 恤可以轻易地套在他们现在的衣服上面，更好地混入人群。

“我们要好好伪装一下，”艾琳继续说道，“混入学生里面。别让人看见你在做什么——特别是你买衣服的时候。”

汉森全神贯注地听着。

艾琳顿了一下整理思路，“结账的地方在出口，”她继续说道，“所以不要结账，不然会被监视人看到你买的东西。就从商店偷一个旅行背包，然后尽快回到我这里来。”

汉森吐了一口气，“想想要从商店偷价值 50 美元的衣服就想吐，你知道我不是扮演杰森·伯恩[1]的料。”

艾琳忍不住笑了，但是立马恢复了严肃的神情。“这样吧，”她说道，“不用拿旅行背包。这样偷太明显了。就拿一个一般的背包，把所有标签都扯掉。然后把T恤和帽子放里面。书店里一半的客人都背着背包。然后拿最便宜的，最便宜的里面没有装入防窃装置。那种报警装置就希望能抓住小偷。把衣服揉得皱一点。”

“你确定之前从来没偷过？”

“棒棒糖都没有偷过。凯尔别担心。要是我们把事情解决完了，到时候再来买点吧。”

凯尔·汉森拉出椅子，站了起来，“要是把事情都解决好了，”他说道，“我要在学校开个派对。”他深呼吸一口，“我五到十分钟后回来。”

他边走，边呼吸，不自觉地加上一句，“我希望……”

18

汉森一走，艾琳就拨通了监狱那边亚历亨德罗的私人电话，用的是新买的预付费电话。亚历亨德罗接了电话，艾琳比自己预想中还轻松自如。

“亚历亨德罗，”她激动地说道，“是我，艾琳·帕尔默。真高兴跟你联系上了。你现在有时间吗？”

“有呀。真高兴我接了。不知道为啥我的电话没识别出你的号码来。假期过得如何？玩得愉快吧？”

艾琳快要大声笑出来了。是呀，我简直是在用“生命”在

---

①美国谍战小说家罗伯特·勒德姆创作的《伯恩的身份》中的主人公，后改编为电影《谍影重重》。

度假呀，她自我挖苦地想。

“我玩得很愉快，”她说道，尽量让自己的声音听起来真诚。“我很高兴你劝我来度假。就是我不小心把手机掉进了游泳池，”她继续说道，“傻透了。不过我等下跟你说说整个经过。我现在赶时间。所以我打来电话是因为：过去几天有什么不寻常的人来探过监吗？”

“如果你是说 FBI 的话，我已经知道了。你没必要绕圈子。”

FBI（联邦调查局）？如果她的推理正确，她预计富勒会派人来探监。但是她没有猜到这个人可以伪装成联邦调查局的探员。

“太好了，”艾琳说道，“那么……呃……你具体知道些什么？”她问道。

“典狱长告诉我的。联邦调查局正在培训某个人做你做的事情。所以为了检验他已经出师了，他们想让他来对你走的那天所看的五位犯人进行核磁共振。我亲自把他们带给他的。就今天早上。他大概四个小时以前离开的。”

“哦……太好了，”艾琳语无伦次，“他进行核磁共振的时候有什么问题吗？”

“据我所知没有。我想他是在和你的结果作对比吧，确保他没有疏漏，对吧？”

“确实如此，”艾琳说道。

“你应该感到自豪，你现在是金字招牌了。”

“确实，谢谢你。我只是不确定，FBI 有没有告诉你们他们为什么来。我不想让你认为他们是在调查我。”

亚历亨德罗笑道，“调查你？我从来没想过。”

他对她的正直的完全相信让艾琳对自己所做的感到更加

内疚。

“你看过那个人的工作证了吗？”她问道，“我是说他真的是 FBI 吗？或者他只是一个顾问？”

“我不知道。他没给我看任何工作证。不过他肯定过了监狱长那关。他是临时通知安排进来的。”

“那好吧。非常感谢，亚历亨德罗。祝你愉快！”

她把电话放回来口袋，她的五脏六腑一阵恶心。这个电话打得正是时候。在此之前，试图躲避似有似无假设的监视就好像是一场具有挑战性的智力练习。但是现在这一切都是真的了。攻击德雷克只是一场骗局的可能性几乎为零。她的推理是正确的。富勒确认了治疗方案是真的，才开始最后行动。无论这个假的 FBI 探员是谁对核磁共振扫描都有足够的了解，能从最后已经被她治愈的犯人看出他们已经恢复正常。

凯尔·汉森不到一分钟就回来了，拿着一个黑色帆布包，上面大大印着一个蓝红色的“A”，因为肾上腺素，他的脸通红。他在之前的椅子上坐下，面朝着艾琳，“任务完成。”他高兴地说道。

她祝贺了他，然后马上跟他分享了她和狱警的通话内容。

“精妙的推理，”他说道，“这完全证明了整件事儿。你把史蒂夫·富勒最终和我们联系起来了。”他顿了一下，“我想我发现了在这里监视我们的人。”

“你确定吗？”

“不是很确定，不过我还是有信心的。他既不是 20 岁出头的学生，也不是又胖又老的教授。想象一下海豹突击队员努力竭力掩饰自己的身份。”

艾琳沉思了一下，“你从尤马开车过来的吗？”她问道。

“没有。我是从图森国际机场搭出租车过来的。”

艾琳想了想，这已经不重要了，她意识到，因为即使他开车了，他们也会盯上了他的车。

“你带了多少现金?”她问道。

汉森愣了一秒钟以适应快速的话题转换，“我想有几百块吧。”

“嗯，当然了，”她开玩笑地说道，“从商店顺手牵羊了这么多东西，怪不得有这么多现金。”

汉森大笑。

“200 块就不错了，”她继续说道，“已经够出租车费了，或者贿赂一个学生当出租车司机。”

她很快把计划告诉了他，他在试着掩饰内心的紧张，可是根本藏不住。

“你觉得还行吗?”她问道。

汉森点点头。“听着，艾琳。在紧要关头，我必须要振作。我不会让我们失败的。”

艾琳等了十分钟，等到下课时间，学生们又从教室出来放风。十来分钟后下节课马上又要开始了。他们周围大概一英里的范围，本科生、研究生还有教职员工从教学楼里鱼贯而出——教学楼就像是被一个巨人踢了一脚的马蜂窝——人们从各个方向蜂拥而出。就像是繁忙的工厂到了换班时间一样，只几分钟时间，一群群男生女生涌入了学生活动中心和美食区。

艾琳强迫自己又等了三分钟，然后说道，“我们走。”

没说一句话，他们迅速来到了汉森认为是专业监视他们的那人面前。他整个脸都埋进了教科书里，几乎没有注意到他们靠近了，但是艾琳很有信心汉森是对的：这人跟校园和美食店格格不入，就像是一个学生跟直升飞机下滑绳索格格不入一样。那人继续假装不注意他们，直到“目标”中的一人拉了一把椅子在他身旁坐下。

“我们愿意跟你走，”艾琳开门见山地说，“不过我需要你保证，如果我们跟你们合作，你们不会伤害我们。”

“不好意思，这位学生，我不知道你在说什么。”

“你真的要放弃这个机会吗，就是为了不让你自己暴露？”艾琳轻蔑地说，“确定吗？”

那人盯着艾琳凝视了几秒钟，“好吧，”他说道，“一言为定。没人敢碰你一根毫毛。”

他刚说完最后一个字，汉森按下他藏在手里的电击枪。他们在走过美食区的时候，艾琳秘密交给他的电击枪——在他的腿上开了一枪，然后直到那人从椅子上滑落到光滑的地板上，抽搐，他才松开枪。艾琳知道这人的身手快过她，所以她分散他的注意力，好让汉森开枪。

她也随着这人蹲了下来，快速地找到了他的钱包和武器，一把 HK 45 手枪，把他们放进了黑色帆布包的口袋里，只有几秒钟就完成了这一切。

“快来人帮忙！”艾琳叫道，现在她扮起了热心的学生。

几十双眼睛齐刷刷转过来看着她和汉森跪在一个躺在地上的肌肉男旁边。汉森又朝他电击了一下，用背包遮挡着，以免别人看见，那人又开始抽搐起来。

好多围观者聚了过来，围成了一个圈，就像是池塘里的鱼争相来吃鱼饵，“他癫痫发作了！”艾琳叫道，“快打 911。”

有人开始打电话了，凯尔·汉森又电击了那人几下，当然也是在帆布包的掩护下。

“我去找医生，”艾琳大声说道，然后背起背包，悄无声息地从已经晕厥的人旁边混入了人群，汉森在后面紧紧跟着。他俩刚穿过第一道人墙，艾琳从背包里拿出偷来的衬衫和帽子递给汉森，然后兵分两路，把衬衫套在他们自己的衣服上。

艾琳把手伸进背包的肩带里，随机找了一个离他们进来时候的门很远的出口，跟着四个背着她们自己背包的女孩一起，她就像是多年老友一样，混进了这群女孩，“你们认识那边那个人吗?”她边问边继续走，没人询问她怎么出现在她们中间。

“哪个人?”离她最近的女孩问道。

“那个癫痫发作的人。真可怜。你们没有看见吗?”

“没有，我们刚好路过这里回公寓。”

艾琳隐约听到远处传来的警笛声。“一定是救护车来了，”她是说给她的新同伴听的。

艾琳继续跟着她们走着，只要能接上话的时候她有一茬没一茬地搭着话，时不时看看周围有没有人跟踪她。

十分钟后她来到了周围宿舍楼中的一栋，跟着这四个新生，她怀疑她们很快就会不顾礼貌地要赶她走了。

她们一走进门，就碰到从大厅另外一头走来的另外一群学生，她告诉她们她参加一个重要会议晚了，如果她们有人有车，她愿意付给她们 50 块钱，六英里的路，这样她就不用再等出租车来了。

五分钟之后，她就坐在了一辆车的乘客座上，在赶回仙人掌旅馆的路上，她从反光镜里面查看了整个道路，没有看到跟踪的车辆。

开到一半，她才意识到她计划放在德雷克身上的 GPS 微型追踪器还在她兜里。她摇了摇头，意识到这个计划已经早就被废弃了，然后从窗户里把这个小东西扔了出去。

他们到达旅店后，艾琳闭上了眼睛几秒钟，让自己好好缓缓神，祈祷凯尔·汉森也能跟她一样顺利，稍后就能跟她碰头。

19

艾琳·帕尔默双腿交叉坐在床上，床单是泛黄的鲜花样式，凯尔·汉森坐在一把小木椅上，面前是一张廉价的复合刨花板桌子。

“嗯，没有人能想到到这里来找我们，”汉森说道，假装恐惧地环视房间一圈，脸上慢慢露出微笑，“很有可能整间酒店都被控制了，然后突然全部坍塌。”

艾琳忍不住朝他热烈地微笑，他似乎比她遇到的大多数的人都还要真诚，未加修饰的魅力。这是好事情。这么多年跟精神变态者一起工作，太多的伪装粉饰让她有所错觉。

她盯着他的眼睛，脑海里突然出现了短暂的画面，全身赤裸的凯尔·汉森搂着同样一丝不挂的她，亲吻着她，她似乎都能感受到他的皮肤触碰着她光滑的肌肤。

这是从哪里冒出来的？她想。

丽莎·雷纳说得太对了。两年没有性生活——几乎没有任何人类接触——一直跟精神变态接触。这就是为什么她想要诱惑她的合作人休·瑞本吧，最后却——可能是——一名叫做德雷克的外星人。她最后认定没在圣迭戈见他挺好的，因为尽管她不觉得自己有多挑剔，但是她坚持她的性伴侣的身体必须是百分之百的人类。在某些特定方面没有中间道路。

她真的这么饥渴吗？她能够这么快把注意力就从德雷克转到了凯尔·汉森身上？在她的内心深处，她知道这个问题的答案不是饥渴。在仅仅几个小时之内，她就发现凯尔比她在过去两三年中见过的任何一个人都要吸引人，包括德雷克。共同躲避敌人的搜索并且躲在旅馆里，还分享了这么多无法想象的秘密似乎加速了这一互相吸引的过程。

汉森也跟艾琳差不多，干净利落地从学生会逃了出来，不过他比艾琳晚到半小时。这真是她生命中最漫长的半小时。在整整半小时中她所感受到的令人窒息的思维停顿的恐惧不是因为他的被抓或者死亡意味着她自己生存希望的渺茫，或者任何高尚事业的不复存在，而只是单单因为他。等待让她完全陷入自己澎湃的感情旋涡中，而不是像以往对于自己感情的理性审视，让她不得不承认。

她在想凯尔会是什么感受呢。他会不会也在想着和她的肌肤之亲？她怀疑这并不是什么新鲜事儿，即使在不怎么了解她的男人中。只有当她故意伪装成不受欢迎的丑女形象避免男性荷尔蒙高涨的人的骚扰时，才不会有人注意到她。如果她拥有更自由的灵魂，如果精神变态者没有改变她生活的正常轨道，她的生活会是怎么样？她会不会更加享受男人为她而兴趣，而不是希望他们不要来骚扰她。也许是一名和动物工作的兽医，而不是她厌恶的人类魔鬼。她肯定不会非法地和某种……不明物种……合作。

“德雷克有新消息吗？”她问道。

汉森摇摇头，“我扔掉了我的手机。这是你忘记告诉我的一件事儿。”

“哦，对呀。干得不错。”艾琳扬起了眉毛，“你还是读过一些侦探小说的嘛。”

“我没有那么糟糕，”汉森反驳道，“难道现在的人不是都知道手机可以用来追踪人吗？”

“我想是吧。”

“德雷克也把他的手机扔了。你的也是。多么显而易见的事儿呀。”

“那我们怎么联络德雷克呢？”

“我们去到指定的地点，他会联系我们。”

艾琳想起了德雷克的手机短信。“所以SF不是代表的旧金山（San Francisco）。但是CO却是代表的科罗拉多，对吧？”

“是的。我们得赶到那里。但是我晚点再跟你解释短消息的这部分。现在我们都不要说话了。”

“好的，”艾琳说道。

汉森从椅子上坐到了泛黄的地毯上，双腿交叉，背靠墙壁，面对着五英尺开外的艾琳。

艾琳觉得他没坐的那把椅子看起来就不舒服，尽管她觉得波兰德主任办公室里的椅子更不舒服，尽管这把椅子看起来比较难看。现在他们两人都盘腿坐在卧室里，让她想起了小时候参加过的睡衣派对，只不过她不认为空气里会充满了小女孩银铃般的笑声，还有关于谁是最帅的男孩的讨论。

“我们现在在哪里？”汉森问道，打断了艾琳的回忆。

“我想我们刚刚说到德雷克计算错误。他的配方并非他所认为的灵丹妙药。”艾琳几乎让人察觉不到的摇摇头。她刚刚使用了灵丹妙药这个词吗？可能她在学术界混的时间太长了。“然后你告诉我我并不了解整个事情。”她继续说道，“再说一次。”

汉森考虑着如何将对话继续下去，他脸上露出沉思的表情。“在我们被打断以前，你所说的一切都是绝对真实的。”他开始说道，“就目前情况而言。光有治疗配方是远远不够的。审批就可能耗费数十年，即使有公司赞助商能够匿名参与进来，食品及药物管理局允许。这一次我们，作为一个物种，并没有。而且你说得对，我们想要治愈的那些人是拒绝参与的。”

汉森停顿了好几秒，似乎不是特别想继续说下去。

“那么告诉我我哪里出错了，”艾琳催促道，“凯尔快点，别吊我胃口。”

汉森叹了一口气，“德雷克没想给他们选择的机会。”

艾琳眼珠转了转，“好吧，但是要把药强行灌给上百万的精神变态者也是不可能的。别说他们已经承认。即使他们承认自己是，你就能强迫他们吗？太可笑了。除非你真的相信圣诞老人能够在一晚上眷顾地球上的孩子。”

“确实有一种方法，”汉森向她保证，“如果圣诞老人不通过烟囱送礼物。德雷克设计了一种携带治疗方案的感冒病毒。高传染性的感冒病毒。一年之内，可能更短的时间，地球上的每个男女老幼都会被感染。病毒设计得非常温和，99% 的人可能都只是流鼻涕打喷嚏，几天以后就自愈了。但是有 1% 的人会被感染几个星期，然后就不再是精神变态者了。”

难以想象这么大规模的场面，艾琳的下巴都掉了下来，一直张着，努力消化这么大胆的设想，“你们不能这样做，”她小声说道。

“也许我们无法实施，”他承认，“但是德雷克和他的计算机，在加速了我们的基因序列后能够做到。保鲜膜人的基因工程已经发展到了一个我们还尚未涉足的水平。”

艾琳摇了摇头，“我不是说你们是因为科技局限做不到。我的意思是你们即使能够做——但是你们不能这样做。我的行动已经违反了道德，我是知道的。但是这将会是史上对于道德的最大规模违反。”

汉森点点头。“所以德雷克并没有告诉你实情。他知道你会这样想，特别是在你从那些恶魔手中逃脱后居然还会这么认为。”

艾琳眼睛睁得更大了，她本能地往床上退缩了回去。汉森脸上的神色表明他立马后悔说出了这些话。

“你们都知道些什么？”她质询道，“那些记录都被封起来了的。”

汉森眼睑低垂，“遇到德雷克和他的高级计算机，没有什么东西是能封起来的。”他静静地说。“我真的很抱歉。很抱歉以这种方式侵犯了你的隐私。很抱歉你经历的这一切。我完全不能想象。但是你经历这一切过后还能重新振作起来真的太不可思议了。太励志了。你怎么能够再相信任何人，特别是男人，我想象不出来。换做是我肯定做不到。”

艾琳也不确定她自己能不能做到，这就是她从来没有长期稳定的男朋友的原因吧。她觉得是自己工作太投入了，这只是部分原因——还有更深层次的原因。

她把脸转了过去。她觉得自己被侵犯了，比以往任何时候都要严重的侵犯——可能是那次事件以后最严重的。但是她必须抛开这样的想法。因为并不是凯尔的错，是德雷克在他面前强行解封了那些档案。

或者她已经越界在为原谅凯尔·汉森找借口了？最小化他的过错？德雷克就是为此才派他来的？德雷克和他的计算机也预见到她会被凯尔这样的暖男吸引？德雷克是不是比人类更会操纵人？

“德雷克是不是因为这个才选择我做他的合作伙伴？”艾琳说道。“因为他觉得我的怨恨可以容忍这一切？我更容易抛弃我的原则而去寻找配方？”

汉森张了张嘴想要回答又闭上了。隔了几秒后他说道，“这你得去问他了。我没有参与作出这个决定。德雷克喜欢把事情区别对待，直到最近，我才知道谁都在检测这些精神变态者。”

突然间艾琳意识到她似乎认识凯尔·汉森很久了——她的

荷尔蒙显然是这样想的——她刚刚才遇见他。她对他的个性、幽默感、聪明都有所了解，但是其他方面却全然不知。发生的事情太多了，多到她居然没有时间问问他个人一个问题。

“暂停一下，”她说道，“在你继续说下去之前，我们先解决一下我们早该解决的问题。你知道我的一切。但是你是谁？你怎么搅和进来的？”

汉森微笑了一下，“知道吧，我完全没有意识到我还没跟你介绍我自己，不好意思。我简要说一下吧。我是一名物理学家，三十岁，单身，未婚。”他补充道，脸上立马露出犹疑的神色，“我不知道我的感情状态会在《名著导读》里面怎么概括。”他面露尴尬地说，“可能就是脸书之类的吧。”

艾琳的心跳加快，他对她也有兴趣，虽然暗示非常委婉，但是他自己说出来让自己都吃了一惊。“好吧，”她边说眼睛边闪过一丝愉悦。

“我在中西部长大，说得详细点就是印第安纳州印第安纳波利斯。我爸爸是数学家我妈妈是一名护士。我有两个哥哥。从小就热爱科学和科幻小说。我在普度大学读的本科，然后在匹兹堡的卡内基梅隆大学的计算机科学和物理专业进行我的研究生课程，主要从事的是量子计算机方面的研究。”

“这样说起来，你跟德雷克神奇的计算机还是有趣的巧合咯。”

“并不是巧合。我就是通过这个才把我和他串联在一起。我有一套关于单独量子事件的理论。如果我是正确的，我的理论会预测到一种特别的量子模式，当我找寻特定的……”他说了一半停了下来，“除非你多年来都在研究物理，不然我说的你不太会明白的。我使用‘光谱’这个词来简单化，尽管从技术来说这个词不正确。我有一套理论能够确定特定的量子光谱，以及它的意义。但是我的论文导师，是一名英国人却觉得我的想法完全是垃圾。”

“英国人应该说得比较好听吧，对吧？”

汉森哈哈大笑起来。“他还说得更难听——这已经是他最好的词儿了。不过，我继续寻找我的理论所预测的——更加有组织性，不过还是在难以察觉的小规模，比我能够预计到的更为清晰的信号。当我把这些结果运用进我的理论中，得出的结果是一台量子计算机正在运转。并不是我们现在运行的这么初级的计算机，而是更加复杂高级的计算机。”

“你的导师怎么说？”

“他说更加垃圾了。他说很显然这是人工做出来的。对于他来说，那更加证明了我是错的。毕竟，要证明我是正确的，一定得有一台量子计算机正在运转。但是我们离那样的科技水平至少还有几十年的差距。实际上，卡内基梅隆大学的那一台已经是全世界最先进的了。”

“他没有立马推断出这一外星人设计的结论吗？”艾琳眼珠转动着说，“真是缺乏想象力。”

“就是！”汉森微笑着说，“反正吧，长话短说，我很固执。我能够定位这个信息源……”

他停了下来，似乎在思考接下来说什么，他的表情让艾琳相信实际情况远不止他所说的这样简单。不过，这是一个精简的版本，而且也说清楚了怎么回事儿。

“定位到尤马，”他说完了。“然后我就去了那儿找来源，不断地寻找，结果德雷克注意到了我。然后他带我入了行。我放弃了我的研究生课程和过去的生活，彻底跟过去说再见，过去的四年中，我一直跟他一起工作，学习远远超越人类水平的量子物理。”

艾琳关注着事件的进展，她并没有真正意识到这对人类来说是多么具有里程碑式的、划时代意义的模糊证据证明外星生命特别是外星智能生命——尽管她还需要时间消化这模糊的证据。但是假设这是真的，这个会永久改变人类思维历程。她记得读过一位著名科学家的名言，她记不住具体是哪位科学家了，那位科学家推测宇宙的智能生命，刚好用到这里特别合适：有时候我觉得我们是孤单的，但是我觉得我们不孤独。无论如何，思维都令人吃惊。

“你说你读过很多科幻小说?”艾琳问道。

“是的。”

“那当你知道银河到底是什么样子后肯定觉得非常震撼咯。知道我们并不是唯一的。知道还有十七种文明在银河中。”

汉森点点头，脸上露出欣喜的光芒，“我觉得我是我们星球上最幸运的人。”

“那么还有多少人跟他一起工作，除了你以外?”

“间接的，还有好几十个人。直接的，只有我，因为我强迫他的。他不敢冒险，如果我继续让别人相信我的理论。他知道如果我成功了，他可能就暴露，所以他不得不把我带上。”

“那你具体充当什么作用?”

“我嘛，我学习量子物理，另外只要能帮上忙的地方。通常是和其他人类相关联的，就像是他的安全问题，这样他就没有必要冒险了。”汉森咧嘴笑着。“我比他更像正常的人类。不过也好不到哪里去。”

艾琳哈哈笑了起来。对于一个量子物理方面的专家——无论真相是什么——她觉得他装得还挺像的。

“但是德雷克有他的触角——我是说真的触角——渗入各个领域。”汉森继续说道，“他和好多人间接合作但是没有告诉我。就像我说的，他喜欢把事情分割开来。在银河系的十八种文明中，人类是最不值得信任的种族，所以他近似偏执地保持着神秘和安全。当然也包括我在内。尽管我深入他的组织这么多年了，还是有很多信息是不为我所知的。”

“但是你知道他还找了其他人测试配方组合，不过你不知道具体是谁?”

“是的。德雷克非常希望看到人类生存下来，变得成熟，成为银河系多样性文明的一部分。但是保持匿名是关键的，所以他尽可能采用最少的可能性。”

房间里安静了下来，汉森让艾琳好好消化刚才所说的一切。

“那么暂停完了吗?”他总算先开口了，“我让你稍微了解我了吗?”

“你是说除了你的婚姻状况?”她调侃道。

汉森怯怯地说，“嗯哼。”

“是的。让我了解了不少。”

“太好了，”汉森说道，“我们回到正题吧。永久消除精神变态者。德雷克预测会费些力气说服你，尽管……”他赶紧停了下来，发现自己要犯跟刚才一样的错误，提起她过去的伤心事儿。

他很明显地变换了话题。“跟我解释你的道德考虑。我们暂且先不要管这是避免我们种族自我毁灭的必要一步。我知道没有经过某人同意就对他们进行治疗是不道德的。但是这些人是精神变态者。事实好像就是他们和整个世界都会变得更好。”

“其实在过去几年里，我在这个问题上思考得比你想象的更多。”艾琳说道，“你认识到了这些人有多恐怖，这些人作为连环杀手简直是冰山一角的一角。所有精神变态者都是没有灵魂的恶魔，我可以这样告诉你。而且他们把别人的生活也搞得支离破碎。但是好多人并没有被判有罪。”

“你强调了‘被判’这个词。你的意思是他们都犯了罪，但是大多数人并没有被抓住。”

“非常多，没有被抓住的。世界上有很多司法腐败。如果我们这个所谓民主国家都有这么多，更不用说其他国家。”她顿了一下。“但是我们从根本上改变了这个人的性格和大脑结构，这个人并没有做什么坏事儿。他们很有可能想做，但是并没有做。但是有了德雷克的病毒后，他们没有选择。我的系主任觉得使用一个远程检测系统检测心理变态者就像是充当思想警察或者是预防犯罪，但是这是完全的改变。病毒就是法官就是陪审团——没有执行人，不过我们可以称之为——改造者。”

凯尔·汉森点点头，陷入深深的沉思，没有说话。

“这是最微妙的一部分。”她继续说道，“治愈一个杰弗里·达默是比囚禁他还要更加残酷的惩罚。那些监狱里的精神变态者都相对来说非常满足。他们爱自己从未怀疑过自己。”她看向了别处。“但是我最近看到一些我治愈了的犯人的结局。让我怀疑我之前所有的看法。我跟最暴力的精神变态者接触。我认识到治愈他们是对他们最大的诅咒。他们突然有了良知——有生以来第一次。想象一下，我给你吃了一颗药，让你变成暴徒并且残忍地杀害了你的妻子和孩子。然后你突然清醒过来，变回正常人了。你的余生就只能在你亲手杀害你的至亲的痛苦回忆中度过。”

她等待着他思考她所说的，看得出来想象这一幕震撼到了汉森。

“我也是最近才看到这一点。当然，这些犯人并不知道他们被治愈了。他们所知道的只是他们突然能够感到同理心和同情心了。他们人生中第一次反思他们过去的行为，感受到了我们这些正常人感到的恐惧。痛不欲生。”她低下了头。“这些被治愈的犯人不久以后会自杀也不会让我感到惊奇。你应该看看他们。我们是一直都有良知的。我们已经适应了，有了某种容忍度。就像是天天喝酒的人比滴酒不沾的人酒量好很多一样。这些精神变态者的大脑体系并没有准备装进一个灵魂。突然他们知道了害怕。他们知道了不确定性。他们知道了自己对别人的所作所为，为什么会这么离谱，他们也知道了忏悔。”

“你的意思是你为他们感到遗憾？”汉森沮丧地说道，“在知道他们的所作所为后？也许认识到他们的暴行，同情受害者是对精神变态者最好的惩罚。”

艾琳点点头。“最开始的几个星期我也在纠结这个问题。看起来好像是他们罪有应得，就像是扬善惩恶。”她脸转开了几秒，转回来时已是满脸的痛苦。“对生命所谓的扬善惩恶可能沦为对生命的无情摧毁。”言毕，声音似乎被痛苦弄得支离破碎。

这么多年以后艾琳的心理防御体系第一次崩溃了，还有她家人各自的死状涌入她的脑海——她美丽的妈妈被近距离直接击中，还有她可爱的妹妹、她的爸爸……

失去家人的悲恸就回闪了一瞬间，如果她站着，肯定都会跌倒在地。然后突然之间燃起的痛恨又贯穿到了她的每根血管里。她找到了在理性层面应对她的仇恨的办法，但是她知道在最本能的层面她永远做不到。眼里噙满了泪水，正努力恢复对情绪的控制。

“艾琳？”汉森温柔地喊道，“你还好吗？”

艾琳努力想要重建自己的心理防卫，她的右手捏成一个拳头，她不停地摇头，像是狗狗正在抖掉身上的水，“我很好。”她声音有些沙哑。

她深吸了几口气努力让自己恢复平静。“就像我说过的，”她的声音又重新恢复了力量和沉着，“我以前觉得因为强迫犯下罪行的人对他的所作所为深恶痛绝是最终极的扬善惩恶。但是我现在怀疑这个观点了，整个观点。我甚至从某种角度开始觉得这些人就是大自然暴力的一部分。我很恨很恨他们。实际上，我内心深处还诅咒他们。但是这有什么用呢？那些凶手拥有比我们想象更少的自由意志。这是我以及其他人的研究得出的结论。他们的大脑结构就不一样。我不是为他们开脱，或者给他们找借口，我只是在陈述一个事实。”

“你不会因为飓风摧毁你的家园而去憎恨飓风。”她继续说道。“你会诅咒命运，心痛你的损失。但是你不会恨风暴本身。如果你的朋友掉进了河里，恰巧被一群食人鱼啃了个精光，你也不会恨食人鱼。你当然害怕。你会竭尽所能避免碰见它们。如果你有能力，还会把它们铲除掉。但是你不会‘恨’它们。毕竟它们就是食人鱼。”

她停了几秒，整理了一下思绪，“现在让这些魔鬼变成人类——有生以来第一次。是的，这是对他们来说更残酷的惩罚。但是被惩罚的人已经不是当初施恶的人了，对不对？他们已经改头换面了。你把恶魔变成了人类，然后因为恶魔的罪行惩罚人类。”

“哇，”汉森说道，“看来你考虑这件事儿不是一时半会儿了。”

他从地毯上站了起来，伸了伸腰，重新坐回椅子上，但是眼睛一直停留在艾琳身上。“好像你觉得处死他们比治愈他们更人道。”

“只是可能，”她回应道。“我不知道。只有上帝才能弄清楚这样的事儿。但是我觉得你能看得出‘杀死’百分之一人口所牵涉到的道德问题。即使没有我的帮忙。”

“嗯，我非常清楚这一点，”他说道，“但是不开玩笑，我必须相信他们宁愿被处死而不是被治愈。”

“是的。但是这是因为他们不能理解别人的痛苦，当他们有了良知后，就不可能突然之间知道是怎么回事儿。如果他们知道，他们宁愿去死。我刚刚说过，我预测会有相当数量的自杀。”

“这是意想不到的恐怖结果，这样的情况，无论你如何小心翼翼，”汉森若有所思地说道。

“我不知道自己是不是信上帝的，”艾琳说道，“如果你在十二岁之前经历了我所经历的这一切，就不会那么容易有信仰。我很难相信有哪个上帝会花时间给予99%的人以灵魂，而同时允许这样的基因错误发生在这些魔鬼身上。”

“你可能是对的。但是我也听说过，如果没有恶魔，我们就不能辨别出美好，珍惜美好。”

艾琳歪着头，疑惑地看着他。在她最近所有的思考中，这倒是她没有考虑到的一点。

“你的观点挺有说服力的，”汉森说道，“比如治愈会带给这些变成了人类的人莫名的痛苦。甚至是自杀的可能。但是这样的情形是否只会在犯过最严重罪行的人身上发生呢？暴力犯罪？你是不是说过大多数的精神变态者所犯的都是不是那么暴力的犯罪？”

艾琳点点头。“你问得有道理。确实有一定的数量比例。造成损失最小的精神变态者所感受到的痛苦也就最小，但这是在他们有了灵魂后的事情。那些给别人带来最多痛苦的，也会‘感受’到最多的痛苦。”

“老实说，”汉森说道，“你说的一些想法是我从来没有想到的。你比我想象的打开了更多的魔盒。我现在还没好好想清楚，没办法就你的看法发表评论。不过我们最开始是在讨论悬而未决的世界命运，我们现在还是回到这个话题吧。你的意思是你还有疑虑，即使只能二选一：要么治愈他们，要么让整个人类因为他们而灭绝？”

“我确实有疑虑，但是二选一的话，我肯定选治愈他们。条件是我能够完全确定德雷克和他的计算机是完全正确的，这些都是风险，这只是一个简单的折中，这是世界上最简单的‘电车难题’。”

“电车难题？”

“你从来没有读过这个伦理学问题的文章？”

“你觉得一个目空一切的物理学怪才，喜欢读科幻小说和外星人一起工作的人会读过这样的文章？”

艾琳大笑道，“杰里米·边沁？约翰·斯图尔特·密尔？是不是听过这些名字呀？”

“我倒是听过密尔，”他说道，“但是他说过什么我什么也不知道。”

“这些人得出了一个叫做功利主义的伦理学理论。根本观点就是为最多的人谋求最大的幸福。在进行行动路径时，这应该是指导原则。这么多年来进行了大量的一系列的思想实验来证明这一观点。都跟电车有关。这些方法被叫做电车理论。”

“你一定是在开玩笑吧。”

“是的，你告诉了我一个外星访客和 17 个外星文明，在 17 个地点，就在挖空的小行星里面待着，我是那个不靠谱的吗？至少你可以在谷歌上搜索出电车理论来。”

汉森又笑了，“我没说你的观点不正确呀。”

“不过呢，”艾琳继续道，“这些电车理论的问题确实揭露了一些人性有趣的方面。”她目不转睛地看着他，“举几个例子吧。试想一下一辆失控的电车快要冲到岔路口，你站在一个拉杆旁边能够变换轨道，如果电车继续行驶站在铁轨上的五个人会死；如果你变换了轨道，只有一个人会死。你会不会变换轨道？”

汉森思索了几秒钟，最后还是点了点头。

“大多数的人都同意这样。即使你的行为导致一人受伤，但是有五个人获救了。”她顿了一下，“那么万一那五个人是陌生人，而单独那个人是你的妈妈呢？”

“哇，”过了几秒汉森才叫了出来，“我觉得我回答不出来。”

艾琳笑了笑，“你当然可以回答。答案就是遇到这样的情况，你不会扳动机关让你妈妈遇难，而会看着那五个人死。自己就承认了吧。”

汉森点点头，但是看起来很困惑。

“这也是大多数人的回答。最后一个情况。现在想象一下你站在铁轨上，旁边有一个很胖的人。电车朝着五个人飞奔而去。你意识到两件事儿：如果你挡在电车前，你太瘦弱了，挡不住电车，但是如果你把你旁边的人推上轨道，他足够魁梧可以挡住，他的身体能让电车脱轨，五个人都得救了。你会推那个人吗？”

汉森沉默了许久。最后他摇摇头，“不，我觉得自己不会这样做的。”

“百分之九十的人也不会这样做。要不要扳动拉杆是一种选择，另外一种选择是推一个人过去——字面上的意思。但是你只要细想一个原因，你就应该做。无论哪种情况，都是一条命换五条命。有趣的是精神变态者是天生的功利主义者。在考虑数学问题时，他们绝对不会掺杂进去感情或者是良知。叫做巴特尔斯和皮爱佐的两位研究人员研究了这个问题，百分之十的说他们会把人推过去的那些人，发现这些人在精神变态和权术主义方面的得分都非常高。”

“所以你的意思是?”

“我的意思是这么多种类的回答，你还真的希望遇到一个心理变态者来作出决定。不过这只是题外话，关键是你提出的这个问题是很容易解决的，任何人都愿意做任何事儿来阻止种族灭绝——如果让我相信我是在阻止这样的悲剧发生。我可以很轻易地权衡这与我的良知，甚至是对错之间的分量。”她停了一下，“但是有个前提，我必须完全信服。”

“有道理。”

“但是就我现在接触到的信息，这可能还是一个很复杂的阴谋。即使我相信德雷克是外星人，我们还是不能确定任何事情——他对我们人类的预测，他的动机。对于正常人来说，是不能理解精神变态者的动机。如果我们都不会理解精神变态者的心理，那么真正的外星人的心理我们怎么会了解呢？我怎么弄明白呢？也许真的是治疗精神变态者的感冒病毒。”她停顿了一下，“也有可能，这是消灭人类的病毒。”她继续说道，扬起了眉毛，“你一直都被蒙在鼓里。”

20

汉森没有立马回答。

艾琳在床上换了个姿势，在汉森还在思考的时候，把腿伸了伸。汉森一直让她很吃惊。她预计汉森会为他共事了多年的外星人开脱，但是他没有立即这样做。她可以看得出他在整理思绪、他的感情，严肃地对待她所说的德雷克的动机问题。

终于，他眼睛落在了艾琳身上，“我只能告诉你我默默地信任德雷克。我有信心，当你见到他时，你所有的疑问都会一扫而光。”

“希望你是对的。”她说道，“我真的希望你是对的。说到跟他见面。你现在可以解释他的短消息里面的指令是什么了吗?”

“好的。我之前读了那条短消息。但是我现在手机没了，你还记得那条短信吗?”

“记不得准确的措辞了，不过大意还是知道。”

汉森点点头。“好。德雷克写了在科罗拉多的——MB——分子生物学家的影响。他说到他会在那里跟我们联系，从他发送短信后的48小时之内，会有人等我们。所以德雷克肯定也跟那个人联系了。”

“我们应该马上联系这名分子生物学家。”

“不行呀。德雷克告诉过我他和科罗拉多的一名遗传学家合作，让我记下了他的地址。但是他没有告诉我他的姓名和电话。”

“分隔工作?”艾琳说道。

“分隔工作。”汉森附和道。

艾琳双唇紧锁，陷入沉思，“德雷克还说了我们一到了那里就立马开始什么。”

“是的。这个和他合作的人已经准备好病毒结构。一切都准备就绪了。”

“这就是说如果我告诉他八种基因分别需要的剂量，他就知道如何让他们精确地显示出来?”

“如果准备就绪是这个意思，那么回答就是肯定的。我不是分子生物学家。”

“所以德雷克想让我们和他的遗传学家合作立即完成病毒。没有必要等他。”

“是的。”

“也就是说他已经假定你可以说服我说出配方组合。他很自信你可以让我忽略他的休·瑞本伪装，并且相信你。”

“我想是的吧，”汉森说道。他盯着艾琳，摊开手，“关于这个，”他继续，“就说服你这件事儿，我做得如何?”

“你做得很不错。你非常具有说服力。现在我觉得你所说的和你所相信的都是正确的。但是如果这一切是错的代价太高，无法确定。所以我会告诉你们疗法。但是首先我要确认他想要植入的是感冒病毒，而不是其他更加……致命的……”

“你打算怎么样确认呢?”

“你们科罗拉多的分子生物学家肯定有最先进的遗传工程学设备，”她说道，“虽然费了不少事儿。你们为了快速建立DNA长链，肯定有专门的设备。这是非常复杂的——你们必须把来自不同地方的序列片段拼凑起来，但是现在你们已经合成了，一个碱基对一个碱基对的。所以肯定有仪器能够反其道而行之，给一段完整的DNA，告诉你它的组成——把它分成A、G、C、T线。”

艾琳还是注意到汉森不停地点头然后停住了。“我觉得你好像早就知道了这些。”她问道。

“我是学物理的，我不应该会。但是德雷克派我去了一个叫做序列魔力的公司，在休斯顿，去那里查看他们的新模型：超级序列魔力。所以我见过实物。德雷克想要最好的设备。这台机器既可以合成也可以排序。”

“同一设备?”

汉森点点头。

“这个设备比我想象的还要更高级。”

“它能做的真的让人很吃惊。”汉森再次附和道。“速度非常快，而且不可思议的精确。”他顿了一下，“德雷克买了一台。我是最近才知道被放在了科罗拉多。”他朝艾琳做了个手势，“但是你的意思是……”

“进行可靠的确认。我所需要的就是让你们的遗传学家给我一个他正在使用的病毒结构样本。然后用你们先进的仪器排序。再用电脑把结果与现有已知的感冒病毒，叫做鼻病毒，进行对比。它们在菌株方面会有差别，但是非常微小——微小到可以突破你的免疫系统，然后每年都得新的感冒。这样就可以确认德雷克说的病毒是真的。”

“听上去挺简单的。”汉森说道。

“嗯，我是过于简单化了一下。鼻病毒是 RNA 病毒，不是 DNA，所以排序可能会跟 DNA 排序刚好相反。德雷克的病毒可能进一步被基因更改了，就是说我必须使用能够对比排序的改进算法，并且要使得干扰发生。但是序列的核心部分必须跟已知的鼻病毒相同。基因段必须不能跟任何已知的病原体相配。如果能够相配……”她停了下来，“嗯，我们暂且叫做就有问题了。”

汉森花了好几分钟试图说服艾琳这会浪费时间，但是他没有成功，最后不得不放弃了。“要是你坚持要检验一下，我们就检验一下。但是我告诉你，你没有什么可担心的。”

“嗯，我觉得我们想得太多了。因为要确认病毒很简单直接。而真正困难的是我们能够撑到到达科罗拉多的那个地方。”

“我并不担心这个。”汉森说道。“外加你还这么精明干练，”他充满敬仰之情地说道，他瞄了一眼他的手表。“在我们进一步行动之前，我们今晚应该打个盹。”

“我同意。”

然后两人都陷入了沉默。

汉森看上去有点不知所措，“那……嗯……我觉得我们今晚不得不睡在一个屋子里了。”他尴尬地说道。

“这是唯一安全的选择。”艾琳同意地说道。

汉森长舒一口气，“当然，我会睡在地板上。”

艾琳笑了笑，“当然了。”坚定地回复道。

艾琳绝对不是第一次约会就跟人上床的那类人。但是万事儿总有第一次。在她心里，她知道在夜晚过去之前，地球上没有任何力量能够让她相信凯尔·汉森是百分之百的地球人。

第二部分

想想一些来自月球的数学生物要测量人类的身体。他们立马就会看到的是最基本的形状是双重的。一个人是两个人，右边的他是左边的他，完全一模一样，右边的腿就是左边的腿，继续探究下去，还是发现每边的手指头个数相同，脚趾头数量也相同，相同的眼睛、耳朵、鼻孔甚至是两个对称的脑垂体。最后他找到了规律，但是，他只找到一颗心，不过他推断出另外一边也有一颗心。在他认为他作出了正确的推理后，他才发现他错了。

——314368497—《星际迷航》(吉尔伯特·凯特·齐斯特顿)

我们拥有一次不同寻常的机会用地球人的标准来评估、或者说是检测一个人身上的好与坏：他的负能量的一面，我们叫做恶意、欲望、暴力，以及你们地球人叫做同情、爱和亲切的正能量的一面。

——314368498—《星际迷航——内敌》(斯波克)

21

总而言之瑞安·布鲁克机长感觉糟糕透顶，因为他所在的直升机倾斜朝北飞行后继续朝棕榈泉航线飞去。他很确定自己在六十秒的时间中所接收到的电量比整个东海岸的电力网电量还要多。接二连三地被泰瑟电击枪以最大电力击中四枪，可不是他想再尝试的事情。

现在史蒂夫·富勒出现在他的眼中了，映射在他的专业护目镜下方的小小的身影。跟望远镜一样，他直接望去，图像是模糊的，而当他朝下看的时候，只有几厘米远的小小身影反而清晰，就像是投射在空气中的80英寸屏幕上。

老大哥？非常大的大哥，整张脸足有一辆车那么大。

但是即使富勒的脸小得如同蚂蚁，布鲁克也可以毫不费力看出他在发火。非常发火。他自嘲地想，肯定是为我被电击后的身体情况在担心呢。

富勒坐在加长豪华轿车的后座上，他的手提电脑放在喷漆吧台上，上面出现了布鲁克的图像，也把他的图像传输了过去。一点也没出乎意料，富勒没有任何开场白，单刀直入："别告诉我刚才的消息误传了。"他的声音冰冷，比悄悄话的声音稍大。布鲁克从来没见过他发脾气或者说提高嗓门。恰恰相反，当他特别冷静的时候才说明你麻烦大了。他的声音越小声越冷漠，表明他越愤怒。如果你特意凑近了去听，结果肯定不会让你开心的。"别告诉我你今天没有搞丢了每个人？别告诉我在你带队的最重要的一次行动中，且你可以随意差遣任何资源的情况下，你和你的人没有一石二鸟，或者一石三鸟。我可能没有数清楚。"

布鲁克知道他在诘问，但是他也知道他是在要答案——要避免问题本身讽刺性的答案。“我们的行动目标彻底失败了。”他简明扼要地回答道。

“我来重新总结一下吧！”富勒说道，右手不自觉地摆弄着一杯什么液体。“你让这个女孩，这个叫做艾琳·帕尔默的博士生，在圣迭戈从你的人手下逃脱了。不对，说逃脱还不对。我觉得我应该使用的词是控制。她控制了你的人。操纵他们。她在下象棋，你们却在玩跳跳棋。好像应该恰恰相反才对。”

布鲁克努力克制，保持毫无表情。是的，他们在圣迭戈的直升飞机场被打败了，但是他们的任务通报非常不完整。根本没有提到艾琳·帕尔默的搏斗经验，也根本没有说明任务的性质，说得只是好像在沙滩上散步那么简单。她也是非常情愿、高兴地接受了面试来到直升机场。

但是富勒一向行事诡秘，布鲁克很少知道他为什么要下达这样的任务。反正就是很荒诞。为什么富勒如此迫切想要抓住这个女孩？要知道发生了什么，了解大局，能够帮助行动队弄清楚他们跟踪或准备抓获的这些人的动机，强化他们的动机，才能使他们对一些意外情况作出预案，或者说在没有预料到的情况下更好地作出反应。把布鲁克变成远距离控制的双手，自己没有脑子，只能让他能力降低。

他只被告知了艾琳·帕尔默的名字、专业背景，以及不能伤害她。所以事情有变的时候，任务失败，遮羞布被扯出来的时候，最好能知道到底发生了什么。不然，富勒就应该知道布鲁克的行动队只能捉襟见肘。

“你的行动队让她消失在洛杉矶了，”富勒继续说道，还是像蚊子一样小声，“消失了。你知道她降落的准确地点——当时就知道了。给你的去追她的人比追本·拉登的人还多。她就像隐形人一样溜了。这只是个研究生，不是卡洛斯①的化身。”

布鲁克没有回答。

“所以只是一石二鸟。不过这还不是世界末日，对不对？我们非常清楚她下一步要去哪里。而且我们还知道德雷克派了代表去见她。我们还让你深挖了这个代表的背景资料。”

布鲁克的直升飞机再一次倾斜转弯，继续穿越在万里晴空中。

“他们两个都成功逃脱了你设的陷阱？两个人一起？”

“是的老大。恐怕是这样的。”

“你说恐怕是这样的。我们需要搞清楚的是她是不是那么优秀，或者说你到底是不是这么窝囊。我难道没有说清楚这他妈的有多么重要吗？”他低声说道，要不是布鲁克把麦克风音量调到了最大，他根本听不清他在讲什么。“我知道我没有告诉你为什么很重要。但是我有作过比喻。我像是随便作出警告的人吗？随便虚张声势的人吗？”

布鲁克摇了摇头，但是没敢吱声。

“你在学生会那边派了多少人手？”富勒问道。

“十个。”布鲁克差点就说了，“最强的十个。”不过停下了，让自己不要上了富勒的套。

“十个，”富勒又说了一遍，“那有多少人手直接盯着目标呢？”

“一个。就是我。”

“只有你？哪个天才告诉你只需要派一个人盯着的？”

这次这个问题是不需要回答的。富勒已完全了解布鲁克的行动过程，他知道是谁作的这个决定。

---

①美国电影《生化危机2》中的角色。

“在圣迭戈发生那些事后，这个女孩已经警觉了。”布鲁克说道。“即使只派一个人在现场都有风险，正如我们事后发现的。我们想要被发现吗？如果有方法混在学生中，我肯定会派五个人直接围着的。”

布鲁克还是强调他作出了正确的决定。他的手下全部都是雇佣兵、特种部队的，杵在那里比霓虹灯还显眼。也不是老教授的样子，不是满脸长满痘痘的学生的样子。

“即使是这样，”布鲁克说道，“他们还是在那么多人中一眼认出了我。他们径直朝我走来。”他停了停，“但是即使这样，还是应该行得通。即使他们认出了我。离他们附近有好几个出口，我们其实是在学生会的中心，但是每个出口我都派了人盯住，所以他们应该想其他方法溜掉的。”

“哇，”富勒讥讽地说道，“我们两个对于‘不能’这个词的理解肯定不一样。你猜他们是怎么溜掉的呢？”

布鲁克和他的行动队在事后可以轻易地得出事实，只要他身体的每一块肌肉不被高电压电击后麻痹了。他们使用的方法轻易俘获了他，并且不引起同在学生广场的其他同伙的注意，更不要说派遣紧急人手了。他们在下课后立即就采取了行动，这个时候正是学生倾巢而出的时候，大学校园里人流激增。他们一定是还换了衣服，伪装了自己，混进了人群里。

在布鲁克向富勒解释后，他又加了一句，“我知道她应该是业余的，但是她好像是天生的，或者她受过训练，只是我们不知道。”

“她没有，”富勒直接回答道。

“你怎么敢这么确定？”

“你到底有没有听我说？这个女的现在是最重要的人物。我过去几天倾尽我所能调查她。我都用显微镜看了她的屁股了。

我知道她喜欢在汉堡包上放什么调味品。她过去二十年看过的电影。我可以百分之百确定，尽管她接受过格斗训练，但是她绝对是毫无实战经验的。”

他们的对话在继续，布鲁克继续提出计划如何将目标重新抓住。对话即将结束的时候，一辆豪华轿车停下了，另外一个人来到了富勒身边。布鲁克认出来这个新来的人是罗伯特·赫尔南德斯，国土安全部的神秘大佬，级别和职位都不完全清楚，至少对布鲁克来说是不清楚的。

赫尔南德斯跟布鲁克打了个招呼，富勒叫他等他和布鲁克的对话结束。

五分钟以后，布鲁克完成了他的情况简报，富勒让他候命，影像和声音都消失了，这真是很让人生气的，无论富勒和赫尔南德斯讨论的是什么都已经超出了他的薪酬范围，所以又一次，让他的工作变得更加困难了。他知道得越少，他就越摸不着头脑。

22

布鲁克在等电话的时候，富勒向到访者介绍了最近的情况，赫尔南德斯自己动手打开了几瓶吧台上的饮料，自己喝上了。轿车非常平稳，大多数时候都几乎感觉不到在行驶。

“你的人全面溃败了？”赫尔南德斯说道，摇摇头表示难以置信。“他们没能在大学抓到人，在尤马也没抓到德雷克？”

富勒点点头。

“我还以为你吃定了他。我预想的是你会派出压倒性的人手。”

“他非常狡猾。他设计了很多我们看不到的机关。他手下的人尽管抵不住我们几分钟，但是成功为他赢得了从地道逃走的时间。”

“你确认是他吗?”

“是的。我们非常确定我们面对的不是令人作呕的拥抱橄榄枝的和平主义者，而是拥有完整军事战略的人。我不是外太空生物学家。但是我们面对的是一种全新的物种。加之他资金充足，准备充分。他只关心自己能否逃脱，完全不顾他自己那些人的死活。”

富勒停了一下，抿了一口手中杯里的酒。“即使如此，我们还是不知道他是如何做到的。他可能使用了先进的科技，但是我们并不这么认为。我们对我们所面对的东西了解知之甚少。即使在他逃脱后，团队的四个人追踪到了他的踪迹。其中三人还昏迷不醒——已经好几个小时了。我们觉得这些人会苏醒过来，但是会过多久时间醒过来还说不准。问题是，他们好像没有被触碰到。我们不知道到底发生了什么。他们其中一个人十分钟以前醒了过来，我随时准备听取他们的初步汇报。”

“你的推测呢?”

“毫无头绪。也许他用了一些他妈的绝地武士的把戏。什么都有可能。”

“那么我们从哪里着手?”赫尔南德斯说道。

富勒正要回答，一个电话打断了他。他通话了几分钟，然后挂断了。“初步报告有了。”他告诉赫尔南德斯。“来得正是时候。那个醒过来的突击队员说，他感到了他感受过的最强烈的疼痛和恐惧，太强烈然后晕了过去。”

“估计他们全部都是这样。”

“可以断定，”富勒同意道。“这些人都是铁打的战士，忍受力也是非常人能比的，跟看到死老鼠就晕倒的学校女孩子可不一样。‘强烈’这个词可能还不够表现力。”

“有什么样的武器或者设备指着他吗?”

富勒摇摇头，“他不记得了。但是他说没有。等剩下的都醒过来，我们就能知道更多信息了。”他顿了一下。“回到正题，在电话进来之前，我好像听到你问我们从何着手?”

“没错。”

“答案就是我们倾巢出动捉拿德雷克、艾琳·帕尔默和凯尔·汉森，就从他们身上开始。倾其所能。我们找到了汉森的电话。德雷克给他发了短消息，让他带着艾琳·帕尔默到一个约好的地点，然后德雷克会再联系他们。”富勒看了下手表，“从现在算起差不多三十二个小时以后。”

“什么约好的地点?”

“我们推测可能是科罗拉多（Colorado），不过不确定。CO可能是其他的代码。不过好消息是德雷克告诉他们在抵达之后再联系他。”

“因为只有艾琳·帕尔默知道哪种配方才有效。所以我们有三十二个小时找到德雷克或是艾琳。只要我们让他们两个隔离，不交流，我们就没有任何可担心的。但是一旦德雷克取得了他要的信息，他会尽快采取行动。我们不确定如何实施，但是最有可能的是通过转基因病毒，也可能就是普通感冒病毒。”

“所以她和德雷克就像是双液体炸弹。”赫尔南德斯说道，“只要它们之间不互相接触，它们就是安全的。一旦混合，就有麻烦了。”

“是的。她知道哪个配方是有效的，但是不知道如何扩散。我们推测他有准备好的病毒——只需要最后一步。他也有可以扩散的设备和方法，一旦拿到配方，他就会实施——那么他们得手，我们只能说去见鬼吧。”

“你确信这种治疗方案的效果跟打广告那样一样好吗?效

果也是永久性的?”

“是的,”富勒回答道,“我检查的那个犯人大脑生理机能已经与常人无异。那条基因组保持了完整性,一直进入到生殖细胞中。”

“德雷克方面有什么线索?”

“毫无头绪。但是我有一种感觉,比起他这个女孩应该更好对付。”

“为什么?”来自国土安全部的这人问道,“她到目前为止表现得非常专业。”

“只是直觉。另外一个目标是外星人思维——比我们开始想象的还要更加陌生——还具有不明能力。但是对于这个女孩,我们可以根据她的行为作出推断。站在她的立场换位思考,预判她下一步的行动。但是像外星人一样思考,看透一个外星人,几乎无法做到。”富勒停了下来,“但是她是整个计划的关键。如果我们捉住她,他会出现的。”

“只是为了讨论一下,难道直接把她杀了不是更好?在她说出她所知道的一切之前,她所知道的就随她一起消失了。”

富勒摇摇头,“然后德雷克也会销声匿迹,我们不知道他下一步会做什么。不过他可能会再找其他方法找出正确的配方。这次不再使用胆小怕事之人了。”

“他没机会的。特别是当我们已经注意到这种可能性了。”

“他不会再使用囚犯。”富勒的音调好像在暗示他的耐心正在消耗殆尽。“他可能直接从大街上绑架目标。从黑帮、政治集团,这些充满了他认为的目标团体。把真正的精神变态者跟伪装的区别开来,通过测试分开。”

“所以你觉得拿她做诱饵,而他不会不作出反应?”

“非常正确。他距离释放病毒就只有几步之遥了,如果他有了她的信息！只差一点就成功，他一定会决定值得冒险来营救。我们只需要确保我们的安全系统有明显漏洞——这样更容易吸引他来。”

赫尔南德斯点点头，“你是老大。你如果觉得现阶段不杀她有好处，我们就不杀她。”

富勒的脸上露出若有所思的表情，“也许我们可以把游戏玩得彻底一些。更高的风险，不过回报也更加丰厚。获胜是好事情，别错误理解我的意思。”他闭上了嘴，“不过我们现在的处境可能不仅仅是获胜而已。”

赫尔南德斯若有所思地点点头，说道：“我在听。”

23

直升飞机降落了，但是布鲁克还在他自己的座位上，感觉自己像个白痴一样。飞行员已经离开了飞机。在他们降落五分钟过后，他眼前的图像总算又再次出现了。富勒和赫尔南德斯又填满了他的世界。

“好了，布鲁克队长。”富勒说道，还在轿车里面。“我决定让你将功补过。首先，你已经进入了内部圈子，但是你是知道我是多么看中保密工作的。我希望现在的形势仍然是需者方知的状态。嗯，现在这次简单的任务都完全搞砸了，我决定让你知道是怎么回事儿。”

布鲁克暗想道，“总算！”富勒是时候让他知情了。

富勒用了二十分钟让布鲁克了解全部情况，赫尔南德斯一声不响地坐在他旁边，慢慢享用他的酒。“所以我们要专门针对艾琳·帕尔默，”在讲完之后，富勒告诉布鲁克。“我们现在要让这个女孩无处藏身，我要西南地区的每个警察每个人把每一棵仙人掌都翻遍将她找出来。我们会公开悬赏五万美元给提供有关她的线索的人。我就不信这都不能让她害怕、让她出错。”

“考虑到她的重要性，”布鲁克说道，总算明白艾琳·帕尔默跟这一切的联系后，“为什么才出五万美元？”

“再多就会引起别人的怀疑了。五万美元刚刚好。但是关键是，我要活捉她，不是杀了她。这一点还是没有改变。所以跟以前一样，保证你的手下没有致命武器。如果你的人不小心伤了她，我会亲自毙了这个杂种的——绝对的。我说清楚了吗？”

“非常清楚。”

“很好。我会确保警察接收到清楚的指令就是帮忙找到她。如果他们找到了她，他们只进行监视。你们才是动手捉拿她的人。即使我们告诉了他们不能杀她，如果她反抗，谁知道会发生什么事情呢。所以，任何情况下，都不允许他们插手。这一点，罗伯特会动用国土安全部来确保这一点引起他们的重视——应得的重视。每个人都会被告知你是国土安全部的人，没有你的命令不能轻举妄动。明白了？”

“明白了。”

“还有一件事儿。这件事儿需要你的配合，非常重要的一件事儿。会让你的工作更具挑战性。”他继续描述他想要的，“你知道的信息很多了，”富勒说道，朝嵌在他手提电脑上的摄像头更近了，展开双手，“我是个大方宽容的人，”他边说边毫无表情地笑了笑，“但是别挑战我的底线。这次是你最后的机会，别再让我失望了。”

24

凯尔·汉森的脑子里飞速旋转着。一切发生得太快了。自从加入了德雷克的团队，他好多年没有约会过了，而且完全不跟外界联系，他心里知道这里的一点牺牲代价是可以换来和外星使者工作的特权，这其中最重要的是放弃了与人类的纠缠特别是与异性纠缠，除非他跟也为德雷克工作的某位异性发生了浪漫关系，这样他们可以忽视德雷克作为外星人的身份。

但是说到这么小范围的约会对象人群，汉森现在知道了亚当和夏娃的子女会怎么想了，在那种情况下，人类——地球上唯一的人类成为了你的直系亲属，要为毕业晚会找到舞伴都是不容易的。到目前为止，他来了之后，一共有三名女性为德雷克工作，他对她们都毫无兴趣。

艾琳是第四位。要在四名女性中找到你的理想伴侣的概率太小都不用算了。不过现在她就在那里，他也在那里，跟她不停地做爱，开始很贪婪，然后很温柔。他们俩都乐此不疲。

但是他对她的兴趣不只生理上的——考虑到她的外貌，确实非常吸引他。她很阳光还有点他没有预料到的幽默感，这些都是难能可贵的，她的工作大多数都在阴冷黑暗的监狱里进行，她小时候受过那么沉重的心理创伤。她真的很出色。但是他还是让自己放纵了。毕竟，他们精神紧张，肾上腺素超高，感情非常敏感。

但是如果是他自己放纵自己，他愿意这样的放纵永不结束。

他们一夜睡得很好，有时候手臂互相缠绕，有时候分开在床的两侧，既没有特别黏在一起也没有表现出争取空间。这通常是一对情侣感情萌芽初期——当他们感受到的感情上不只是生理上的联系——可以深夜畅谈他们的生活、他们的未来、他们的憧憬，更加深入了解对方。但是这都没发生，做爱后他们俩生理上心理上都筋疲力尽了，然后沉沉地睡了过去。

这一切被艾琳凌晨 3 点 30 分的尖叫打断，她觉得有人把螺丝钉钉进她的眼里，尖叫直接到达了汉森大脑的惊慌中心，他从床上跳了起来，就像是他被枪击中一样。

他抱着她，试着安慰她，告诉她这只是一场噩梦。他知道他们俩对于治疗精神变态者的伦理讨论勾起了她痛苦的回忆。他并不奇怪，这样能让人惊醒的噩梦，充斥她童年经历的噩梦会从她的潜意识中蹦出来，在她睡着的时候企图吞噬她。

她说他是对的，这只不过是一场噩梦。不过她也坚持她小时候确实做噩梦，但是成年后却没有做过噩梦，如果这只是一场梦，她为什么一点都回忆不起了。

“如果我足够自负的话，”他开玩笑说道，“我和你发生了关系，然后你就第一次成年后做了噩梦，那么看起来不是好兆头呀。”

她笑了，温柔地轻吻着他的嘴唇，告诉他她做的跟他有关系的噩梦是在跟他睡过一晚后不再要发生什么岔子。

他们俩都醒了，又来了一次，这次更加温柔，现在她准备好了面对新的一天。他听见她在紧挨着床的狭小浴室里的流水声音，他把电视机打开，让背景杂音把自己带回现实世界。他等下再去洗。他想过要不要提议他们俩一起洗，但是他不想表现得像个毛手毛脚的大男孩。而且他们在逃命，所以他没有说出口。

他感到太多的矛盾情感困扰着他想通这一切。人类的命运就系在这种病毒之上，如果他和艾琳以及德雷克不能逃出富勒的魔掌，这一切都只是空谈。他在逃亡，陷入致命的强大逆境之中。同时，遇见艾琳让他欣喜万分。生理上他整个身体都非常满足，他们俩都饥渴了这么久，做爱对他们来说简直就是欢娱的解脱。事实上，解脱还完全不足以说明他们俩的感受。

但是又掺杂着其他情感——负罪感。在他向艾琳作简短解释所发生的一切，以及他们所知道的史蒂夫·富勒时，他并没有考虑过未来。他并没有意料到他会跟她发生更长的关系——如果接下来的二十四小时他们呆在一起。他可以随时告诉她整个事情。她会明白他已经把形势最根本的部分跟她说了，尽管还有一部分故事没有告诉她。明白他们时间不够了，告诉她他怀疑过她是否完全信任他——但是为了这件事儿——他决定走捷径，让事情保持简单直接，不要搞复杂了。

但是他还是很担心她可能会认为这个浓缩版本是欺骗，尽管他是因为有充分的理由才这样做的。他没说的这部分到底有多大关系呢？他的思绪回到了一切的开始。他要在心里再过一遍发生了的一切，与跟她讲的这部分对比一下。

汉森的眼睛盯着电视屏幕目不转睛，正在播出早间节目。一位丰满开朗的女士正在教观众们如何打造一款健康的甜品。但是他看到的却是一间全是宜家家具的小公寓里——囊中羞涩的研究生院——一位叫做摩根·坎贝尔的女士，跟他约会了好几个月，但是从来没有达到他现在对一位叫做艾琳·帕尔默女士的迷恋程度。

25

“你今天准备干什么？我今天得靠换便盆跟见鬼的医生打交道度日。”摩根·坎贝尔说道，心里早就知道了答案，“待在家里？”

凯尔·汉森点点头，“又是一天冥思苦想。”

摩根边摇头边整理她的护士服，他必须承认她穿上还挺好看的，“好吧，别把脑子想坏了，”她妒忌地说道。

汉森知道坐在那里思考量子物理和计算机逻辑看上去确实像是一份美差。但是他真的有时候觉得很苦恼。即便如此，要在一个每天面对一个暴躁的老板还干着体力活儿的人面前抱怨实属不明智的举动。事实上，他干体力活儿的时候，感觉就像是在天堂一样，不用去几个小时地面对脑力问题攻击的折磨。真的是痛苦万分。只有偶尔的灵光闪现才会让你觉得这一切都值了。不过这样的时刻并不多，而且当你解决了一个问题后，随即又有新的问题出现。

他读过对于小说家生活的描述，觉得他自己的生活也没有太大差别。写作很容易，基恩福勒经典的评论：你所做的就是盯着一张白纸直到你额头的血滴上去。凯尔知道这理论物理也是如此。但是摩根怎么也不会理解的，所以他只能在公寓里受尽折磨一整天还不能痛快地抱怨一通。

“今晚吃晚饭?”摩根问道。

他叹了一口气。“也许吧。到时候看吧，我三点钟给你电话。”

汉森敷衍地吻了吻她的唇，然后轻轻关上了公寓门。他们已经在一起九个月了，他想他们两个都知道他们两个不太合适。他不相信一见钟情，但是九个月频繁的约会半数以上的晚上都待在一起，他们还是没有任何火花。他想象不出还能发生什么。他们很了解对方，他们都不是能够疯狂爱上对方的人——在这种情况下不是。

不过好好想想这不是什么坏事儿。摩根好像很不喜欢小孩子。他们并没有太多谈论他们的未来——又一个不好的预兆。他觉得她不想要孩子是一个很好的分手借口。

他十四岁的时候，一位阿姨，比他妈妈年轻很多的阿姨，拖着两个蹒跚学步的孩子搬到他们家附近。从那以后，他才有更多机会跟小孩子接触。不过这些为数不多的跟小孩子接触的经历大多都是负面的，比如一个调皮捣蛋的孩子坐在他飞机座位的后面，整个飞行过程中都在踢他的后座，或者在餐厅里吃饭时，一直听到小孩子哀号一般的哭声。

但是这两个孩子，迈克和亚娜经常到他们家过夜。他们越长大，他跟他们的关系就越好。他们非常可爱，可爱又好玩。他一直都很喜欢狗狗，但是现在却更喜欢这些走路不稳的孩子们，满嘴可爱的东西，新鲜有趣地看着这个世界。

所以摩根不喜欢其实挺好的，因为他们俩心里都知道是时候向前走了。他需要找一个他能跟她稳定下来的人，摩根是一个陷阱，很舒服但是却不兴奋。性和陪伴都挺好，所以他没有花时间和精力在约会上，他专注于他的工作。但是如果他一不注意，他可能三四年后突然醒悟过来，但是他们的关系还没有任何改变。他需要找些借口结束这一切，对他俩来说这样做都更符合人情，他觉得这不只是合理而已。

一阵猛烈的敲门声让他回过神来，他打开门，以为摩根回来了，告诉他忘记了东西。结果门口站着一位高个子精英长相的人，大约四十岁，短发过早的有点白了。“汉森先生?”他说道，声音舒缓而自信。没有等汉森回答，他已经再次开口，“我是史蒂夫·富勒。”

“有什么我能帮忙的吗?”汉森说道。

“很高兴你这样问了。”富勒不急不慢地说道，脸上露出程式化的假笑，然后，趁汉森还来不及看清楚，富勒的右手从他身旁迅速抽了出来，藏着的小针管立即穿过汉森的睡裤插入了大腿上方。

汉森觉得自己歪斜着往地毯倒去，但是还是能够让自己缓慢地倒下。

“事实证明，你可以为我做什么，”富勒说道，这些最后的话对于汉森来说就像是水上的字，瞬间遗落在了他的幻觉之中。

26

在仙人掌旅店的房间内，凯尔·汉森回过神儿来，他的心蹦到了嗓子眼。

一开始他还没弄清楚自己为什么会突然心跳加速深感恐惧，四处张望寻找答案，不过马上他就明白了，是他的潜意识已经反应过来：他面对着的整个电视屏幕上都是艾琳·帕尔默的脸，他抓起旁边的遥控器，调大音量。

艾琳的照片铺满整个屏幕，画外音是一位女性播音员，“……将提供五万美元的奖金给任何提供关于帕尔默女士下落的有用线索的通报人，帕尔默女士应该在亚利桑那州或邻近州。警方还说这并不是帕尔默女士的近照……”

这下好了，汉森暗想。那照片看上去就像是昨天才照的一样。

> “……所以可能她的头发颜色、发型等都跟不一样。如果有人看见这名妇女，并且知道她的行踪，请拨打 9-1-1，或者屏幕上的号码。”

新闻播完了，然后回到了早间节目，一个矮小光头的男人正在介绍他的玩具火车收藏——全国最大的。

凯尔从床上翻了起来，立即开始穿衣服。他听到淋浴声也停了。他敲了敲门，然后打开门发现艾琳正在擦身体。她下意识地遮了一下，尽管毛巾已经把凯尔昨晚看得清清楚楚那部分遮住了，不过在他看来她怎么都是完美无瑕的。

“你的照片上电视了。”他脱口而出，“他们悬赏任何提供可以抓到你的信息，也就是说西南部的每个警察都在找你。”

艾琳吓得下巴都掉了下来。凯尔转身让她能够尽快擦干身子穿好衣服。“这怎么可能?”她问道。

“一定是史蒂夫·富勒干的好事儿。他现在是‘全军出动’了。你现在比威胁他的命还要严重。你将砸掉他的饭碗。很显然，他现在是亲自来处理这件事儿了。”

“他们有说我犯法了吗?”

“我只听到后半截，不过我想他们没说。他们想尽量让你保持神秘。”

“你觉得我们在这里还能躲多久?”

“除非你入住的时候戴着面具。你要是问我，我觉得你的脸挺让人难忘的。”

“见鬼!”艾琳完全意识到这一团糟，她陷入了某种疯狂的死亡旋涡。她的生活变成了失控的火车。

怎么会落到现在这个境地?她一直都是模范市民，直到德雷克伪装成休·瑞本让她一步一步陷入其中，说服她重新思考她的道德规范，让她犯法。她处在噩梦的中心，而且还远未结束。这就像是选在斜坡上落脚，而且她还不能看见斜坡上覆盖着一层冰——她只能选择忽视这一切。

她已经深陷其中，无情的。仿佛她自少年时发生的那次灭门惨案后筑起的所有的理性防线再次被毁掉了。当第一个犯人在沉睡中死去的时候，她就已经朝悬崖迈出了步子，不过地心引力还没有发挥作用。她找不到回来的方法。甚至随着她的想法的改变，她已经深陷其中无法自拔，除了眼睁睁看着这一切发生。她和一个她以为是生物科技公司经理叫做休·瑞本的人发生了关系。

她内心深处的某个地方不想让他失望。她越表现出来她对他的担心，他就越热情越不安。他对她施加了一点点心理压力让她继续，少得连她的潜意识都不愿找出如果她撒手不干了，他可能会做什么。他会不会勒索威胁她？

她始终用哲学和道德把自己包裹起来，演变，滋生，变成跟她以往完全不同的世界观。

现在他又被军火商的手下追杀，还有警察和每位市民。

她想到了她的导师杰森·阿普卡，还有她的阳光般温暖的朋友丽莎·雷纳，虽然两人见面不多，却互相喜欢，他们在电视上看到她的照片会怎么想？

艾琳可以解释吗？她能够解释得清楚吗？毕竟，她必须得面对事实：她是这个故事中的反面角色。

而且她还必须面对的是她可能活不过这个星期的可能性。

“凯尔，我扛不下去了。”她轻轻地说道，衣服全穿好了。“我想退出。”在她找到像凯尔·汉森这样的人的时候，她的生命就这么结束了吗？她觉得就像被欺骗了一样。

汉森叹了一口气，深表同情地点了点头，“我能感受到你的痛苦。”然后言不由衷地说道，“我支持你的决定。”

艾琳盯着他的双眼，“我知道经历这一切所承受的压力。”她说道。“但是我可以直接把基因配方给你。我知道我可以相信你把配方交给德雷克之前会确认所有的事情。我可以去自首。跟警察说清楚。进监狱——上帝知道我在监狱里都干了什么。我越挣扎，就会被套得越紧，我就会以保持自由的借口犯更多的罪。我也让你陷入了危险之中。”

汉森深深地叹了一口气。“没有人比我更希望你没有卷入这一切，”他说道。“但是如果你去自投罗网，富勒就会抓住你的。一切都完了。跟警察是否诚信无关，他会出示他想要的文书把你押走。想想他的手下轻而易举就能以联邦探员的身份进到监狱里面探查配方是否有效。他会折磨你，直到你说出你知道的关于我和德雷克的一切信息。”他转过身，“然后他会杀了你。”他说完眼睛湿润了，就好像失去艾琳对他来说是无法接受的。

他们俩不知道怎么就抱在了一起。

“你说得对，”她悲伤地承认道，“我知道你是对的，但是这事何时是个尽头呢？我们一生都会处于逃亡之中。”她使劲挤出一丝苦笑。“这样长痛不如短痛——至少现在还可以做到。”

汉森摇摇头，“我们只需要努力在接下来的一个月或者两个月活下来——当然会异常艰难。但是只要把配方释放出来，他们就是杀了我们也无力挽回了。疯子富勒处于仇恨和怨念也会下手的。因为会带给他快乐。但是一旦他被治好了，他就不是那个人了。他会下令他的手下停止追杀。”

艾琳点点头，力量和决心似乎又回来了，“对不起，”她说道，“我不知道刚才我是怎么了。我想可能是这几天压力太大了。”

汉森用双手轻轻地捧起她的脸，温柔地亲吻了一下她的嘴唇，“没人比你面对这么大的压力还应付得更好了。”

他们松开了彼此的手，“那现在怎么办？”她沮丧地问道，“这间屋子可能已经被包围了。”

“要是真的是这样，我们就完了。不过现在我们还是假设在他们弄清楚我们在这里之前我们还有点点时间。”他顿了一下。“好好想想，我们该怎么办？你是整个计划的关键一环，”他上下打量了一下她，“还是美人，”他充满赞誉之情地说道。

“你是什么呢？”

“我，可能是，为此保驾护航的人。”

艾琳微笑道，“好吧。我们来大胆设想一下。”她顿了一下，“我觉得首要的事情是，我需要交通工具。我们靠脚与他们拼可不行。”

“我们不能租车。租车得出示驾照，我们肯定会被他们追踪的。知道怎么偷车吗？”

艾琳皱皱眉头，摇摇头。

“你读的那些冒险小说里不是都有这样的情节吗？”

“是的。他们会撬锁。但是我不会呀。”她眯起了眼睛，“现在想想看，交通工具不是最关键的，因为我们不知道他们会花多久时间找到这来。我们得立即离开这里，不然我就是坐等被抓了。”

汉森没有回答，他抬头望着天花板——没有车，能去哪里呢？他们在人口稀少的图森地区，只有零星的建筑和道路，还有大片大片的沙漠。如果单靠步行，这家宾馆是唯一像样的藏身之处。

汉森脉搏加快因为他想到了一个方法，“他们没有放我的照片。”他指出，“旅店职员也不认识我。也没人知道我昨天进了你的房间。”

艾琳没听明白。第一次，她敏捷的心思没有跑赢汉森的思路。

“所以我去再开一间房间。就在这家旅店。然后把你藏进去。那些坏人冲进这间房间的时候，会发现房间是空的。他们会推测你晚上就趁机跑掉了，然后会去搜索其他地方，而我们将会在这里再呆一晚上。”

“太棒了！”艾琳欣赏地说道。她身体向前又浪费了二十秒钟轻吻他，足够把他吻酥。

“快去！”她边说边终于推开了他的拥抱。

“好吧。”汉森酸酸地说道，慢慢走到门口，“你把我点燃了，然后又把我赶走。”

他开了门，仔细地查看了周围的情况。他没有看见什么可疑的人物。他知道还是有可能这间屋子已经被监视了，但是他除了假设之外没有其他任何办法了。他径直走向大厅，然后付了钱，暗中算了算他办理入住的整个时间，尽力克制自己狂跳的内心，让自己看起来神情自若。

当他拿到他的塑料钥匙的时候，他回到了艾琳那里带她来到了新房间，确保避过大厅还有那个三十多岁的小个子女人。进入到新房间就像是变魔术一样。房间跟之前那间一模一样，连墙上挂着的沙漠落日的画都一样，除了床铺还是干净整洁的，毛巾叠得如新一般。

“你刚才不在的时候，我想了很多。”门一关上，艾琳就说道。“我觉得我想了一个可行的计划。你身上还剩多少钱？”

“七十三美元。”他很快数了数说道。

“就这些？”

“我刚刚付了九十块的房费和押金。”

她从口袋里也拿出来一沓钞票。“我还有七百一十八美元。”她说道。“或者说被我搜身的那个人身上有这么多现金。我觉得他们又得给我加一条盗窃罪了。”

“所以我们一共有七百九十一块钱。”

“还不错。但是有个问题：这够买一辆旧车吗？”

汉森耸耸肩，“这么便宜买到的车还能开吗？我真的不知道。”

“只需要可以开一天就行了。”她说道。“生锈、被撞过有凹痕，都没关系。”

“那么我怎么买到这辆想象中的汽车呢？”汉森说道。

“我们需要上网，不过我们上不了网。你得求旅店服务员让我们用一下她的电脑。随便你怎么做。引诱她，跟她撒谎。反正你自己想个招。”

“然后搜索‘图森便宜二手车’，看看能找到什么？”

“就是这样！卖家出售。五百块以下。因为我们还得留着点钱——以防万一。找到车以后，你就不要回来了，告诉卖家如果那辆车还能从他们房子里开出来，你就买了，然后你打车过去。”她停了一下，“不过要避开大厅能看见的地方打车。”

“好的。还有什么指示吗？”

“有。你一旦拿到了车，离这里不远有一个沃尔玛超市。买几把大剪刀和剃刀，能够剪头发的。还有染发剂。看看有没有临时的纹身。或者墨水颜料套装，我们自己弄。还有衣服。任何东西你觉得可以用来进行伪装的。”

汉森的眼睛眯起来，想了想，“我觉得我开始从你那里受到启发了，如果他们还没有搜查你的房间，我们可以留点线索迷惑他们。”

“比如？”

“我不知道。也许我可以买点黑色染发剂和金色的，你剪掉你的头发，染成黑色。但是把金色的空瓶子留在房间里故意让他们找到。”

艾琳的眼睛闪出了光芒。“我喜欢这个想法。”她说道。“也许我们的思路都错了。”脸上露出大大的笑容，“我喜欢你开窍了。我想我们可以互相启发摩擦出火花。”

27

汉森被一千元以下能买到那么多车吓到了。在这个大范围内市场上有好几十辆这样的车。最低的价格有三百五十美元，他完全想不通。在他看来就是当作废铁卖也比这个价格高，不过他怎么会知道呢?

他找到一辆二十年的雪佛兰马布里，里程为十七万英里。车子已经褪色、斑驳的蓝色油漆、脏兮兮的，座位布套破旧，轮胎已经磨光了，手摇车窗——其中一个已经不能摇了——空调已经坏了。看上去很丑。如果给它一个神话般名字，蓝色美杜莎绝对适合。汉森已经决定这么叫它了。不过往好的方面想，这会让他们保持低调，而且只要五百美元，刚刚好。问题是，到底还能不能开得动?

当汉森把那辆车从卖家破旧房子的前院——沙漠里一块水泥地开出来的时候，他总算松了一口气。这车还没有发出什么怪音，而且开到60码还没有什么零件掉落，他已经很满足了。

然后汉森开车去了沃尔玛，他的思绪又回到了第一次跟史蒂夫·富勒见面，跟一个把自己叫做费米的人。

* * *

汉森慢慢恢复了知觉。他不知道已经过了多久，那位访客史蒂夫·法隆——不对，不是这个名字，应当是史蒂夫·富勒把那一管东西注射进他的腿里。他正要睁开眼睛，富勒在他的鼻子底下晃了晃嗅盐，他立马就苏醒过来，好像被马鞭抽了一下。

汉森发现自己在一间玻璃会议室中，一张大大的橡木桌子。那个访客放下了手中拿着的嗅盐，在桌子旁边的椅子上对着他坐了下来。

“不好意思以绑架的方式把你请来。”富勒说道，“不过我觉得你等下很快就会感激绑架的必要性了。”

“我在哪儿?”

“在一个非常安全、非常秘密的地方。你出来没多久。我们用私人飞机把你从匹兹堡接到了这里。”

汉森发现他的手并没有被绑起来，或者被以任何形式限制行动。这是真的吗？

“这到底是怎么回事儿？”他质问道。

“都是关于你的研究，汉森先生。你在量子物理和量子计算机方面有非常不同寻常的理论，跟主流理论非常不同。”

“如果你觉得我的理论很荒谬，尽管说。你又不是第一个有此评价了，可能是第一百个。不过你是第一个要绑架我的。你可以发一封骂我的邮件，省得你这么费事儿。”

富勒微笑道。“我看你还挺幽默嘛，很不错，接着说，你独特的观点驱使你寻找量子信号的方法与别人不同。而且你还找到了一个。你继续在这方面深挖，试图让世界上其他物理学家认真对待你的理论。你就像一头犟牛拉都拉不回来。”

“是的。我非常固执。那又怎么样？我坚信我没有错的。”

史蒂夫·富勒朝前倾了一下，观察了他的客人几秒钟。“你说得对，汉森先生。毫无疑问也许你是对的。我能不能叫你凯尔呢？”

汉森盯着他。“你随便叫我什么都行，只要你能告诉我为什么你也坚信我是对的。”

“因为你找到了一台实际存在的正在运行的量子计算机。一台在你衍生出来的理论原则基础上运行的计算机。地球上只此一台。一台由四个外星人从离地球三十七光年的星球上带来的量子计算机。”

汉森摇了摇头试着想清楚是怎么回事儿。他张开嘴想要说话。

富勒举起手阻止了他。“这是一个大胆的说法。所以我知道会引起怀疑。”他朝玻璃墙后站着的那人点了点头，像蜥蜴一般无声无息。汉森自己还没站稳，太集中精神听富勒讲话，根本没有注意到那个人。

那人走进房间，坐在了史蒂夫·富勒旁边。他看起来很普通：中等身材，还有中性的肤色。没有明显的好或坏的特点。稀松的发际线。大约四十岁。但是他走路的方式，他坐的方式，他行事的方式有点不对劲。汉森说不出哪里不对，但是让他感到有点不安。

没有人说话，汉森决定打破沉默，“你是谁?”他问道。

“我的名字不能发音。在地球上，我的名字是费米。”

汉森满脸狐疑。在地球上？他心里觉得好想大声笑出来，但是他心里又觉得，从某种原始意义来说，这真的是一个外星人。

“我觉得让你和费米见面可以加速事情的进展。”富勒说道，“如果一幅图片能够画出一千个单词，那么费米用几分钟就可以解释最顽固的怀疑。”

“我在我自己的母星上做了大量的整容手术，与复杂的基因工程结合，让我变成了人形。但是你可以看到，或者听到，我可以很流畅地说你们的语言，而且没有什么口音。”

他边说，汉森边觉察到他确实有口音，但是几乎小得察觉不出来。

“但是进化让你们的心成为了理解你们人类同类一些细小线索，比如姿势、身体语言等的出色工具。”费米继续说道，“所以跟我相处得越久，就会发现我越不对劲。这是没有办法的。如果我不怎么动，也不说话，还能骗过大家，可以到公众场合去，乘车，甚至是坐飞机。但是除了通过电话这种形式以外的大量的互动，就很容易被识破。”

这个自称是外星人的人在衬衫下还有一个淡蓝色的纽扣。他解开刚刚在他胸上方的纽扣，暴露出相当于一个棒球大小的鲜肉。让人作呕。

“我的基因物质跟你们的并不完全一样，但是原理上却是相似的。我的同事和我都是大量重建外科手术和基因工程改变的结果，经历了你们地球上的七年时间。我的种群经过了几千年时间来完善我们的基因物质，可以做的事情是你们想都想不到的。我们每个人都被基因工程改变产生了你现在看到的效果。”

“具体是什么?”汉森说道，他的声音透露出来些许恶心感。

“把它想成是鱼鳃。你们的大气当中有一些对我们有毒的微量元素。我不需要空气中那么多的氮气。所以我们呼吸的空气通过这个生物过滤器分流，确保我们呼吸到我们所需的气体。”

汉森扬起了眉毛，但是什么也没说。这人说的又不一定都是真的。

“我们有一些已经退化的附件类似你们的双手。”费米说道，“我们又重新利用基因工程让它重新拥有了功能，并且变成了你们双手的复制品。即使如此，”他接着说道，又解开了他的衬衫一个纽扣，“我们的手对我们来说不可或缺，因为比起改造成的你们那种双手，我们的手让我们能够更好地进行精密运动控制。”

说着他又解开了第四颗纽扣，十二条纤细的触须从肚子位置的两条裂缝中排列整齐地伸了出来。汉森惊讶得嘴都合不拢了。费米的人类双手在解开扣子的时候那么笨拙，但是触须的动作却非常流畅优美。他用触须从桌子上拿起一支钢笔，每一个触须都独立运动，毫不费力地将钢笔如同变魔术一般旋转出复杂的图案。

“对我们来说，那些像穿针线之类的精细活简直是小菜一碟。你们的双手力量更强，因为你们原始祖先需要在树上荡悠。”他的脸上露出了一丝微笑。“我们的星球上没有树。”

汉森的眼睛眯了起来，因为他观察到了费米的那个微笑。而且他还记得费米对他说的话表示赞同的时候还点过头。这怎么回事儿呢？一个外星人可以学英语，但是没有外星人可以学会下意识的脸部表情吧。如果让汉森模仿一个发出高音调大笑的外星人，他可以让自己学着这么做，但是如果一件事儿真的很好笑——他可能就会不自觉地像人类一样笑出来了。

所以这是不是只是一个精妙的骗局呢？

除了模仿人类自发的表情是不可能的，汉森很大程度上相信这不是骗局。但是费米的模仿还是有什么不对劲的地方，但汉森说不上来。没有什么特效或者是骗局能够造出他所看到的触须。

“观察得很仔细。”费米说道，“问得也很好。通过基因工程，我们正常的身体语言通道已经被颠覆了。在我被改变之前，如果我觉得好玩或者高兴，我的第二根和第七根触须会朝左挥动。但是现在，高兴的情绪会刺激我大脑，而且发出无意识的脉冲，并传向不同的通路，让我的脸产生人类的笑容。非常复杂，但是这只是一个自行运转的子程序。”他叹了一口气，“不过就我们在这一方面的能力说，我们的身体语言并不完美，你也看到了。非常接近，但是还差那么一点点。我们的身体和大脑只能模仿你们人类到这种程度了。如果还要更近一步，你实际上做不到完美的模仿。”

汉森若有所思地点点头，他的最后一点疑虑已经消除了，“你们是怎么叫你们自己的？”他问道。

“你们发不出我们的名字的音来。我们来自一个英语发音类似‘萨朗星’的星球。”

“我们就把他们叫做保鲜膜人，”富勒说道。“现在他们也这样称呼他们自己。我不知道谁最先这么叫的，不过挺接近的，或者你可以非常接近。”

汉森忍不住微笑了一下。他不知道被绑架后会发生什么事情，不过能够听到一个关于萨朗保鲜膜人的笑话可是他意料之外。他转回头对着费米，“你们有四个人？四个……保鲜膜人？”

“是的。”费米回答道。

外星人接着解释了他们是怎么被送到这里的，基本上是秒传，但是花费了他们整个文明的力量。

“汉森先生，谈到你的理论，你对于量子力学本质的见解非常原始，还处于萌芽阶段，但却是正确的道路。你的同类对于暗物质和暗能量都知之甚少，没办法看清合适的解决方法，但是你的理论是正确的：你可以从量子纠缠得到有用的信息。”

除开他现在的处境，汉森听到来自科学上更先进的外星人的肯定，顿时觉得心花怒放。他觉得自己就像是飘上云端。他因为自己的理论被诽谤了多年。现在费米用事实有力地驳斥了那些对汉森的理论的污蔑，也证明他的思路是正确的——至少是在正确的轨道上。这是对他深信不疑的信念的最好辩护。

量子物理认为粒子可以在同一时间分布在许多地方，并且能够自发地快速存在转化。但是这一理论最不符合常理的部分，也就是大家都怀疑的部分就是量子纠缠。当一对粒子纠缠的时候，观测会迫使它们处于定状态，它们会产生相反的方面。

简单地说来，宇宙中所有的粒子都像是旋转的硬币，处于正反面不稳定的状态。但是一旦被观察，它就有可能随机成为正面或者反面。量子纠缠说的就是这些粒子都是成对出现并且旋转时，如果其中一个是正面，那么另外一个肯定是反面。永远都是，立即呈现。即使纠缠的硬币处于宇宙的反面，一个粒子是正面，那么另外一个粒子同时就是反面，这样他们之间的指令交流比光速要快得多。

这也导致了爱因斯坦和其他物理学家无尽的争论，所有聪明的物理学家都拒绝接受这是真的。爱因斯坦不相信这是真的，把其叫做“远距离幽灵行为”。

即使如此，即便量子纠缠已经被决定性的证明了，物理学界还是坚持它并没有摆脱光速的限制。没有任何物质可以比光速更快：粒子不行、能量不行、信息也不行。但是因为信息并没有在这种情况下传输，所以光速限制还是存在。是的，如果一枚硬币在宇宙的一端以正面跌落，它的纠缠伙伴就会立即在另一端以反面跌落。但是首先落下的硬币是正面还是反面是随机的，这会带来什么好处呢？没有任何信息可以通过这个过程传输。

量子纠缠的可能启示将比那些已经推断出的奇妙结果更加影响深远。在宇宙大爆炸阶段，宇宙的所有物质都集中在一个点上，所以我们可以想象宇宙中的每一个粒子都与另外一个粒子纠缠。

费米接着解释信息如何通过量子纠缠能够比光速传输得还快，但是还需通过暗物质和暗能量的知识才能做到，而这些是人类还未知的，人类到最近才刚刚发现了宇宙的主要组成成分。尽管完全不可见，大家都认为银河包含了许多暗物质，而这些暗物质很有可能比星系里面所有恒星还要重。

现在宇宙中73%的部分都是由被叫做暗能量的神秘能量构成，这种能量藏在太空的真空中。如果人类物理曾经处于被自己这门学科所震惊的危险之中，直到最近，科学已经完全被宇宙中的绝大多数物质和能量遗忘这一事实只是其中一个提醒，提醒人们自身的局限性。

费米又解释了一次，他和他的同事们使用了一代人只有一次的资源从萨朗星来到这里，所以每个多余原子的重量都难以想象的昂贵。这次传输所需的能量和计算能力已经超越了费米的理解。尽管他们也想把先进的科技带到地球上来，但是他们的文明唯一负担得起的，只是一台小小的量子计算机。

“这就是我所侦测到的？”汉森说道。

“是的。”费米回答道。“我们还有级别高得多的能力更强大的计算机，但是我们只能带来相当于你们说的笔记本电脑。但是，因为它是以量子原则运行的，它还是比你们现在使用的计算机强大几千倍。”

史蒂夫·富勒清了清嗓子，面朝着汉森，“但是我们回到正题上来。”他说道，“这是我必须要——迫使跟你见面的原因之一。还没有很好地解释原因之前，我们希望你能够对你所发现的这一量子信号闭口不谈。你觉得你可以做到吗？”

汉森被他说话的方式吓了一跳。他考虑了几种回答的方式，最后选了一种最为温和的方式，“反正都没人相信我。”

“我相信你。”富勒意味深长地说道。“想想你是多么幸运，还没人达到这一步。”

“这是指的什么？”

“这意味着你定位这些信号的热情，你几个月来企图获得许可和资金在华盛顿外围进行挖掘，你认为这些神秘的信号就来自华盛顿以外。无论你申请许可被拒绝了多少次，你还是坚持不懈。你也不会对你的理论闭口不谈。你知道这有他妈的多烦人吗？不过好了，祝贺你。你总算成功了。现在我们就在地下三百英尺的设施里，就是你想要挖的这个地方。正中心。我是多么不想被人发现我们在这下面。”

汉森觉得自己吞口水都困难了。他非常高兴的是他的理论准确定位了信号所在地，但是他开始紧张起来。

“所以我们要你告诉你的导师和其他你一直纠缠的人，你犯了一个错误。现在你醒悟过来了。幸好我们几周之后就会把总部移到往西的地方。”富勒说道，“不然我们只有杀了你。”

他说完露出了一个友好的微笑，就好像他说了一个成人笑话，所以汉森只好相信他。

28

富勒张嘴还要继续说下去，被一阵敲门声打断了。一个女的把头探了进来，询问什么时候上午餐。富勒瞄了一下手表，告诉她半小时以后。

门一关上，富勒继续他的话。“但是我现在还不要你决定你是否要照我说的做，”他对凯尔·汉森说道。“因为你还不了解整个情况。你了解了，你会想要配合的。”

富勒和费米都讲述了十七大星系知道这个星系里的各个文明，十七大星系是如何处理星际融合的。以及十七大星系为什么认为派遣一支小分队来地球拯救这个富有天赋却在自我毁灭的新种群是多少重要。保鲜膜人因为各种原因必须作出这样的选择。

汉森不知道时间过了多久，当敲门声再次响起的时候，他吓了一跳。已经过去半小时了吗？

确实已经过了这么久，还是同一个女的，推进来一辆餐车，放着五个金属盘子，都用金属圆盖盖着，还有各种饮料，各式盘子、餐巾和银制餐具。直到她离开房间，谈话才结束了。

富勒解开两个盘子的圆盖，是两道中国菜，牛肉炒西兰花和腰果鸡丁，而让汉森有点吃惊的是，配套的餐具全是西式的。

富勒转头朝向汉森，“饿了吗?”他问道，“或者你还想继续听下去?”

“等会儿。”汉森立即说。他什么时候都可以吃饭，但是他可不是什么时候都有机会听星系文明的故事。

富勒赞赏地点点头。他把热气腾腾的菜肴又盖上了，接着说。“保鲜膜人找到了我们的政府，并表现了他们的诚意。”他解释道。“无论你以前听过什么故事，这是唯一一次地球被外星文明正式访问。不过你也知道了，不是太空飞船。保鲜膜人提供他们的技术和量子计算机给我们使用，保护我们免受自己人毁灭。”

“怎么做到的?”

“他们不擅长解释。幸运的是，他们擅长作出成果。首先，他们计算机能够灵敏地扫描出核武器和生物武器信号。你是根据光谱确认他们的量子计算机。他们的计算机也是用基本相同的方法确定大规模杀伤性武器，尽管我们不知道到底是怎么操作的。我们提供了我们所有的输入，我们整个巨大的数据库。所有我们已知的恐怖分子，以及我们收集到的任何一点电子数据。他们能够接入上万亿的页面，比因特网上还多。他们的计算机能够接受这些输入，然后就像变魔术一样。看到我们看不到的图形。并且作出精确得恐怖的预测。”他扬起了眉毛。“我求他们给我留几手。”他假笑着说道。

“你相信他们，并让他们能够全面接触你的数据，这让我很吃惊。”

“是他们自己赢得了信任，不是一开始就有的。作为互相信任的一部分，费米和他的朋友们对几次恐怖袭击发出了警告，要不是他们，我们好几座城市早都被夷为平地了。我们不愿意信任他们，只会让我们付出死亡的代价，我们就更加敞开心扉了，逐渐地我们认为他们就是他们呈现出的样子。也就是，友好的外星人想要帮助我们。”

“他们什么时候到地球的？”

“具体的日期是机密，不过很不幸是在911之后。我们自己没有足够的信息能够阻止。我现在能告诉你的是，我们现在是世界上最机密的部门。由国土安全部直接领导。在新总统宣誓就任后几年，我们才告诉他这个工作组的存在，其他我们服务的机构永远都不会知道我们的存在。我必须要补充说明的是，这是全球性努力的结果。保鲜膜人决定优先秩序，我们投入资源。如果他们判断认为针对以色列或者英格兰或者其他地方的阴谋比阻止针对美国的阴谋更重要，我们就会照他们说的做，而不是全部都出手阻止。我们会找出方法给不同的保护机构包括我们自己国家和其他国家提供军事情报，这样看上去就像是他们自己找出来的。我们将许许多多的有可能发展成为不可控的阴谋连根拔起。通过多米诺骨牌一样的阴谋能够让世界范围内的文明停滞不前，甚至摧毁整个人类。但是没有人知道我们的存在，或者我们在幕后提供军事情报。”

汉森并不确定他是不是全盘接受了。他觉得好像漏了点什么。他喜欢读科幻小说，所以他真心希望所有这些是真的——一个先进而且慈爱的物种正在守护着我们。这是最终极的科幻梦想。但是人类的本性就是怀疑那些看起来太好的事情。汉森不太相信投入了巨大能量和资源的物种，能量和资源大得足以让人类整个文明与之相比只是九牛一毛，却不求任何回报。

“保鲜膜人是彻底的和平主义者。”富勒继续说道，毫不掩饰他的不以为然，“所以我们并没有告诉他们具体的操作细节。他们把这想成了智力训练。如果他们觉得人类会受伤，即使是那些让自己成为了文明之敌的人，他们都会非常神经质。就像是偏爱吃牛排的素食主义者。我们俩在餐馆里，忍住不流口水，而他们却忍住不呕吐。”

费米点点头。“没错。”他说道。他继续描述他们来到地球所付出的代价。他们喜欢甚至崇拜独立的个人，这些人通常都有幽默感和责任感，令人印象深刻的好奇和劲头。不过与 17 大星系的其他星球相比，人类总的来说是最原始的，最热情的，最残忍、自私、恶毒的。

但是同时，热情也有它的对立面。人类个体都能强有力地表现爱、忠诚、自我牺牲和英雄主义。尽管如此，看到这一物种固执的暴行，就是单单看一天的新闻就可以了解他们的心理，就像是暴露的神经被一根针反复扎。

他们的话越来越少，汉森和富勒决定在菜还没有变得太凉之前，先把他们准备的中国菜吃掉。费米从他的口袋里拿出一点毫无特色的食物，看上去像是焦油，并且解释保鲜膜人跟地球人的饮食需求不同。

汉森吃完他最后一点牛肉炒西兰花，他转头朝向外星人，扬起了眉毛。“你选择费米作为你的名字是为了讽刺对不对？对于费米悖论的讽刺？”

“非常棒！”外星人赞赏地说道。“十七大星系中已知的十一个物种都具有幽默感的特点。我们保鲜膜人的幽默感挺冷。看来人类也是如此。”

“嗯，没错。”富勒说道。“保鲜膜人是真的大笑暴徒。一个叫做费米的外星人。谁会这么搞笑？”他说道，声音里充满了讽刺。

恩里科·费米是一位参与了曼哈顿计划的聪明的物理学家，他还获得过诺贝尔奖。1951 年的一天，他和他的同事们在讨论

UFO 报告的真假问题。他的回答很简单。如果外星人存在，他们在哪儿？“外星人都在哪儿呢？”他报告说道。

如果一个没有恩里科 · 费米聪明的人说出这样的话，这可能只是开玩笑随便说出来的评论没有任何含义。但是费米说出这样的话就意义非凡了。这背后的逻辑难以反驳。最后被叫做了“费米悖论”，写了一本本书来演示这个简单问题的答案。

宇宙已经有 140 亿年以上的历史了，人类的历史只有一眨眼那么短。如果智慧生命是普遍存在的，它应该早就在宇宙中遍布了。八十亿年以前，五十亿年以前，一亿年以前，都没关系。一旦智慧出现，科技就会立即出现，当然这是从宇宙时间论来定义的。即使我们假设一个智慧物种智能从他们的母星上以不足光速的速度向外移动一点，但是经过几百万年的时间，银河系也应该充满了智慧生命。如果智慧生命是常见的，那么至少有一种智慧物种会把其周围星球广泛殖民，占领每一毫米的土地，宣誓它的存在，但是事实上却并非如此。

但是汉森想到的是，正是因为他盯着一个把“外星人都在哪儿呢？”的答案放进自己的名字里的外星人，费米悖论才依旧富有深意，依旧比以往更需要答案。

“那么怎么解决呢？”汉森说道。“如果保鲜膜人已经存在了几百万年，那么为什么你们，或者十七大星系中的某一个或几个不占领整个星系，趁着我们还是从树上晃来晃去的时候？或者十八个物种都是在同一宇宙时间点诞生的呢？”

“十七大星系——现在是十八大——诞生时间确实非常接近。十七大星系文明开始太空探索也就是几千年以前。保鲜膜人成为星系大家庭的一员也就四千年的历史。”

“我猜你们都处在不同的科技水平吧？”

费米摇摇头说不。“事实上是同一水平。部分是因为种族混合带来了均化作用。但是最主要的还是因为宇宙允许快速的科技进步——到一定阶段。一旦达到了现实所编织起来的界限，比如光速或者绝对零度，进步就停滞不前了。我们的种族到达这些界限相对比较快。其他比较慢。不过没有关系。就想象一次马拉松长跑，最后都是不可逾越的终点。跑得快的先到达，乌龟可能要慢得多，但是无论快慢，最后都到达了同一终点。”

汉森思考着，尽管自己从来没有这样想过，但是费米说得很有道理。

“回到你最初的问题，就是我的名字所说的悖论。”外星人继续说道，“考虑到智慧生物的普遍存在，在不同的地方已经产生过很多次。但是为什么我们并没有感受到那些在我们之前诞生的智慧生物？我们想原因有许多。我们认为文明分为三大类。而且大多数是会夭折的，在他们离开自己的星球之前就毁灭了，可能是因为人口过多、战争、污染或者其他形式的自杀行为。这也就是你们的文明现在正在经历的。这样的种群只有被更成熟的文明及时发现并在无可挽回之前进行干预，才能得以幸存。我们希望你们的文明属于这一种。”

“所以你是说你们发现我们完全是像中了宇宙六合彩一样？”

费米点点头。

“还有一个分类是什么？”

“第二类就是极少数的种群，成功的没有自我毁灭，几十亿年前就已经可以星际穿行。这些种群拥有非常先进的技术已经达到了可以轻易就不让我们发现的水平，甚至可以创造一个完全新的宇宙定居。留下这个作为未来智慧生命的孵化器。”

“那么十七大星系肯定就是第三类了。”

“正确。第三类包含了成熟的文明，不会自我毁灭，但是也停滞不前——没有足够动力进入超级种群所达到的下一阶段，没有扩张性。费米假设会有按指数率增长的人口以及抑制不住地向外扩张欲望。但是任何一个十七大星系都没有这样的趋势。一个都没有人口增长。大多数的人口还是下降。所有星系都满足于科技以及基本无限制的能源创造出的基本无限制的个人发展选择。”

汉森思索着，在地球上，第三世界国家的人口激增，但是在许多生活条件舒适的发达国家的人口却出现逆增长趋势。费米所生活的时代一定没有这样的现象。但是智慧种群人口数量下降无殖民化趋向可以很好地回答他的问题。

“我们的文化没有野心。”费米说道。“对于现状非常满足。在发展停滞了数千年以后，我们娱乐与奋进的最大源泉就是互相融合。但是十七大星系在过去的两万五千年还从来没有迎接过新成员。现有的互动已经越来越程式化，所以这就是你们非常重要的原因之一。新的种群加入带来多样性，新的思维创造出无数新的排列组合，推动整个十七大星系。即使你们和另一种文明水火不容，这也会推动整体发展，让整个社会活起来。即使是那些科技方面相对来说不完善的星系，也推动科技和新文化方面的进步，带来新鲜的血液、新的思维方式，最终产生进步。”

“非常有趣，”汉森说道。“我只希望真的恩里科·费米能够站在这里与你面对面跟你对话。”

“毫无疑问，他是你们最智慧的科学家之一。萨朗星来的其他三名外星人也取了对于外星生物有着卓越见解的人的名字。”

“快告诉我是哪些名字。”

“名字有德雷克、萨根和罗登贝瑞。为了纪念你们种群中有着远见的人们。”

汉森点点头。这三个名字恐怕只有到了汉森这样级别的技术控才会熟知，包括费米。弗兰克·德雷克创建了寻找外星智慧生命工程（SETI），并且给出了著名的德雷克方程式对宇宙中智慧生命种类数量进行估算。卡尔·萨根是美国行星协会的创始人之一，致力于寻找外星生命。用同样的名字真的很有创意。但是罗登贝瑞呢？《星际迷航》确实是前所未有的好电影，但是娱乐电影的制作人似乎不足以跟其他三位科学家相提并论。

“罗登贝瑞？”汉森大声反问道，“为什么是他？因为他对外星人的描写？”

很意外的，富勒抢先回答了这个问题。“不是，是因为他出色的领导（导演）才能。”富勒用轻蔑的口吻说道，一点没有想要掩饰他的蔑视情绪。“很显然十七大星系跟他有着相似的观点。不要太多干预我们的科学发展，因为我们太原始了。”

“不是原始，”费米纠正道，“还比较粗糙，而且没有怎么……准备好。必须通过艰难困苦学习一些科学介质，建立起科学伦理，在此基础上才能发展更高级的科学。”

“所以他们才没有把他们的计算机或者是方法交给你们，对吧？”汉森猜测道。

富勒没有回答，但是脸变得很黑。

“我们可以跳过人类道德这一关，”费米说道，“但是这就像是考试作弊。其实只有通过自己的艰苦努力学到的东西才理解得更加透彻。”

“你可以通过作弊在代数考试中得到A，”富勒澄清道。“只是你的代数2会考得很糟。”

“有意思！”汉森说道。

“嗯？”富勒说道。“更有意思的是他们似乎想在你身上来个例外。我们在决定该拿你怎么办的时候，他们的建议是你很重要。你的理论是正确的，但是如果不给你一些鼓励，你的理论可能会被已有的理论所湮没。无论你如何固执，你都会被排除在主流理论之外，最终沉入在历史的长河中。”

汉森甩了一下头，似乎不相信自己的耳朵，“你们为数不多的几次选择进行干预——不是针对大规模杀伤性武器——而是对于我的干预?”

内容好多要好好消化一下，汉森此时的感觉就像是一个旋转的万花筒：自豪、震惊、怀疑还有各种滋味杂混在一起。

“你是靠自己想出那些理论的，并没有他们的帮忙。”富勒说道。“而且没有他们的帮忙，你还靠自己发现了我们。你渐渐地成长了起来，而不是消亡下去了，技术上的消亡。”他立马纠正道。“他们没有违背他们的伦理。我们没有说想要知道怎样建创一台量子计算机，就这样发生了。只有通过你，我们才能完成建创一台量子计算机的方法。所以只好把我们最大的威胁——你——变成我们的人。”

汉森仔细打量着富勒的脸，“你的意思是什么?”

“你告诉你的导师以及其他人，你被量子信号是错误的这件事儿所困扰。费米和他的同事正在建造一个装置屏蔽信号，不过呢，还需要一两年才能完成。你同意在此期间，你不会做实验来定位我们的新总部。”他暂停了一下让汉森好好消化。“作为回报，我们会在幕后为你涉及量子计算机的研究提供资金。即使每个人都觉得你是异想天开，你还是会奇迹般地获得巨量资金支持，哪怕冒着整个已知科学界的反对。”

“就是说我会回去，忘了在这里发生的一切，然后有一个神仙教母罩着我?”

“非常正确。完成你的博士学位。根据保鲜膜人的说法，你在卡内基梅隆大学会学到你需要的一切。对于科目，保鲜膜人没有任何兴趣或者意愿来教你。你一毕业了，我们就会跟你签订由国土安全部和美国国防部高级研究计划局牵头的一个涉及量子计算机的联合项目。你会在我们的总部工作，这样你就可以跟保鲜膜人讨教了。尽管听起来有点荒谬，不过你会提大概二十个问题。他们不会直接告诉你答案。但是如果你猜到了正确答案，他们会给你使眼色。”

富勒顿了一下。“但是一旦从这里出去，你就必须对这里的事儿只字不提，知道吧。我们会确保你被关进了一家精神病院——上帝都管不了的——甚至找不到的精神病院。”

汉森微微笑了一下，说道：“这好像听起来不太符合宪法。”

“根据保鲜膜人的计算机——超级那台，不是那台笔记本电脑——我们人类作为一个种群很有可能活不过十年。这些保鲜膜人是我们的恩人。美国宪法是非常优秀的文件，但是当整个国家的生存都受到了威胁，像我这样的人选择的余地不多。宪法不是自杀协议。”

汉森闭上了嘴思考，确保他没有漏掉任何一句话。“好吧。我接受。你的提议太强势了。我会保守你们的秘密，我保证。”他扬起了眉毛。“不过出于好奇，我想知道如果我不接受，你们会怎么做?”

好几秒钟，富勒都没开口回答。终于，他的嘴角浮起一丝笑容然后说道，“我想我们都没必要知道答案这才是最好的。”

29

汉森把蓝色美杜莎停在了沃尔玛宽敞的停车坝上，思绪又回到了现在。他买了一部预付款的一次性手机，跟艾琳不一样，不过功能都是有限的，在穿过沃尔玛无数的走道的时候给艾琳打了一个电话。

“有人去踢咱们旧房间的门了吗?”他问道。

“我不知道。我就透过窗帘的缝隙看了看外面的情况。即使旅店被二十名突击队员包围了，我都不会知道的。”

只是听到她悦耳的声音都让汉森觉得心里酥酥的。人类等到巴甫洛夫都完全了解了刺激与反应这回事儿真是个奇迹。

汉森告诉她，鉴于回去布置旧房间的风险很大，需要重新考虑一下这事儿。

“我同意，”她说道。“你走后我也想了想。”

“我会绕着旅店开几圈，侦察一下。如果停车场有敌人出现，我会等到他们离开。如果没有，我们就可以换装然后迅速离开。”

“你刚刚用的词是侦察和敌方?”艾琳打趣地说道。

汉森大笑道，“我以为你会喜欢这样。我可能没有读过你所喜欢的那些文学作品，不过我也不是山顶洞人。我也看过军事题材的电影。”

“他们又不是抱孩之宝公司的玩具长大的人，对吧?”

“不是。我从来没看过那么低智商的电影。要是没有字幕，不是在艺术剧院上映，我是不会去看的。就这么简单。我最喜欢的是配上德语字幕的法国文艺电影。”

“我看呀，你肯定这两种语言都不会。”

“你怎么知道!”他咯咯地笑着回答。

“买东西的时候别挂电话，我可以随时掌握你买了什么，型号买对没有。知道你买了些什么能够让我计划出我们变装的最有效方法。”

“听起来不错。”

“我琢磨着，等你一回来，我们应该在十分钟以内完成剪头发、染头发、纹身、换衣服。”

“收到。”汉森边说边重重叹息了一下。

30

瑞安·布鲁克看着他的人离开了仙人掌旅馆周围去追踪其他线索。他和他这次任务选的搭档吉姆·布莱辛上尉也会很快开始行动。但是在开始之前，他要确保他没有放过任何一个疑点。前台的小个头女人告诉他艾琳·帕尔默用别名入住了，付了现金，现在已经走了，因为时间刚过退房的时间，所以清洁工在他们来的时候刚打开门准备打扫她住过的那间房，所以他们来的正是时候阻止她。

艾琳·帕尔默可能是半个小时之前离开的，或者十个小时以前，没有人知道。

根据前台接待员，艾琳是一个人住进来的。而且她也碰巧看到艾琳是打的回旅馆的，时间是从他们在学生广场跟丢后一个小时左右。然后一直是一个人。

这跟他们的预判相符。艾琳和凯尔·汉森只有分开才有可能甩掉他们的跟踪。这是计策上来说最有可能的选择。考虑到她在这方面与生俱来的能力，布鲁克相信他们俩分开行动了，这对布鲁克他们来说更棘手了。

布鲁克挺佩服这个女孩的，她不停把身经百战的老兵耍得团团转。他怀疑她早就离开了。而接待员认错了人也不是不可能的。但是根据这位客人是打车，没有包，使用现金支付这些来判断，他可以断定是艾琳·帕尔默。

现在他和布莱辛就在艾琳入住过的房间，寻找所有细微的线索：写了字的碎纸片、一包火柴；任何东西。

艾琳最后看的一个电视台是本地的频道。布鲁克怀疑她是不是已经在屏幕上看到了自己被通缉的新闻。如果看到了，可能就更难抓到她了，因为她会更加谨慎。不过没关系，已经布下天罗地网搜索她，她没有机会的。这不是足球比赛，防守就能够赢得比赛。这是猫捉老鼠的游戏。当五千只猫出动抓一只老鼠，无论老鼠多么聪明，被抓只是时间问题——不会太久。

布鲁克仔细地搜索了整个房间，但是没有找到任何有价值的东西。是时候开拔了，反正他们还会找到她的踪迹的。他最后看了一眼房间。房间大部分都保持得干净整洁。几张用过的毛巾。床单看上去好像是刚刚经过了恶战一般。布鲁克一点也不怀疑艾琳·帕尔默肯定会辗转难眠……

他突然注意到棉质床单上的小污点的轮廓，像是洒的一点汽水干了以后留下的模糊痕迹。他歪着头看了看。可能是床单上本来就有的污渍，不过他有点怀疑。

谁能留下这样的轮廓吗？也许会。但是他没有看见房间里有汽水瓶或者其他饮料瓶。她是不是想要进行伪装？他对染发一无所知，不过她可能在染发过程中洒了一点原料出来——也许染发之前还要打底之类的。他已经把床单掀起来看过了，检查在橘黄色花朵床单的褶皱里有没有藏东西，不过他又掀开看了一次，这一次更加仔细。没有找到任何染发的其他证据。

他俯身把鼻子靠近床上的那点污渍，他眼睛睁大——自己真是蠢透了，怎么能这么蠢呢？

“吉姆，你来闻闻这是什么东西。”

布莱辛重复了布鲁克的动作，恶心地皱着他的鼻子，“老天，瑞安。这是真的？”

“看来你也确认了。我们的小小研究生昨天跟人干上了。”

“是的。真该死。不过我认同你的说法。”布莱辛说道，朝洗手槽看去，好像想要用肥皂清洗他的鼻子。

布鲁克没理他。他们太粗心了，就听了接待员的一面之词，说艾琳是单独入住的，这并不意味着她不可以跟汉森晚点会面。布鲁克应该好好查看确认。艾琳·帕尔默和凯尔·汉森在这里会合了——无论什么方法——真是不可思议。

“我要告诉其他人他们俩还是在一起的，”布莱辛说道，“而且成为了……恋人。”

“快去。”布鲁克说道，无论如何，他们发现了有用的信息，也许会因此走运起来。“你在其他人说的时候，我再去跟接待员谈谈。她的名字叫什么来着?”

“惠特尼。就像是轧棉机的发明人的名字。”

“真的？你这样记住的?”

“对呀，这样才能记住对吧?”

布鲁克白了他一眼。几分钟以后，他把平板电脑拿给前台的惠特尼看，“你见过这个男人吗?”

她看着照片，露出其他的表情。“是的。他刚刚才入住。”

布鲁克吓得心都要跳出来了。“他刚入住？入住这里？你确定吗?”

“确定。”

“不开玩笑，”他说道，强迫自己听起来很轻松不怎么感兴趣。“你把他安排在几号房间了?”

她查看了一下电脑，“148 号房。”

“他一个人吗?”

“是的。我觉得他是走路来的——不知道从哪里走到这里的。然后，他入住了以后，他又回来跟我说了一大堆他怎么把电话搞丢了，需要查看几封重要的邮件。然后算是求我让他用了五分钟电脑。”

“真是有趣。”布鲁克平淡地说道，试着隐藏他的冲动。“我猜你让他用了电脑吧。”

“是的。”

“他用过的那台电脑，”布鲁克说道，“他用过之后还有人用吗？”

惠特尼摇摇头。

“我能查看一下吗？”布鲁克问道。

惠特尼让他穿过前台进入到一间小办公室。布鲁克滑动鼠标，只用了几秒就找到了最近浏览记录。当他点击了汉森最后浏览的网页时，他露出了微笑。那是一辆出售的二手车，蓝色雪佛兰马里布，已经过了它的巅峰时期。看上去真像是眼中钉。不过现在对布鲁克来说，这是这段时间他见过的最美的东西。

他离开了那间小办公室。“谢谢你，惠特尼。你帮了我们大忙。”他边说边走过了前台。他在大厅的双层玻璃门前停了下来，“我会让你拿到5万美元的奖金的。不过现在，帮我一个忙。不要离开这间办公室，除非我给你亮起绿灯。我们很有希望很快结束。请把没有空房的牌子点亮。”

惠特尼困难地咽了一口口水，“我会有危险吗？”她问道。

“就呆在这里，你不会有事儿的。”他安慰她道，“我保证。”

边说，他边推开了大厅门，然后开始拨打手机。

31

汉森把购买的东西都放进入了推车里，然后回到停车场的蓝色美杜莎。他钻进车里的时候，突然想知道德雷克正在干什么，他跟德雷克一起工作的时间比他跟其他人类都要久。

德雷克帮助他实现了不可思议的事儿，汉森经常被交付一些级别较低的事务，不过这样不妨碍，总得有人来负责与人类之间的日常交流，但是要让德雷克跟母星上的人类交流尽量最小化。

另外，要不是成为德雷克的跑腿，他永远没有机会遇见艾琳·帕尔默。

但是汉森开始担心他的外星同事了，即使在这次袭击之前，这让他前所未有的担忧。德雷克似乎变得越来越忐忑，这是由于他不停暴露在人性野蛮中所承受的心理负担造成。现在陷入这个境地，不但要目睹野蛮的袭击，还被迫像是动物一样逃亡，还得想办法去拯救这些人。

尤马的袭击并不是德雷克第一次见识这样的野蛮行径。汉森从停车场开出，德雷克第一次经历人类残酷无情的经历浮现在眼前，历历在目。

* * *

汉森第一次见到富勒和费米已经过去两年了。这两年中他比以往任何时候都要努力，可是过程也比以往任何时候更加缓慢曲折。

保鲜膜人的干预是对的。如果他不是提前知道自己是对的，他可能几个月前就放弃了，尽管他很固执。这是完完全全的折磨，特别是明明知道附近不远就有一个生物能够立即告诉他想要的答案。

大笔的资金资助神不知鬼不觉地喷涌，就像他们许诺的一样，提供给汉森，为他导师的实验室购买昂贵的器材。即便如此，他的导师还是没有给他好脸色。他收了资金，因为他被说服是一个对物理一无所知的白痴捐助的。不过他也坚持除非汉森马上改变他的观点，不然永远不要想要拿到博士学位；除非他放弃他的观点，重新开始一个看上去没有那么可笑的项目。

汉森最后还是和摩根分手了，虽然他还是不时地约会，但是并没有找到那个特别的人。他还是住在公寓里，他从那些真正出色的教授身上如饥似渴地吸取着知识，尽管这些教授可能对他们自己的工作也持怀疑态度。

史蒂夫·富勒在此之后也没有再联系他，不过汉森可以肯定自己一定被监视了，至少定期被监视了。不过他也只能理解，傻子才会完全相信他。

不是他不可靠，只是太多事情让他不能沉默。他只能想象保鲜膜人凭借着他们的计算机化解了多少次的全球范围内的恐怖袭击，精确追踪落入好战狂人手上的大规模杀伤性武器，使用强大的计算机能力预测处于萌芽阶段的全球紧张局势，并且提供建议在事情扩大化情况下将其平息。

保鲜膜人就像慈爱的神仙教母一样罩着人类，引导他们从萨朗星的超级计算机所预测的自我毁灭的趋势中走出来。考虑到富勒这些行动的重要性，以及短期长期所拯救的这些人的生命，换做是汉森，他也会紧密监视像他这样的人，确保没有背叛他们。

当汉森最开始刺探这件事儿的时候，富勒完全可以给他的脑袋一颗子弹就了结此事了。不过现在他的头上还是只有七个开口，而不是加上子弹在双眼中间开的第八个开口，所以只是被监视就很好接受了。

而且没有把他当作威胁除掉，富勒和费米还证明他的观点的正确性，为他正名了。他会帮助人类在量子物理方面作出历史性的突破。是的，他只是在重复十七大星系的各个星系成员几千年以前完成的事情，或者其他种族，可能几亿年前就完成的事情。但是这就好像是看着一个魔术大师表演令人咂舌的魔术，你成为了第一个破解这个魔术的人，从这个方面来说，还是会获得满足感的。

通过不断突破现有知识的边界，他正在加速推动人类达到人性和科技发展的成熟阶段，让人类成为银河系的第 18 个成员。

某天早上，汉森在他的公寓里，双眼放空，期冀着神来之笔能够给他一点灵感，解决困扰了他数周的问题，然后听到有轻轻敲门的声音。

他一下子打开门，想想肯定是律师。结果，他看到的第一件东西是黄色线圈笔记本，笔记本打开对着他，上面用大大的字母写着“不要说话”。

汉森吓得心都要跳了出来，就像是有人在他肚子上狠狠揍了一拳。一个上腹部伸出十二只触角的人站在那里拿着笔记本。

最开始他以为是费米，等他看清楚以后，却不是。一定是另外三个地球上的保鲜膜人之一。他们表面上看上去像人，但是萨朗星的外科和基因技术明显的只用了一个模子。

保鲜膜人翻到空白一页，又急匆匆地写着新的句子，他的触须像是跳舞一般优雅地舞动着，然后拿给汉森看。

我们开车到可以讲话的地方去。但是请在车上不要说话。

汉森点点头，没有说一句话，拿了门边桌上的车钥匙和钱包，然后轻轻地关上了门。

保鲜膜人把笔记本变回了人形拳头状，然后他的触须也缩回了衬衫底下。他的脸上有瘀伤，衣服脏兮兮的，闻起来还有汽油味道。他看起来就好像是被烧伤了几个地方。

汉森想象不出发生了什么事儿，但是不管是什么事儿，都肯定是很恐怖的事儿。保鲜膜人坐在了他的副驾驶座位上，汉森打开了收音机，假装一个人，出去兜风。

他几乎立马就选定了目的地，15 分钟后，他和他的客人就坐在了申利公园的长椅上，这座市政公园与卡内基梅隆大学和匹兹堡大学都接壤。坐在长椅上能够将被郁郁葱葱的树木包围着的人工湖收入眼底，一切都是那么宁静。

“我叫德雷克，”他们在长椅坐下后不久，保鲜膜人总算觉得安全了，开口说话了，“我需要你的帮助。”

跟费米一样，他也有轻微的口音，几乎察觉不到，但是汉森潜意识会感到不对劲儿。如果他之前没有听过类似的，他是觉察不出来的。

“发生什么事儿了？”汉森问道。

“太野蛮了。”来客回答道，他神情恍惚，满脸悲伤。“大屠杀。暴行。人性真是……残忍，野蛮。我都不敢确定你们的种群还会不会自我救赎。我甚至希望你们不要在星系中存在。你们就像是瘟疫。”

“慢慢说，”汉森说道，他的心和脑子都在飞速运转。“首先，你还好吗？有受伤吗？”他问道，很显然这位外星人精神上受到了巨大伤害。

“我被击垮了，不过我会活下去。”

“好的。发生什么事儿了？你怎么会来这里？”

这名叫做德雷克的外星人把脸转开了几秒钟，悲伤的神情又回到了他的脸上。“其他人……”他没法继续说下去，“其他人都死了。”

“哪些其他人？”汉森问道，“其他保鲜膜人？”

“是的。还有其他一些人类。跟我们一起工作的人类。”

汉森感觉好像被棒球棒击中一样。费米死了？那个花费了整个文明巨大代价才把他送来的外星使者死了？怎么会？汉森不知道他们的安全是怎么样的，但是这一定是史无前例的。这些地球上最重要的四个人——现在只剩一个。

“怎么会呢?”汉森问道。

“他们背叛了。”德雷克惊恐地说道。“彻底的背叛。史蒂夫·富勒背叛了我们。”

“什么?”汉森说道，迷惑得眉毛都皱成了一团。“富勒是整个事情的头儿。”

但是他一说出口他就意识到只有可能是史蒂夫·富勒。他是唯一一个能够攻破所有安全警戒的人，因为他就是整个安全警戒的负责人。这已经解释了整个事情是怎么发生的。但是为什么呢?

“是的，”德雷克附和道。“富勒是负责人。但是我知道的是他不跟我们合作。这么多年，他一直使用他广泛的军事人脉贩卖军火。他和他的影子机构在全球都插手了。”

“这太疯狂了。你们来这里就是阻止大规模杀伤性武器、独裁者还有破坏性因素。可是你现在说和你们一起合作的人——负责整个项目的人也是这种不安全因素的一份子?”

“是的。但是不是大规模杀伤性武器。所以我们的计算机从来没有把他们联系起来。但是当我们把一份世界范围内的危险人物全名单交给富勒的时候，我们其实是给他提供了一份他的客户清单。”

“你们是怎么知道这一切的?”汉森说道。

“他告诉我们的。他的人清除了我们的保镖，还有其他所有不在他的组织中的人。他们抓住了我们。他是为了我们的量子计算机而来的。如果他有了量子计算机，他就拥有无穷的力量了。”

“他得到了吗?”

“从技术上来说，是的。他一定要我们让他使用量子计算机，坚持让我们打破我们自己版本的主要指令。但是我们决不会屈服的。"

"所以他决定从你们手上夺走?"

"是的。但是当他得手后，他才发现量子计算机对他来说没用。计算机设计的程序就是只服从保鲜膜人的指令。对他来说，可能就是一个压纸器。"

德雷克又扭头看向别处。"他非常生气。"外星人继续说道。"我们不告诉他如何操作计算机，他就折磨费米，在我们所有人面前。"

他的目光呆滞，就好像他永远也无法从受伤中恢复一样。事实上这没让他疯掉就已经是个奇迹了，因为他拥有更加纤弱的体格和情感，经历这样的事儿对于大多数的人类来说都是重大创伤。

"费米招了吗?"

"没有。我们都是程序化了的，在基因层面上，在这样的高压之下，我们是不能投降的。最后富勒杀了他。但是他折磨他的时候，他告诉了我们所有关于他的军火买卖的事儿。"

外星人惊恐地摇着头。"我真是不明白。"他说道。"史蒂夫·富勒是我们的搭档，他怎么能这样做?就好像他是两个人一样。他看起来是那么的友好公正。我们以为他是你们人类中最好的人。我们怎么会被彻底地愚弄了?"

汉森想到了杰弗里·达默①还有其他像达默一样的人，那么自然，那么相似，都是不折不扣的魔鬼。"我不知道。"汉森说道。"有些人看上去很正常，甚至看上去很富有同情心。但是内心深处就是彻底的魔鬼。我也不明白。"

德雷克一脸迷惑地盯着他，难以想象这样的魔鬼会住在任

①杰弗里·达默为美国臭名昭著的变态杀人狂。

何人的心里，表面上还装得人模人样的。

“那你是怎么逃出来的?”汉森问道，“其他人怎么样了?”

“军方意识到安全警戒被打破了。那些不是富勒的人。他们进行了营救。在营救的时候，我们另外三名同伴，还有其他所有营救人员都死了。一个身受重伤的人把我救了出来。”

外星人看上去好像在哭，但是没有眼泪流出来。很明显的，保鲜膜人植入了这种情感程序，但是忘记装上人类的泪腺，这让他的表情看起来超不自然。“我想要救他的命。”德雷克接着说道，“但是我没做到。他可是救了我的命。”

汉森呆呆地点了点头，“富勒呢?”他问道。

德雷克摇摇头，“我不知道。到处都是枪声爆炸声。大多数的时候我都闭着眼——两边的人都有死伤。整栋建筑都烧成了灰，炸成了渣。富勒可能逃脱了吧，也有可能死了。但是如果不是我去跟他们说，我敢确定他们没有人知道是他干的。”

“即使他逃脱了，”汉森皱着眉头说，“如果他选择不浮出水面，那么政府会以为他是在袭击中牺牲了，是烈士，是死者中不能辨明身份的某一位。你必须得告诉他们实情。”

“不。”德雷克简短地回答道。“从过去的经验我得出了教训。从今以后我决定把我相信的人类控制在最小的范围，特别是那些掌握全局的。好消息是如果他们收不到我的消息，他们也会以为我死在那堆废墟中了。”

汉森很好奇这会是什么样的感受，不只是经历这样的事情，而且你还是一个奇怪星球上的最后一个外星人，没有回去的路。

“好吧。”汉森说道，“所以你要让自己消失，然后我们又怎么办呢?”

“我到这里来是继续我的任务的。”德雷克说道。“帮你们的种群解救自己。说实话，我需要重新评估这还是不是我当初以为的高尚目标。我可能会得出最终的结论：没有你们宇宙会更好。但是经过深思熟虑后，我决定继续履行我的承诺。”他顿了一下，“所以我到这里来找你。”

“我不太明白。”

“首先，我必须得相信某个人，某个人类。我们一直在观察你。你可能比富勒还有机会愚弄我们，但是我们对你的为人非常敬佩。简而言之，你就是我们可以信任的人。而且你对我的任务来说还非常重要。我需要你的专业知识。”

“我的专业知识。你在开玩笑吧。”

“我需要你帮我造一个量子计算机出来。我们唯一的那台在混战中已经被毁掉了。不过至少富勒也没能得到。”他自言自语说道。

“我才刚试出些皮毛，很多环节没有掌握，记得吗。如果有人能造一台出来，是你——不是我。”

德雷克摇摇头。“不对。是我们俩一起。”他停了一下似乎在想怎么解释。“我在我们星球上不是物理学家也不是电脑专家。我们带来的只是一台计算机。想象一下，你的飞机在一座原始的小岛上坠毁了，你能白手造一台手机出来吗?”

“我明白你的意思了。但是如果你没有这样的能力，我肯定也没有呀。”

“所以我才说我们一起。我不是物理学家，但是我在学校学到的有关全局的知识能够引导你。牛顿可能是你们最有能力最聪明的科学家。他发明了微积分。就是你们在中学学的课程之一。但是普通的中学生怎么能跟他这样的天才相比呢，他们可能不会像牛顿那样彻底理解微积分，知道微积分是如何建立的。但是如果现在中学生回到牛顿的观点正在形成的那个时候，他可能还是会了解一些全局的概念能够引导真正的天才。”

“所以你知道足够的量子物理能够引导我，你的在量子物理方面的知识相当于中学生?”

“是的。但是我需要你把所有这一切都结合起来，真正弄明白。我有大体的了解，你有实践的知识。你在正确的方向又前进了很多年。而且即使我有精确的设计蓝图，我还是需要你。在萨朗星上已经有的材料和部件，在地球上却没有。你知道地球上的什么材料能够有相同的功效，而且知道怎么弄到这些材料。我们必须跟其他人类紧密合作，承包商、供应商、合作人。我做不到，你可以。”

汉森摇摇头。“我很欣赏你的想法。但是重造一台你们那样的计算机是不可能的。”

“你说得对。我和你就是花上数千年都做不出来。但是那台计算机能力太过超群。就是它的小部分能力就超越了地球上所有的计算机。没有这样的计算机，我没办法完成我的任务。但是通过我的指导和你的天赋，我有信心我们能够做出一台可以应付现在情况的替代品。”

汉森在考虑。他可能在接下来的五十年还在一片黑暗中摸索，但是德雷克现在能够大大地加快这一进程。是的，这可能意味着与世隔绝，从世上消失，永远改变他现在的生活轨迹。但是，傻瓜也会答应吧。他怎么能拒绝呢?

他们需要钱，还需要一个安全的总部。不过他们一边讨论一边就变得清晰起来，一台量子计算机，一旦完成，能够让他们拥有无限的资金。那之后他们就可以建立一个堡垒。这需要数年时间持续的努力，但是他们能够做到。

所以汉森答应了。

德雷克消失在丛林中，汉森回到他自己在卡内基梅隆大学的生活。如果他立即消失，会让人怀疑。并且这也给他一个机会能够在秘密仓库存储他需要的物质。六个月以后，在德雷克的帮助下，他设计了自己的死亡。

现在没有回头路了。

他和德雷克在夜以继日地工作。不到一年他们就组装了一台粗糙的量子计算机，尽管非常原始，但是可以攻入任何一台地球计算机的安全加密设置，让他们能够从大量的被弃用数十年的政府资金中获取他们所需的资金。然后他们又与各种承包商和合作商建立了关系，分散的，并且最后在亚利桑那州的尤马建立了总部堡垒。

四个月以后，当他们正在开发建造第二台改良计算机的时候，德雷克作了一个决定。

跟史蒂夫·富勒接触的经历让他审视所有一切人类行为。特别是人性的卑劣性，让他吓坏了，他为此呕吐了很多次，但是他还是坚持下来了。这对他造成了很明显的影响，他变得坚硬起来，呕吐少了，却更加坚决了。

“我们的下一代计算机必须要加速，”有一天晚上他突然宣布道，“现在比以往任何时候都要紧急。”

“有什么情况吗?”汉森说道。

“我确信，无论我们做什么，人性都会堕落。我们的计算机不能随时随地观察到一切。即使我们带来的那台还是把富勒漏掉了。一味地防守注定是失败的，是时候反击了。”

“反击?”汉森问道。

“是的，最终我们必须跟人类的暴力、人类的进攻、人类的残忍进行斗争。最糟糕、最危险的一类是有名字的。”德雷克顿了顿，“他们叫做精神变态者，让人防不胜防。”他的眼中似乎燃起熊熊的坚定决心，他紧紧盯着汉森说道，“所以我要治愈这些精神变态者。”

32

汉森开着车在仙人掌旅馆附近兜了好多圈，他不想引起别人对他的注意，同时他又要观察停车场和通向 148 号房间的入口周围的情况。因为旅馆附近的路上还有其他车辆，蓝色美杜莎太打眼了，汉森觉得再绕一圈是徒增风险。另外，他确实没有看到有人守在那里。

不过即使如此，他知道监视的人有可能从停车场里众多停着的车里冲出来。边界非常清楚，但是没有办法确认。好消息是即使有人在哪儿，他们监视的也是艾琳之前入住的那间而不是他们所在的那间。可是还有好几辆车占据了有利位置可以看到两个房间。

汉森觉得他一定会有办法确认的。他可能只是个无趣的物理学家，不是杰森·伯恩，但是他要没点创意可当不了物理学家。用望远镜是个好方法。可是他要是在沃尔玛想起这件事儿就好了。

一个想法在他脑子里酝酿。他从几个角度想了想，觉得值得一试。如果要是成功了，他都要佩服他自己了。他远离旅店所及的视线，停下了车，拨打了电话。几秒钟以后他拿到了他想要的号码。

"仙人掌旅馆，这是惠特尼。"给他办理入住的女人说道。

汉森压低了嗓门。"惠特尼，嗨。这是图森警察局的埃里克森探员。我想你打过我们的热线，我不太确定。回电号码有点模糊了，有几个数字是我猜出来的。我们最近接到不少误报，我想接线员有点粗心。"

"不，你打对了。我给你们打过电话。"

汉森皱了下眉毛。他期许过她没有看到关于艾琳的公告，或者把艾琳和公告联系起来。但是艾琳的脸很好记，他也不吃惊。“哦，好的。有什么需要我帮忙的?”他说道。

“有人已经给我打过电话了。我告诉他我登记入住的一个女孩就是他们要找的人。他问了我一些问题，然后十分钟以后两个人来了。”

汉森深吸了一口气，尽量保持冷静。毕竟，也不是意外的事情。关键是来找他们的人到了旅馆，没有发现任何东西，然后走了。这是他了解更多的机会，“穿制服的警官?”

“不是。要我说看上去像是特勤局的人。”

“他们有出示证件吗?我这样问是因为有几个部门都在调查这个案件。我不确定他们是谁派去的。”

“他们没有出示证件，我也没想过要问他们。我打了电话，然后他们来了。我觉得这样就足够了。”她停了一下。“但是我可以确定他们还在这里。你可以自己问他们。”

汉森尽量保持着不惊慌。他提醒自己往好的方面想。当他看到他们离开，一切就都安全了。“没必要打搅他们。”汉森说道，“他们找到他们要找的女孩了吗?”

“没有。她没有退房就离开了。但是他们其中一个人给我看另外一个男人的照片。当我告诉他那个男人刚刚入住，他看上去挺兴奋的。”

汉森觉得脊梁直发冷。“好的，谢谢。”他用沙哑的声音说道，突然觉得呼吸都困难了。“听上去好像一切都在他们控制之中。不好意思打搅了。”他说道，然后挂断了电话。

汉森觉得一阵眩晕。那些抓他们的人就在那儿。现在!

而且他们知道艾琳在148号房间。

汉森立即给她打了电话。“坏消息，”她接了电话，他立马说道。“来了两个人，而且他们知道你在哪个房间。”他快速地解释了他怎么发现这点的。“怎么办?”

她停顿了很长时间。“不。我想他们现在正在车里，盯着我的房间。除非你有隐身斗篷，不然没处可逃。”

“那么他们在等什么？为什么不进攻房间?”

“我觉得原因有两个。第一，他们知道你走了，他们在等你回来，然后再收网。第二，他们在等增援，无论是哪个原因对我们都不利。”

“我觉得我们要先下手为强。”汉森说道，他都被自己说出这样的话吓到了。

“想法不错。”艾琳呢喃道。几秒钟以后，她的声音充满了活力，“我想到了。要是我给警察打电话怎么样?”

“他们可能就是警察。便衣警察。你可要记住富勒让每个人都卷入进来了。”

“也许。不过我不这样认为。我觉得我们应该试一试。”

“好的，”汉森说道。“确实值得一试。如果我们够幸运，警察会很快作出反应。他们到这儿的时候，我就给你打电话。这些人被警察分散注意力的时候，你就可以溜出来，然后我来接你。”

艾琳深深叹了一口气，他知道艾琳不喜欢这个计划。

不是开玩笑，他也不喜欢。这个计划太蹩脚了，但是这是他们现在唯一的计划，只能如此了。汉森早就应该明白尽管他的脸没有出现在电视上，但是这不意味着那些抓他们的人就忘了他了。他太蠢了，居然没有想到这一层。现在好了，他是拿着石头砸自己的脚。他是太没有自知之明，连自己没有自知之明都不知道。

汉森挂了电话，然后拨打了 911。他是仙人掌旅馆的客人，他解释道，然后听到两个人说绑架一个 148 房间的漂亮女孩。

那两人听起来非常严肃。他们现在正在停车场的车里，监视着她。警察能不能派辆车过来看看是怎么回事儿？他说他希望匿名，然后没等别人问问题就挂了。

他拉了刹车，路边已经停了六七辆车。旁边几英尺就是人行道，跟一个斜坡平行，一条笔直的道路通往两个方向。

汉森熄了火，钥匙没有拔出来，在座位上坐得很低，尽量让自己看起来不显眼，从远处观察仙人掌旅馆停车场。他隔得很远，他确信自己应该不会被盯上，但是他足够近，能够看到任何一个人，甚至任何不打眼的东西都逃不过他的视线范围。他怀疑警察是不是真的会来，如果来，还有多久才能来。最好是不超过五到十分钟。

汉森紧盯着整个停车场，他的距离刚好可以看到停车场全貌，然后在脑子里预想整件事儿。至少他预想的会发生，警察会来，仔细搜查停车场每辆车。跟前台接待员闲谈的那个人刚好恰巧也会在其中一辆车里。警察会小心接近那辆车，叫他们从车里出来，让他们出示 ID。警察会搜他们身吗？是不是合法的？毕竟，警察没有搜查证，只有一个匿名的 911 报警暗示嫌疑人有不法行为。

不管怎么样了，只要汉森一看到有警察有意接近任何一辆车，他就立即给艾琳打电话，告诉她从旅店后面逃走。

他只停了一两分钟的车，但是他越来越觉得不安起来。他觉得非常无助。要是那两人真的破门而入 148 号房间他该怎么办？他有更好的计划吗？

这些人都是职业的，所以他们立即行动肯定是有原因的。艾琳说过他们可能知道他不在，所以在等他回来。前台接待员惠特尼肯定给那个询问她的人提供了很多有用的信息。但是汉森离开旅馆去买车的时候，他还有意没在她看得见的范围内打车。

他突然冒出来一个可怕的想法，就像是被狙击枪爆头一样。该死！他一边想一边胃里已经开始翻腾了。惠特尼到底提供了多少信息？她有没有告诉他们汉森还到大厅使用了她的电脑？

她当然告诉他们了。这条信息就好像是一头饿虎面前的一块排骨。这些职业的特工一定马上采取了措施。

汉森的心怦怦直跳，一瞬间好像整个世界都旋转起来。

他没有清理浏览记录。

他敢说这些人现在已经知道他驾驶的什么车了。他有多蠢！

汉森还做着他没有被发现被监视的美梦，现在他知道了有多少双眼睛在盯着他，嘲笑着他自以为安全的错觉。他快速地看了看整块场地，然后仔细地观察着他的后视镜。

两个二十几岁的人，非常健硕，在他后面五十英尺的样子，在人行道上溜达，似乎在窃窃私语，看上去没有注意任何一辆停在街上的车。

汉森可以断定两人是冲着他来的。要不是他刚才突然想起他们知道他坐的什么车，他可能对此还毫无察觉。

汉森急迫地把车子打燃，然后瞄了一眼旅馆，两个人刚刚从车里出来，伸展胳膊，在外面转着。

他们的策略对他来说显而易见。接近他的人肯定会先把他搞定——解除艾琳的第一道预警——然后停车场里的人会立即把艾琳搞定——时间精确到秒。

如同 F1 赛车听到发令枪响一样，汉森的车如同离弦的箭冲了出去。他身后的人立马开始狂奔，并且开枪，不过没打中，因为车开远了不在他们射程范围内了。两个人在他后面以惊人的速度追着，不过他们很快就被甩了很远，即使马里布的加速度很慢，他们还是很快落下了。

汉森给艾琳打了电话，刚响一声铃就接了，“两个人正朝你的房间去，”他脱口而出，“你尽量拖延他们，我正开车过来。”

他在停车场转角的地方加速。他能不能像计划那样在后面接她?

他马上否定了自己的想法。像她那样被困着，就是能够走出那间房间的概率都很小，更不要说他们已经把她的档案查了个底朝天。她可是个神射手。

汉森又踩下了油门，他心里知道今天只有硬拼才有机会赢。他们本想要把他先搞定，然后再去搞定艾琳。不过现在，他要使用他唯一的武器：蓝色美杜莎。他和艾琳别无选择。

他接近停车场的时候，听到几声震耳欲聋的枪响，伴随着玻璃碎裂的声音。艾琳已经把窗帘打开到刚刚够观察外面，并且用她从学生会击倒的那个人身上获得的枪开始射击。

其中一人被打中前臂后，倒下了。艾琳是想把他拿枪的手打伤，这样他不得不用左手拿枪，不会对他造成永久伤害。根据她的射程，汉森可以确定她可以直接让他爆头。但是她现在不顾危险也肯定不想这样做，因为这些人很可能是被富勒误导的好人。

受伤的人倒在了人行道上，他的搭档闪到了一旁，房间又传出枪响，这次击中了他的大腿。

他继续在坚硬的水泥地上爬了二十英尺然后停了下来，他起身刚要采取行动，汉森朝他开枪，开着车冲向他。

这人身手矫健，没有任何预警之下，他避开了子弹，并且身子一跃跳到了马里布的车顶上，然后滑到了前挡风玻璃，随着转弯的惯性，他从车子一旁滚了下去，重重摔在了水泥地上。

汉森驾驶着车子想要再来一次，车轮发出刺耳的声响，刚刚追他的两个人，现在赶到了他的面前。

随着两声急速的枪响，子弹穿过了前挡风玻璃，但是汉森伏下了身子，躲过了两枚子弹。看不清自己往哪里开，他本能地猛踩刹车。车子急停发出刺耳的刹车声，他知道他和艾琳都死定了，随他们俩消失的还有改变人类走向自身毁灭的希望。

尽管汉森非常害怕，这对他来说太不寻常了，肾上腺素涌进入了他的血管中。如果他要死，一定要战斗而死，不是为了他自己的生命，不是为了那位他刚刚才爱上的女人，而是为了他坚信的事业。

还没等车完全停稳，他猛地打开门，跳出了车。他隐约感受到来自 148 号房间的更多枪声，艾琳也不是轻易放弃的人。

汉森在地上滚了几圈，刚好停在了追他车的人几英尺远的地方，那人蹲在蓝色美杜莎的后面躲飞来的子弹。他冷静地举起枪，指着汉森的致命部位。

“别，”汉森沉沉地说道，“不要开枪。我投降。”

“很高兴听到，”男人说道，然后冷静地扣动了扳机。

33

汉森猛地一下睁开眼睛，完全分不清东西南北。是晚上，他在哪儿？

他是谁？

他惊恐地回忆着，试图记起在他醒来之前发生的事情。

突然都想了起来——旅馆，蓝色美杜莎，一把指着他的黑色手枪。

他怎么会还活着？

他摸摸身上是否有弹孔，或者是血，但是没有。

他意识到自己是躺在汽车的后座上，车在室外，但是没有动。车窗开着，夜晚寒冷的空气包围着他，不过他的位置看不到月亮。

他感到头顶的空气异常寒冷。这是最奇怪的事情。恍惚之中，他伸出自己的右手摸摸了自己的头。

他一下子屏住了呼吸，立马就清醒了。他成光头了。他用手在还不熟悉的头上摸着，一直到他的耳朵，都没有头发。

艾琳·帕尔默在司机座上闭眼休息，靠着座位上，她听到后座的响动立马睁开了眼睛，“凯尔！感谢上帝。”她说道。“你已经昏迷了十个小时了。我还以为你永远都醒不过来了。”

汉森撑起身子换成了坐立姿势。因为他的眼睛是闭着的，他的眼睛适应着黑暗的环境——至少是人体解剖学允许的范围——他抬头看向窗外，竭尽全力找回他的记忆。没有人类文明的灯光。借着微弱的月光和星光，他看到巨大的混凝土钢支柱的轮廓深入黑夜之中，他们的车就在那底下。

“你可能在想我们在哪儿，我们怎么到这儿来的，”艾琳说道。

汉森转头朝向她，发现她的头发也剪成了齐耳短发。

“我以为我死了。”他直接说道。然后摇摇头就像是还不敢相信一样，他说道，“我怎么逃过一劫的？”

艾琳摊开手，“我也不知道，我也很奇怪，是惊喜。”她急匆匆说道。然后觉得这个词还不足够形容她此刻的心情，又说道，“狂喜，总算松了一口气了。”她顿了一下，“那些袭击我们的人——就是你说的敌人——全都武装到牙齿，把这辆车打了个稀巴烂。我们到了以后花了我好长时间清理玻璃。但是他们只对你使用了麻醉枪。”

汉森长长地舒了一口气。“老天，在我看来那绝对是一把真枪。”

“我也这样想，”她回答道，“但是出于某种原因，他们想活捉我们。”

“肯定是因为一些不好的原因。这些精神变态者不是都喜欢折磨人的吗？”

她点点头。“是呀。”

“后来呢。你怎么让我们逃脱的？”

“你帮了大忙。你让其中一个从车后现身。然后我打伤了一个。你中枪的时候，我刚好打中了另外一个的大腿。刚好我站的位置非常好。他们看不到我在屋里的位置。要把我铲除，他们必须要通过没有掩护的区域。我可以在他们抓到我之前就干掉他们所有人。但是我没有弹药了。在学生会的那个人肯定还留了一些弹夹，现在想想，我当时应该找找。”

“什么，你在那人倒在地上抽搐吸引住几百号人关注的短短两秒钟内就把枪搞到手了？”

她微笑道。“我觉得我当时没有想那么多。到目前为止，事情还算顺利。我意识到我没有了弹药，但是你在车那边的表现让他们重新审视他们自己的策略，他们撤退重新部署。这给了我机会离开房间，找到你打中的那个人的身上的枪。结果是一把麻醉枪。当时不知道，不过这些枪太好了。比真枪管用多了。”

汉森扬起了眉毛，“怎么会呢？”

“如果你打中某个人，打中任何一个部位，那人都会失去知觉。但是真枪可做不到这一点。你可能会打中他们，但是如果没打中关键部位，他们还是有威胁。但是麻醉枪，打中一个解决一个，分分钟搞定。”

汉森点点头，“所以你把他们都搞定了？”

“嗯，是的，不过你也打中了一个。没有你，我不可能有机会的。谢谢。”她热情地说道，“你当时真的很勇敢了。”

“我当时吓坏了，只是没有其他选择了。”

她转过头，汉森觉得他看到了她眼中的泪花，但是光线太弱，即使如此之近，他可能看错了。

“有其他选择的。”艾琳温柔地说道，现在她的声音飘忽不定。“你可以什么都不做。除非你面对那样的状况，不然你永远都不会知道自己会做什么。”他俩都陷入了长长的沉默，“我曾经什么都没做过一次。”她又停了下来，然后摇摇头，“绝对不会再有第二次!”

车内就像是坟墓一样死寂了好几秒钟。汉森最后决定转移话题，“警察有没有来?”

“没有。你还得好好练习一下怎么打911。”她用责备的语气说着，“他们可能事后来了。但是谁知道呢？时间似乎过得很慢。我觉得整个袭击，从开始到结束，只花了一两分钟。他们都倒下了后，我把你拖进车里，然后开走了。知道吗，有人说肾上腺素让你比平时要强壮好几倍。”

汉森点点头。

“这些人都在撒谎。你不知道要挪动你有多困难。你一点力气都使不上。失去知觉的身体完全需要别人一点点搬动。要是洋娃娃还好点。”

“真是不好意思了。幸好我们在学生会那里都没来得及吃那块奶酪蛋糕。”

艾琳笑了。“然后我们开了几英里，然后停在了一个小巷里的垃圾卸载车后，思考了一下我们下一步该怎么办，我觉得到这里来。”

“这是哪里?”

“我们在圣克鲁兹河中心。在一座看上去没怎么用了的桥的正下方。挺好的，对吧。”她说道。“就是过路的司机也看不到我们在这下面。”

“两个问题。第一图森有河？真的？第二，我们在河中央，为什么没被冲走？或者沉下去被淹死？”

“这条河河床一年当中大多数时候都是干涸的。如果我们上游的图森山上下大雨，就会有洪水。那可就糟糕了。不过我觉得现在不会有这个可能。这条河有两百英里长，马蹄形。有些是地下河，图森最初就是坐落在它的河岸两边的。”

“为什么会干涸？”

“更多的人来定居，就需要更多水。他们抽干了水，分流了水，迫使河流改道，不过这条河可不是伟大的密西西比河。”

她面露难色，不过在微弱的月光下几乎不易察觉到。

“怎么了？”汉森问道。

“我知道这些是因为我的新室友，一名叫做丽莎的历史学研究生。”

“所以她会自然而然地对她所居住的城市感兴趣？”

“是的，最热心、最亲切的人，你一定会喜欢她的。”艾琳顿了一下，“你知道索多玛城和格莫拉城的故事吗？”

“我想我是知道的。他们是罪恶之城，上帝摧毁了这些堕落之城。我想‘鸡奸’这个词就是这么来的吧。这跟我们有什么关系呢？”

“我妈妈是犹太教，我爸爸是天主教。她经常拿犹太人的标志性印记开玩笑。其实一个就是，如果两个犹太人在一间屋子里，你肯定会有三种意见。”

汉森哈哈地笑了起来。

“第二个玩笑跟这个故事有关系。”艾琳说道。

“索多玛和格莫拉？有什么联系？”

“嗯，故事是这样的。上帝告诉亚伯拉罕他准备要铲平这两个城市。因为市民都是邪恶的。亚伯拉罕说，‘是的，确实是这样。但是如果那里面还有五十个人是正直的呢？你怎么可以把他们和恶魔一起摧毁？’上帝同意了他的看法。如果上帝能够找出五十个正义之士，他就不摧毁城市了。亚拉伯罕又说了：‘万一你只找到四十五个呢？’上帝又让步了。最后经过一系列的让步，他们把这个数字降到了十。当然，最后上帝连十个人都找不出来，然后就铲平了城市，消灭了所有恶人。不过关键在于，亚拉伯罕跟上帝谈判。”她顿了一下，“我妈妈会笑着说，只有犹太人才有勇气、有胆量跟上帝讨价还价——不只是争论，还会赢得争论。”

汉森笑了，“我知道为什么她这么喜欢这个故事了。我从来没听过这个说法。”

“回到我的室友丽莎。我研究的是人类的邪恶。我的工作对象就是杀人犯和强奸犯。我的家人被恶魔杀害了，你是知道的。但是即使是那些不是精神变态者也会非常暴力、自私、残忍，这非常让人沮丧。我经常自己想，人类是怎么了。有时候我真的想要缩在一个壳里就这样死去。不过还好我挺过来了，想想现在的情形，可以说是‘德雷克觉得我们是在自我毁灭’，那又如何？死了一了百了。”

又是一阵沉默，汉森又一次感受到了艾琳眼中饱含着泪水。“但是我遇到了像丽莎这样的人，很好的人，那么善良、温和、有爱心的人，为别人倾尽所能的人。”她顿了一下。“我还记得我的家人。我的父母是我知道的最热心最慷慨的人。我爸爸，充满了爱，最后他还……”

她哽咽住了，沉默了很长时间后，她不会再说下去了。

汉森现在明白了为什么艾琳要和他说这个特别的圣经故事，

“所以你的意思是我们的世界就像是索多玛和格莫拉，”他轻轻说道，“丽莎和你的家人那样的人就是那十个正直的人。”

“是的，”艾琳说道，她声音因为激动还是哽咽着，“所以我们值得去拯救，因为他们，因为像他们那样的人。”

艾琳又花了点时间平复她自己的情绪。“无论如何，”她说道，“我应该再多给你介绍下情况。我刚刚说了，我是因为丽莎才知道这条河的。”她顿了一下，“所以我来这里等你恢复意识。我不知道要花多久时间——那是非常大的剂量——我好担心。”

“真高兴能恢复意识，”他说道，然后咧开嘴笑了，他指着他们旁边的水泥柱子，问道：“我怎么觉得像是北欧巨人？”

艾琳笑了，“什么？你以前从来没在桥下面约会过吗？”

汉森摸了摸他光溜溜的头，“没有。而且我通常会去好点的理发店。看来我昏迷的时候，你还在忙。”

“我有你从沃尔玛带回来的购物袋。我很认真地考虑了一下把你伪装成女人的可行性哦。可惜我没有裙子。”

“所以你就把我剃成光头了？”

“是的，光头加上黑色纹身。我对着后视镜把自己也伪装了一下。我不是优秀的艺术家，所以我用你买的钢笔画了些简单的图案。”

她用钢笔在他脖子两边画了一个巨大的十字架，然后又在他的上臂一边画了一个图案，超级大，绝不会搞错。她把自己的头发剪了，但是没有染色。

“现在你总算醒了，我们可以继续了。”她说道，“你昏迷的时候，我想了一个计划。不过如果我不用手推车推你，这个计划会进行得更好。”

“肯定是的啦，”汉森说道，“我都想听你说死了。”

艾琳面露难色：“从今以后，我们要尽量不使用那个词。”

34

“在这里停下，”艾琳·帕尔默对他们叫的出租车司机说道，司机是个满脸胡子的高个子，还带有俄罗斯口音。艾琳在电话上就告诉了他们的目的地，出租车在干涸的圣克鲁兹河上一座废弃的小桥上接到了他们俩，她和凯尔·汉森上车后在后座上一直保持沉默，尽管艾琳已经进行了伪装，不过她的照片还是出现在了西南部每家电视台上，汉森上车的时候给她打了掩护，她上车后马上就闭上眼睛，低下头，假装睡觉了。

二十分钟以后，他们来到目的地。亚利桑那大学心理学大楼的背面，在货运码头附近。

“她需要去她办公室拿点东西，”艾琳边下车，汉森边解释道，艾琳大步走向转角，消失了，“应该不超过五到十分钟。”

“去多久都行，我会等你们的，”司机带着浓浓的口音说道，“打着表呢。”

汉森点点头。他们看看他们还剩多少现金，可能在支付了出租车费后，他们还剩最后五十块。

汉森努力摆出一副不耐烦的样子，但是还是很紧张地东张西望。富勒怎么也想不到艾琳会回到她的办公室吧。富勒可以一开始就在监视她的公寓，不过汉森觉得富勒不会继续浪费人力在这上面。艾琳表现得不会那么傻再重返公寓。汉森知道她要是恐怖片的主角，她一定不会是听到尖叫后还只身前往黑漆漆的地下室的有胸无脑的女孩子。

想想富勒的人现在要搜索的大片区域，他们不太可能还在心理学大楼安排人手监视，但是为了以防万一他们还在监视，艾琳和汉森决定使用后门。整栋楼都是锁着的，艾琳的通行卡可以让她进出。

尽管汉森相信这个分析是合情合理的，但是不作出神经质的反应还是很难，他不想给出租车司机任何理由怀疑他有丁点儿的紧张。你可能会觉得有人会怀疑怎么会在艾琳他们上车的地方去接他们，可是有什么出租车司机没见过的，所以人们这种不可能遇到的情况他们见得多了。

七分钟以后，艾琳又出现在了转角，她走向出租车的时候，汉森说道："不好意思，你带信用卡了吗?"他企图分散司机的注意力，让司机不要去看她的脸。

这起作用了。司机的眼睛没看艾琳了，而是从后视镜中盯着汉森，一脸不满的表情好像在说，你在这里胡说八道什么呢?——你要是不付钱我会打到你付钱为止的。不过他只是摇摇头，咕噜道，"只收现金。"

"哦，好的。"汉森边说，艾琳已经坐回了他身边，"没问题。"

"希尔顿市区，"艾琳说道，向汉森点点头示意她已经办成了。

艾琳告诉汉森，在他昏迷的这段时间，她回想了很多事情：她的生活、她的研究、她是怎么陷入这一切的，她的导师杰森·阿普卡，然后她猛然惊醒。

阿普卡这一周都在参加一个科学会议，在波士顿。艾琳告诉汉森，她高兴得恨不得大声叫出来，只是怕引人注意才忍住了，不过她觉得她尖叫几个小时估计都不会有人听见。

他们太走运了，她继续解释，因为她知道阿普卡把备用钥匙放在他办公室的什么地方。而且知道他把车停在图森国际机场的准确地方。他是习惯性动物，他们俩一起参加过几次会议，他和她一起开车去的机场，每次都把车停在同一个位置。

真是幸运得难以置信。要是她一开始就想起这一出，他们可能早就在去科罗拉多的路上了。

但是他们不能直接去机场。如果他们遗弃的马里布被找到了，富勒的人肯定马上就能找到他们坐的那辆车的司机，司机会告诉他们艾琳回了实验室又去了机场。最好是假装去一间大型酒店，然后甩掉可能的跟踪。

他们来到了希尔顿，一栋蜂窝状的优美石结构建筑，周围都是笔直屹立的棕榈树，汉森付了出租车费，然后再一次掩护着艾琳。他们一直等到出租车司机消失在视线里，确定没人在跟梢，然后又打了一辆车，这次直接去机场。

二十分钟以后，他们付了第二辆出租车的费用，汉森从机场停车场开出来一辆银灰色雷克萨斯，真皮座椅，配备了任何人都想拥有的电子小配件。驾驶感觉平稳舒适的奢华轿车，跟蓝色美杜莎天壤之别，尽管美杜莎也很好地完成了它的任务。

“我挺疲倦了。”艾琳说道，汉森正加速驶向进入东 I-10 高速路的匝道，他们会沿着这条高速路继续行驶两百英里去到博尔德。“要不然你暂时充当一下司机吧？”

“嗯，我想想。你在仙人掌旅馆救了我的命。你在我昏迷的十几个小时还照顾着我。那么……虽然这是巨大的牺牲……我还是当司机吧。”他扬起了眉毛，“就这一次哟。”

艾琳微笑道，“让我睡四五个小时，然后换我来开，你休息。顺便问下，你还好吗？那一枪有什么副作用吗？就像是让大象喝饱了橘汁一样。”

“我还好。就是这里那里有点痛，不过我毕竟跳车了嘛。但是我还活着，就太好了。”

他说的是实话，尽管他最近遭遇了绝境，而且险些丧命，他整个心都充满着幸福。他遇见了一个出色的女孩还和她共度良宵——就像是久旱逢春雨一般——令他今生难忘。她令他瞠目结舌：生理上、感情上、心理上……所有他能想到的方方面面，他觉得自己越陷越深了。他想过要表达这份感情，但是最后决定不要，他不想让人觉得轻浮，虽然他知道她不是那类心血来潮就跟人上床的人，她肯定是对他也有感情，他不太清楚他们的感情有多深，毕竟他们才遇见不久。

"除了疲倦，你其他还好吗？"他关心地问道。

"其他都出奇的好，"她回答道，"但奇怪。不过生死攸关之时真是有助于集中精神的。而生活太复杂了，要做那么多决定。但是你为了活命，一切就变得简单了。首要目标很明确，兴奋点和肾上腺素也很配合。"

汉森点点头，"我还听说过士兵还能上瘾。"

"毕竟人身上还是保留了很大一部分动物的特性。生存的欲望——这是生存本能给人的东西，让你从日常琐事中解放出来，从烦心的伦理问题中解放出来。"

"在旅馆的时候也没让你从伦理问题中解脱出来呀，"汉森指出。"你可以对那些人更狠一些的，但是你没有。"

"我手上已经沾满了很多人的血了，"艾琳说道，"尽管有些是恶魔的血。"

随后他们一路沉默地开着车。高速路到了这个时点都没什么车了，周围一片黑漆漆的，只有他们的车灯在黑暗中闪光，令人昏昏欲睡。

"在我睡着以前，"艾琳边说，他们边超过了一辆十八轮大卡车。"跟我说说你自己。你都没怎么告诉我你自己的事儿，"她继续说道，然后微笑，"你知道的，除了你的婚姻状况。"

汉森叹息道，"我要是不说可过不了你这关，对吧？"

艾琳点点头。

“好吧。我是我们家三兄弟最小的一个。在印第安纳州长大，我告诉过你。我中学时是田径队的长跑选手。不是因为我很有体育天赋，只是因为我能够坚持跑完全程。”

“我猜你是少女杀手吧。”

汉森大笑道，“嗯，是呀，”他打趣地说道，“不说也能知道。你看看我，”他边说边甩了甩头，摸摸了他的脖子，“哪个女孩能够抵挡得住？”

“所以我才把你剃成光头。”艾琳说道，“这样你就少拈花惹草了。”

汉森笑了，有她在，他都不会斜视别人一眼，他暗想。不过他说出来的却是，“好吧，我们继续说，不过我爸爸在我十七岁的时候在一场车祸中过世了。”

“真遗憾，”艾琳说道。

“嗯。我希望对他的记忆是更美好的。他对我们一家人不太好。他没有虐待我们，但是他一直都对我们很吝啬，脾气很不好。他是个聪明的人，他是他们家八个孩子的老大，他父亲也就是我祖父过世的时候，他考上了印第安纳大学还获得了奖学金，但是他是长子，他不得不回家接管家族的家具生意，给他妈妈和弟弟妹妹们提供生活来源。”

“那时挺艰难的。”

“他处理得不是很好。他觉得他永远没有机会实现他的潜力，他怨恨这个世界。”他顿了一顿。“我下定决心一定不要像他那样，即使我的梦想破碎了，我也不会把气撒在别人身上。”

艾琳张嘴刚想要问另外的问题，汉森先开口了，“你呢？是的，我之前是了解你比你了解我更多，但是那只是纸上写的。你好像是跟你的叔叔阿姨一起长大的？”

艾琳叹了一口，“很复杂，”她说道，“有一段时间我真的是一团糟。因为我失去了至亲，以最可怕的方式，我的姨妈也失去了她的妹妹和侄女。他们也有三个孩子，所以融入那个家庭……挺复杂的。”

“我都不敢想象。”

“我当时正要进入青春期。青春期的孩子还挣扎着适应，弄明白怎么回事儿。我的姨妈和姨夫是好人。但是最初的时候，我发现自己把失去父母的气撒在他们身上，我恨我自己没有能够做什么救我的妹妹安娜。我自怨自艾。我在学校的表现也很糟糕。我还嗑药。我还……嗯，可以说我能活到十四岁就是个奇迹。”

“那你是怎么完全适应过来，变成现在如此出色的女汉子的?”

艾琳大笑道，“完全适应还有待观察，出色也是。不过我接受你的说法。答案就是我找到了与我经受的苦难妥协的方法，这些苦难是我这些鲁莽行为的根源。我决定要面对这些记忆，这些创伤，把我的生命投入到研究这股摧毁我所爱的人的力量中去，帮助社会发现这些恶魔，鉴别这些恶魔，在他们摧毁别人的生活之前。让我自己变得强壮，心理上、生理上，让我自己不再感到无助。”

她停了下来，汉森耐心地等待着她以自己的节奏继续说。

“可是现在我发现自己处于一个可以用‘讽刺’来定义的境地。我做梦都没有想过自己能够处在的位置上不但可以找出这些魔鬼，并且可以在地球上彻底根除这种人。如果你告诉十六岁时的我，我长大后会反对这种观点，我会说你疯了。”她叹了一口气，“我觉得未来比我们想象的还更加难以预测。”

“作为一个多年和外星人一起工作的人，”汉森说道，“我不会反对你的说法。”

“这不只是你永远都不知道未来会发生什么事情。”艾琳说道，“而是人们对于他们的信仰是多么的武断。他们那么确信他们的观点，他们以为无论环境如何变化，自己永远不会改变，并且还觉得别的跟你不一样的人，要么是愚蠢的，要么就是被误导了。我接触过很多人，经过多年新的不同经验的洗礼，他们接受新的思维方式后，他们成年最初时最深层次的信仰已经改变了。我被我们对于事情的那种绝对确定性吓到了，因为根本没有客观确定性可言了——多么的固执，我们是多么容易糊弄我们自己呀。”

汉森点点头。“我觉得情况比你说的还要糟糕。”他说道，“我们都对绝对相信某件事情而感到内疚，我们根本没有可以完全确信的事儿。但是我觉得我们大多数人用超人类的韧性坚持这些我们推崇的信仰，即使已经有非常明确的证据证明我们是错的。”

艾琳欣赏地看了他一眼，“超人类的韧性。我喜欢这个词。是口才很不错的物理学家。”她说道，“凯尔·汉森，我发现你是一个充满智慧、有趣、勇敢还有点讨厌的人。正是我要找的那类人。”她顿了一下。“直到见到你我才知道要找什么样的人。”

她转过脸，轻叹了一声，雷克萨斯继续在布满星星的夜空下飞奔，“你最好就是那个我想要的人。”她又说了一句。

35

汉森又看了一遍地址，然后点点头，“就是这里了。”他说道。

艾琳朝高高的铁门后面瞥了瞥，但是只看到后面的人行道，各种松树和其他植物构成了厚厚的屏障，完全把他们要找的建筑物遮住了。

门口一个按键盘一个监视器就像是岗哨，汉森把车停在了旁边，打开了雷克萨斯的车窗，按了按键盘上的一个键，他们开了十二个小时，没有意外发生，没有被跟踪的迹象。

在等待了差不多一分钟以后，监视器传来一位男性的声音，但是没有图像，“有什么需要我帮忙的吗?”声音充满怀疑地问道。

汉森清了清嗓子。“我的名字是凯尔·汉森。我的一个叫做德雷克的同事说你正在等我。”

很长时间的停顿，“我不明白你在说什么。你一定是找错地方了。”

汉森迷惑地看了艾琳一眼。他确定自己的地址是正确的。

艾琳在汉森之前确定了问题的根源，指了指她的头然后又指了指他的。

汉森转了转眼睛，然后回到电子岗哨，“我想你应该看得到我，”他说，“他们可能给你传了我的照片。请麻烦您想象一下照片上的人没有头发纹了身的样子。然后再看看我，我最近有些紧急情况，我改变了一点我的样子……呃，一点点。”

“一点点，”那个声音隔了几秒钟后说道，“我觉得你老妈都认不出你——不敢认你吧，”他说道，“你应该还有一位乘客跟你一起。我要见见她，让她介绍一下自己。”

艾琳斜身靠向汉森，让她的脸被对方看到。“嗨，”她说道，“我是艾琳·帕尔默。”

大门沉沉地响了一声，然后开始往里滑动，“欢迎。”汉森开车进去的时候，一个声音说道，“我不得不说很讨厌你们俩的新发型。”他又加了一句。

是呀，你不说我也知道，汉森暗想。

在穿过三十码蜿蜒的专用支路，宅邸的全景出现在眼前，“哇，”汉森称赞道。

别墅非常地大气。在汉森看来就是三栋普通的奢华大宅连接在一起，不过不是连成的一条直线而是参差不齐。支柱、角楼和阳台是用石头、砖块还有木头混合建造而成的。

“德雷克就在这里藏着他的遗传工程学家？”艾琳觉得难以置信。

“很明显是这样的，”汉森边说边沿着环道开进圆形大厅入口。“不过相信我，他给他的量子物理学家只有十二分之一又十二分之一的尤马的小房子。我应该学基因工程呀。”他边说边微笑。

“好吧，不过他把你们偷的钱花在了实处。”她的眼睛里闪现着调侃的光芒。艾琳头一天晚上已经调侃过汉森在书店偷一件 T 恤比他从政府备用资金里悄悄窃取几百万美元感觉还要内疚。汉森解释说，他和那个偷东西的贼已经达成了和解，尽管他知道这是合理的。他说如果政府知道德雷克和他的任务，也会给德雷克提供至少这么多的资金资助的。

他们在两扇庄严的樱桃木大门前停下，大门足足有十来英尺高，两个人从房子里走出，拿着武器，他们穿着便衣，但是行为举止非常硬朗，外貌特征明显，一位瘦而结实，另外一位较高，看上去像健美运动员，尽管衣服不是紧身的还是露出了他肌肉的线条。

“出来！”健美运动员命令道，汉森和艾琳都钻了出来，把手伸了出来。

瘦子在检查车里面，他搭档命令道，“把后备箱打开。”

汉森研究了一下阿普卡车的遥控器，然后按了一个印有后备箱的按键，两个都检查了后备箱，不过后备箱是空的。

瘦子掏出电话拿在手上，“他们有被跟踪的迹象吗?”他对着电话说道，并没有拿近嘴巴，说明开着免提的。

“没有，”一个声音从远远的地方传来，“看上去没人跟踪。”

两个人都把手枪放回了皮套里，“不好意思，”瘦子说道，伸出了他的手，“格雷格·吉布。我是安全总管。”

汉森和艾琳和他握手之后，他示意了一下他的搭档，“这是斯莱德·亚林司盖，”他又说道，然后汉森和艾琳和他握了握手。

汉森一点也不奇怪德雷克雇了这么多人保护这里的安全。在尤马的安全防备肯定也一点不会比这里差，都是为了保证他的安全。

吉布领着他们穿过了一扇扇高耸的门进入到室内，里面跟外观一样壮观，“任务很艰巨，”吉布注意到他的客人们都看呆了，“不过总得有人来做。”

他们穿过室内的时候，巨大的空书架引起了汉森的注意。墙上没有挂任何画作，书架上没有装饰的小饰品，大多数的房间连一件家具都没有。别墅的大小和华丽都只是个幌子，确保外面的大门和保安程度跟其符合。不过当德雷克买这栋别墅的时候，之前的卖家肯定把他的财产都移走了，没人有时间对这个地方做任何人性化的改装。

一个矮小壮硕戴着眼镜的男人从旋转楼梯上急匆匆走下来，跟他们打招呼，介绍自己是麦克斯·布尔加特。几分钟以后，吉布和亚林司盖回到房子外执勤，把布尔加特和两位新来者留在了两个客厅那么大的厨房的大理石玻璃桌旁。矮个子分子生物学家从不锈钢冰箱里拿出三罐十六盎司重的可乐递给了他们。

“我想德雷克还没到这里吧，”汉森一边说一边扭开了瓶盖。

“没有，”布尔加特说道，“不过他获得了一部手机，而且打过电话来了。”

“你知道怎么联系他?”汉森说道。

“是的。你们等下就可以跟他联系。”他看了看他的表，“按计划，我四十分钟以后给他电话。先说重点，我们现在正处在对于人类进行史诗般变革的关键时刻，考虑到这件事儿的速度和影响，毫无疑问这是历史上对人类最深刻的一次改变——革命性的，变革性的。”

听起来超不真实，但是尽管汉森觉得布尔加特听起来有点夸大其词，但是他说的是没错。

“但是德雷克告诉了我现在发生的事件。他告诉我有一个非常残酷的人，掌握着大量资源的人想要阻止我们。所以我们的时间非常有限。尽管我很想花时间陪你们两个人多聊聊，但是我们真的没有那么多时间。我把一切都准备好了。德雷克的计算机又一次帮了忙，我已经完成了世界上前所未有的最具感染性的传染剂。”

布尔加特转向艾琳，“所以如果你告诉我八条基因所需的精确的相关浓缩物，我就能把他们精确调制成与我的病毒结构相匹配。”

“怎么做?”艾琳问道。

“你是分子生物学家吗?”他问道。

“不是，但是我懂一些。”

“大家都知道，”布尔加特解释说，“基因表达的程度是由开放读码框架的上游调控 DNA 里的启动子序列控制的。另外一个因素就是序列中有多少内含子，他们如何被有效移除。借助德雷克的计算机，我找到了一种算法能够告诉我准确的子序列及其定位，用来确定任何需要的表达水平。达到令人惊叹的精确程度。我经过成百上千次的注射实验完善了，所以这是绝对安全可靠的。”

“给了你八条基因所需要的水平后，”艾琳说道，“你的算法要多久才能够计算出答案？”

“十五到二十分钟。算法非常复杂，需要的计算真是难以置信的多。即使如此，十五分钟对于现代计算机来说都是奇迹。”

“然后你要花多少时间来建构病毒呢？”

“大概……二十四小时吧。日夜不停。”

“比我想象的要慢。合成是全自动化的吗？”

“是的，但是我必须得拆开程序告诉我的每个基因的DNA，注入恰当的序列，然后再闭合起来。然后再把整体注入病毒，然后我要开始提升产能，这样大量的传染剂结构就自动合成了。最后，我还必须把制成品雾化，加强传染性。”他顿了一下。“时间不等人。如果你现在就告诉我组合，我可以输入我的程序，让我的算法进行计算，然后我们正好可以联系德雷克。”

艾琳深吸了一口，“听着，麦克斯。”她说道，“我明白这件事儿的重要性。我明白这会产生里程碑式的影响。但是正因为如此，我需要让这列快车慢下来几个小时。”

布尔加特惊恐地看着她，就好像她宣布他得了不可治愈的癌症一样。“为什么？”他极度失望地说道。

“因为在我跟任何人说任何事儿之前，我必须跟德雷克谈谈。我是唯一一个从来没有跟他直接交流过的人。我还必须确定你使用的病毒结构是真正的普通感冒病毒，而不是其他的致命病毒。”

“绝对是普通感冒病毒，”布尔加特说道，口气很生气，

“我可以发誓。你知不知道德雷克是为了拯救人类?”他转向汉森求助，但是汉森一副无可奈何的样子——我已经试过说服她了，全靠你自己了。

“基本上是这样的，”艾琳说道，“但是如果要我成为释放高传染性介质的一份子，我必须完全肯定这是良性的。”

“如果德雷克想要传播一些致命的物质，”布尔加特恼怒地说道，“他就直接释放致命的好了，他为什么还需要你提供的东西呢?”

“我不知道，我承认我很偏执。但是我不会拿全世界的人命开玩笑，即使我们只有百万分之一的被骗概率。德雷克的高级计算机是帮了你的大忙。但是没有你的帮忙，他也不可能走到今天这一步，对不对?你不会设计出历史上最具传染性的传染剂，或者精确的控制基因表达。”

布尔加特点点头。

“所以也许他需要治愈精神变态者的谎言来获得你的帮助。需要你来完善这些东西，然后悄悄注入其他东西，谁知道呢?”

“那你具体想要干什么?”

“首先，我要直接跟德雷克面谈一次。然后我希望你通过你的序列发生器运行你的病毒结构，我会把产生的序列跟网上已知的鼻病毒序列对比，如果有任何不匹配，我检查病原体，就能够确认。”

布尔加特琢磨了下她说的。最后他瞪着艾琳说道，“有没有什么其他理由可以让你改变主意?”

艾琳叹气说道:“恐怕没有。我想我挺固执的。”

布尔加特转头看着汉森，“你也不能让她改变主意?”

“我们是一条战线的战友，”汉森说道，“如果没有她的那些功夫，我和她可能早就被敌人抓走了。而且这可能也就耽误两三个小时。所以我支持她的做法。”他笑了笑，“而且，你所说的普通感冒类型被验证后能够让我睡得更加安心一点点。”

36

在他们三个等着给德雷克打电话的时候，三位科学家抓紧时间互相了解了一下。布尔加特在加州大学伯克利分校获得了他的分子生物博士学位，专业方向是鼻病毒研究。他主要的工作是研究普通感冒病毒的无数微弱变异的不同传染性。为什么有些菌株比其他的更具传染性？

德雷克为何选他显而易见。德雷克跟他接触的时候，布尔加特说道，他直接说他自己是外星人，然后开门见山地说了他的目标。布尔加特也是地球上为数不多的知道外星人存在的人。他会拯救人类。此外他可以使用，至少通过德雷克远程使用世界上最强大的计算机，将他的研究推动到常规研究无法企及的水平。

不再申请博士后，而是来到这栋电影明星都妒忌的别墅来住，这个选择对于布尔加特来说并不难。

而且，他一直是科幻小说的忠实粉丝，他甚至在他的博客上写过科幻小说的评论。所以跟德雷克合作是太好不过了。艾琳打断了他，“德雷克好像挺喜欢和科幻小说粉丝合作的，对吧？”

汉森耸耸肩，“并不是，麦克斯有些别人没有的天赋。”

她转过头看着这位矮个子的分子生物学家，“美国还有没有跟你一样对鼻病毒很专业的遗传工程学家？”

“还有四五个吧。”

“我敢说他选你就是因为你喜欢科幻小说。”艾琳说道。

“大多数的科学家都喜欢科幻小说，”汉森说道。

“是的，但是不是所有。我想科幻小说粉丝更容易接受外星人这个概念吧？”

这两人都同意这是有可能的，尽管他们俩都觉得不可能，然后他们转移了话题，他们仨都想在跟德雷克打电话之前增加些了解。聊说间不知不觉就到了通话时间，布尔加特带他们来到他的办公室。

房间里是嵌入式的书桌、文件柜、书架，不过文件柜和书架又是大部分都空着的。一台很昂贵的电脑和几个大型的显示器在书桌上显得孤零零的。

布尔加特操作着计算机，然后很快就把音频和视频接到了四十英寸的显示屏上，房间里最大的显示器。汉森通过了验证，跟外星人视频对话的时候，艾琳可能也会有这样的效果。

布尔加特首先把自己正对着摄影头，然后提醒德雷克他可能不会一眼认出他的同事来，当汉森和艾琳来到摄影头前，德雷克上下打量着他们，不过没有对他们的新样子发表评论，“祝贺你们平安来到科罗拉多。你们俩还好吗？”

艾琳跟汉森对望了一眼，向他迅速点了点头。她立马就听出了这是她一直熟悉的“休·瑞本”的声音，带点奇怪的口音。

“我们挺好的，”汉森说，“不过我们还期待你会比我们早到这里。”

“我能不能到那里一点都不急，”德雷克说道，看上去跟汉森描述的差不多：各个方面都很正常。“你们两个才是事情的关键。运气好的话，我很快就可以到达。但是史蒂夫·富勒正扩大搜索范围，加派了人手。你们在逃亡的时候比我有优势。你们不会让其他人类不舒服。如果需要，你们可以借助人流隐蔽，甚至获得他们的帮忙。但是我没法利用这些优势。”

“凯尔告诉我你可能会让我起鸡皮疙瘩，”艾琳像打招呼一样，“他是对的。即使是隔着屏幕。”

“我知道，”德雷克回答道，他解开了他的衬衫，露出了他外星人的身体，就像以前他在汉森和布尔加特面前做的一样。跟往常一样，他优雅的触须在空中挥舞，不可能是假的。汉森瞥了一眼艾琳，她像是被催眠了一样，脸上挂着扭曲的笑容。

“我很抱歉必须伪装成休·瑞本来接近你，艾琳。”外星人说道，“不过现在你明白必要性了。”

“为什么你不一开始就让我看呢?”艾琳问道，“就像他们两个一样?”

“在这个项目上，我跟他们两个的互动比跟你的互动要多。”他停了一下，“那么麦克斯，现在超级序列魔力是不是已经在高速运转中合成你的病毒结构了?”

“没有，”艾琳说道，她免去了那位矮个子的分子生物学家来汇报这个坏消息的麻烦，“我还没把配方给他。”

“为什么没有给他?”德雷克急切质问道，“凯尔肯定已经跟你解释了这个项目的重要性了吧？总体的目标?”

艾琳点点头，“他讲了。但是我想先跟你谈谈。听听你的声音，看看你的……触须。”

“好吧。你已经见到了。我们挂断电话，这样你可以尽快告诉麦克斯他需要的东西。”

“我需要他在我的监督下先把结构进行排序。”

“什么?”德雷克暴怒道。汉森从来没有见他有过如此反应，最近这几天的压力一定让他已经处于崩溃的边缘。

“只是几个小时的推迟。我实话实说，我现在毫不怀疑你是外星人。你的动机可能也是纯粹的。但是你毕竟是外星人。就是你伪装成的休·瑞本那样的人，都未必能看穿另一人的真正动机。不是因为你走路像是一只鸭子……说话像是一只鸭子……”

“万一富勒在你们耽误的几个小时里抓到你们了呢?”德雷克说道。

“我必须要冒这个险。我们争论得越久，时间就耽误得越多。”她指出。

德雷克盯着艾琳·帕尔默又看了几秒钟，但是她表情坚决。他很快作出了决定，“麦克斯，”他说道，“在她面前进行结构排序，要赶紧。她满意了马上给我们打电话。”

“马上进行，”布尔加特说道，挂断了连接。

37

别墅里两间宫殿一般的主卧室的其中一间改成了生物试验室，艾琳注意到设备比她以往见到的都要完备。通风柜在房间的另外一头挨着一张桌子，房间的另外一头并排放着几台不锈钢冰箱和冷冻机，每个设定的温度都不一样，最低的达到零下60摄氏度。实验台上放着的玻璃陈设柜都堆满了化学制品、烧瓶、烧杯和培养皿，一个大型玻璃保温箱斜对着冰箱的一角。在保温箱内，装着两公升液体的烧瓶正在培养大量的大肠杆菌病毒，生物技术的主力军正在他们喜欢的繁殖温度95华氏度环境下疯狂生长。

房间中央是一台跟冰箱大小的不锈钢设备，带有触摸屏显示器。蓝色的“超级序列魔力”的标志印在标志面前。设备包含着各种各样的小格子，点一下就行滑开，露出主要试剂插槽，里面的机器设备可以自动运用其来建立DNA长链，一次一个核苷酸。在最高水平设备里一系列化学反应以惊人的速度进行着，但是还是远远不能和简单的大肠杆菌病毒的繁殖速度相比，大肠杆菌能在不到三十分钟的时间内复制出整个超过四百万对碱基的基因组。

布尔加特戴上了一双一次性的医用手套，从冰箱机架上取下一盒一英寸长密封的塑料试管。他选了一小瓶给艾琳看上面详细的标签，字非常小，写着治愈结构——最终版，还有日期。汉森也看了标签，他决定从始至终只做一个安静的观察者。

布尔加特用微量吸管从小瓶子里吸了一微升，无菌的塑料吸管顶端出现了一点点液体。10 分钟，几次操作以后，超级序列魔力正在以超人类的速度进行结构排序，A、G、C 和 T 的基因串列在屏幕上滚动，人眼根本没办法跟上，每个字母的颜色都不一样。

不到三十分钟，序列就完成了，六万对碱基对，检查了两次精确度。

“我可以直接把序列上传到在线网站吗?”艾琳说道。

“当然可以,”布尔加特回答道，“这台机器跟因特网无线连接。”他加了一句，汉森觉得根本没必要加这一句。现在还有什么设备是没有和因特网无线连接的吗?

“好的,”艾琳说道，“请打开 GeneRepository. com,”她发出指令。

“从来没听说过。”布尔加特说道。

艾琳耸耸肩，“那又怎么样?”

“那么，没有一个数据库是包含所有基因序列的，CodeMaestro 是最全的。”

“GeneRepository 有更多的病原体的完整序列,”艾琳说道，“而且软件更好。”

布尔加特轻蔑地盯着艾琳，“你怎么会知道数据库的事儿?”他说道，“你什么时候干过分子生物学的事儿?”

“没有你那么经常，”艾琳愤愤地说，很明显地被这位矮个子遗传生物学家惹恼了。“但是我的研究领域也会使用这些工具。看上去我了解你的领域比你了解我的多。”

汉森觉得是时候介入一下了，“这太荒谬了，”他说道，“管他呢？两个网站都有鼻病毒序列，对吧？所以让艾琳用她喜欢用的那个好了。这是她提出的要求。”

布尔加特点点头，“你是对的，”但是忍不住转向艾琳又加了一句，“你还是不对。要是我都没听说过的序列数据库，肯定不是什么好数据库。”

两分钟之内，他们就登上了艾琳想进入的那个网站。网页非常简洁，没有任何花哨的内容，很容易使用——就像是谷歌的搜索栏。汉森想可能就是因为如此，她才喜欢吧。

超级序列魔力上传了序列。DNA 片段的长度非常长，必须检查开始点和结束点，以及不同的排列组合，就是核对鼻病毒数据库都花了好几分钟。最后网站显示序列跟传统的鼻病毒有 84% 的相似。

布尔加特喜形于色，“满意了吧？”

艾琳点点头。“基本满意，”她说道，然后又指挥软件检查所有已知病原体，寻找有 50% 或以上的相似度。这可就是更大更复杂的工作，至少要花上一个小时才能完成。

结构是按照普通感冒病毒，正如所说的那样。没有已知致命序列插入。

他们用视频通话接通了德雷克。

“祝贺，”外星人出现在显示屏的时候，艾琳高兴地对外星人说道，“你的序列结构出来了。请拿好纸和笔。因为我们要改变人类社会的发展进程了。”

38

艾琳把八条基因分别所有需要的剂量都精确地记忆了下来，然后小心翼翼地提供了详细信息，并且复述了两遍。当她完成了以后，德雷克要求跟布尔加特单独商讨可能是关于如何释放病毒的计划，他不愿汉森或者是艾琳参与。

部分隔离。

布尔加特现在要抓紧分分秒秒激战二三十个小时，艾琳和汉森没有任何任务了。他们冒险离开这里显然是不明智的，所以就派亚林司盖去购买一些日常用品，他们在塔吉特百货公司当地网站上选了一些衣服包括内衣，这样他们就能换下这身穿了好几天的衣服，跟放了几个月的奶酪一样臭了。

他们俩都睡了睡，用布尔加特存货充足的厨房里的丰富的原料煎了蛋卷吃，衣服取回来以后，他们俩好好地洗了个澡。

汉森感觉非常棒。困难重重，但是他们俩成功了。不到一天的时候，他们就会实现目标。如果他们需要花一些时间建立新的基地，然后完全与世隔绝，他这次是准备好了。他们现在所在的房子住几十个人轻轻松松，如果汉森必须要在选一个地方藏起来，和选一位女性陪伴一起藏起来之间选择，他可以选很糟糕的房子，但是一定要选很出色的这位女性，她就是艾琳·帕尔默。

夜幕降临的时候，布尔加特从楼上下来，告诉他们，德雷克要求再一次与他们通话。矮个子的分子生物学家建立好了视频通话，然后离开了，消失在了他的实验室。

德雷克的脸出现在了屏幕上，汉森说道，“进展如何？”

“你跟麦克斯在一栋房子里，你为什么问我？”

汉森瞥了一眼艾琳，“嗯，”他回答道，看起来有点尴尬。

“他自己一个人在实验室里，他很努力在工作，所以我们不想打搅他。甚至不想打搅他问问进展。”

“我同意你的做法，”德雷克说道，“他告诉我进展非常顺利。麦克斯进行得比计划要快。”他叹了一口气，“不过我先来告诉你们为什么要找你们来吧。我决定要改变一下计划。不在外面与你们见面，我需要你们来我这里，把病毒成品带来。我们三个人可以一起完成释放计划。”

“释放计划是什么？”艾琳问道。

德雷克微微笑了笑，“我们准备好释放的时候，我会告诉你的，”他回答道。“关键是，你们俩是我可以信任来做这件事儿的人选。当然还有麦克斯。但是他一直在忙，你们两个比他精力好。”

“你在哪里？”汉森问道。

“旧金山附近。”

艾琳和汉森交换了一个眼色。他们俩从亚利桑那到科罗拉多差点把命都丢了。他们现在仍然是一场大规模搜索的目标。

就好像读懂了他们俩的心思一样，德雷克说道，“这一次很简单。我在为了应急建立起来的安全地点。这里可能会成为新的尤马。我又重新获得了资源，包括量子计算机。我成功挽救了下来。”

汉森眼睛睁大，他怎么会忘了问这个？

“包括经济来源，”外星人继续说道，“所以我派了其中一个雇员开了一辆大卡车去你们那里。你们要做的就是坐进车里，让他开车送你们来这儿。没人能够让他停下。没有人、高速公路摄像头或者是卫星能够发现你们，因为你们躲在车里。”

“听上去像是毫无压力的旅程，”汉森说道，“我们可以。”

“非常好，”德雷克说道。“麦克斯说明天中午可以搞定一切。你们一点钟去到车库，我的人会在那里接你们。”

他们同意了，然后挂断了视频通话。

德雷克的脸一消失在大屏幕上，汉森将艾琳搂入怀里，轻轻地吻着她，尽情享受着她柔软的嘴唇和舌头，还有头发的清香。“肯定是一个漫漫长夜，”他调戏地说道，“我真希望能想到做点什么浪漫的事情来度过这美好的夜晚。”他扬起了眉毛，“一点健康的运动，可以消耗卡路里。”

“要是平常，我觉得这个主意不错，”艾琳说道，她顿了两秒，长长出了一口气，然后接着说，“但是今天晚上很重要。我们就在历史性时刻的前夜。所以我真正想要的只是你可以一直抱着我。我们可以睡在一起，看部电影，再多了解一些对方。”

汉森非常赞成他们多了解一些对方，这个计划听起来很好。但是如果安排在做爱后再进行这些项目就更好了。“好的呀，”汉森说道，想要掩饰他的失望却没有成功。

这是什么意思呀？她后悔他们俩在一起的那晚了吗？她想要抽身了吗？不过想想他从她身上感觉到的温暖，还有她坦率地表达对他的感情，这是最不可思议的事情。

好像看透了他的心思，分开几分钟后，她投入了他的怀抱轻吻他。

“别误解了我的意思。”她说道，“那天晚上很棒。我希望我们还有无数的那样的晚上。而且，我还从来没和秃顶的男人待在一起过。不过我们等到明天晚上吧。在我们成功改变世界了后。我们会更愉悦、更渴望。”

汉森的嘴角翘了起来露出一丝笑容。“我不知道，艾琳。我挺确定我不会比现在更加渴望了。特别是最后一吻之后。但是我明白你的意思。”

“我向你保证。如果我们明天会做点庆祝的事情，这件事情一定让你永生难忘。”

汉森把她拉到了他的胸膛，紧紧抱着她，“我可记着你的承诺了。但是现在，我们就这样……抱着。”他说。

“凯尔，谢谢你。”她回答道。

汉森叹了一口气。虽然有她的保证和安慰，但是他还是觉得有什么不对劲。哦好吧，他想到。这又不是第一次他搞不懂女人是怎么回事儿了。不过想想应该是最后一次了。

39

麦克斯·布尔加特睡眼惺忪，头发蓬乱，看起来不比刚刚在仙人掌酒店遭遇伏击后在桥下凑合了一夜的汉森和艾琳好到哪里去。腋下夹着一个四英尺大的不锈钢滤毒罐，里面充满了无数的感染源，可以成为世界范围内成千上万次感染的源头。

发现只剩几分钟，卡车就要到了，三位科学家疾步迈出别墅的另一头通往一个大型车库的大门，车库可以容纳十辆车，汉森觉得这简直就跟他整栋公寓一样大小了。

车库装饰设计也令人叹为观止。地面不是水泥地，而是蜂蜜色的光滑表面，汉森觉得应该是大理石。沿着墙壁排成一条线的橡树柜子风格也非常现代，会让人感觉到像是在家里最豪华的客厅。一个矮小的玻璃展示柜放在通往主屋的门旁边，紧靠着墙，汉森只能猜测是前主人做的，因为现在里面全空。

能看出这是个车库不是一栋小房子的不是因为屋子的另外一头停着的两辆车——最新款的奔驰敞篷车和四开门的捷豹——而是屋子一角的顶配的家庭健身房。中间钢结构里密封着八英尺高黑色长方形哑铃，从中心延伸出来四五把椅子和长椅，从钢梁突出的滑轮看似随意地连接着各式钢棒和横杆。

和病毒罐子一起，布尔加特还拿着一个行李袋，不过汉森完全不知道里面是什么。当矮个子分子生物学家把袋子递给艾琳时，谜团就解开了，“我给你准备了一个食品袋，”他说道，“大多是些垃圾食品。不过到旧金山可是很远的路程。”

“想得真周到。”艾琳说道。

几个人都沉默着等车的到来，这时主屋的大门打开了，吉布和亚林司盖进来了，穿着冲锋衣，拿着自动式武器。

汉森愣了几秒钟才缓过神来。

武器对着他，还有艾琳。

汉森不但立马警觉起来，还非常生气又迷惑地说，“这是怎么回事儿?”他质问道。“你们疯了吗?”

“举起手来!”吉布冷静地回答道。

汉森把手举了起来，艾琳也是，放下了布尔加特给的零食包。矮个子分子生物学家往后退了几步，但是没有吃惊也没有困惑。

吉布拿着枪指着他们，亚林司盖迅速且专业地对他们进行了搜身，没有漏掉任何部分。他拔出来艾琳皮带里点45口径的手枪，掏出了口袋里一个跟一支铅笔一般大小的不锈钢小试管。

汉森吓了一跳，完全不知道艾琳还带着枪。她一定是从仙人掌旅馆遇到的那群人身上缴获的。

亚林司盖把点45口径手枪和银色试管放在了他身后的矮展示柜上。他朝枪点了点头，然后对着艾琳说，“我想他们说的都是真的。你比看起来危险多了。”

汉森又感到一阵背脊发冷，他明白了现在是怎么回事儿了。这些人是为富勒工作的——没有其他解释了。

不过他再细想，如果真是这样，那么布尔加特也应该被抢指着才对。但是他现在却神情自若。

汉森的思维都凝固了，试图想清楚这一切，他们等的那辆车到了，开进了车库。商务车的侧门滑开，一个长相普通的人站在了光滑的地板上，对着凯尔·汉森和艾琳·帕尔默。

他正是德雷克。

汉森觉得整个事情太蹊跷了，“这到底是怎么回事儿?”他再一次质问道，转头朝着刚到的这位，“德雷克，是怎么回事儿?”

外星人深深地望着汉森的眼睛，“凯尔，我不太相信你还不知道怎么回事儿。不过如果你真的不知道，你应该问问你的同伴。”

所有的眼睛都转向了艾琳。

“我?”她的声音里充满了怀疑的语气，“我完全不知道是怎么回事儿。我只能说外星人疯起来也不比人类好到哪里去。”

德雷克没理她的话，继续发问：“你为史蒂夫·富勒工作多久了?”

汉森的脸色煞时惨白。难道他进入了一个超现实的黑白不分的平行世界?

“你知道你听起来有多可笑吗?”艾琳反抗道。“我几天前都还不知道史蒂夫·富勒的存在，直到我在圣迭戈时候接到他的电话。我根本不知道这是怎么回事儿。你要不是被误导了，就是你非常非常糊涂。”

“德雷克，”汉森说道，“她说得对。我以性命担保艾琳没有撒谎。如果她是为富勒工作，那么她从圣迭戈给你打电话就说不通，是绝对不可能的。”

“我不知道，凯尔。”德雷克说道，“也许你也是为富勒工作的。也许你在路上招募了艾琳。我所知道的就是她现在为富勒工作。我对你还不确定。”

汉森觉得天旋地转，他甚至不敢相信德雷克是外星人。“你这么确定有什么证据吗？”

外星人正要回答，艾琳先开了口，“听着，德雷克，凯尔告诉过我你在人类中生活是多么不容易。暴露在我们暴力的天性中。他告诉我这对你有负面的影响。但是你必须要克服这一切。”她坚定地说道。“你知道索多玛和格莫拉的故事吗？”

德雷克笑道，“如果我理解正确的话，我想你要做的是长篇大论。不错的尝试，艾琳。我看你在瞄外面。在等待。希望你能够拖延到救兵的到来。但是这是不会发生的。”他停了停，“给她看，吉布。”他说道。

汉森突然意识到吉布、亚林司盖和商务车司机对于外星人这个词毫无反应，德雷克一定让他们也知道了这个小秘密。这本身就非常令人诧异。

吉布从他的口袋里拿出来一个精密的电子装置，手机大小，闪着红光。

“这个小玩意可以阻挡你身上窃听器发出的信号，艾琳。”德雷克说道。“富勒将不再收到你的传输。没有营救队会来。他们只会认为窃听器坏了。这很常见。所以没有必要编造什么无聊的故事或者是心理呓语。”

艾琳没有回复，但是汉森从来没见过她的脸如此紧张，他们两个可是经过了最绝望的境地。

“但是我们不想让富勒担心你，”德雷克继续说道，“或者怀疑你是这个计划中的变数。所以我们算好了时间，他在窃听器坏掉之前听到的最后一句话是你的同事给了你一个食品袋。你们要长途跋涉到旧金山。他会对此深信不疑。”

“你这个外星人真是疯了。”艾琳说道。

德雷克只是笑笑什么都没说。

“德雷克，艾琳可能是对的。”汉森说道。“你清楚你自己没有很好地适应在这个星球上，心理上的。我从认识你开始你就神经紧绷，你好像不是你自己了一样。”他朝吉布、亚林司盖还有司机做了一个手势，“我认识的德雷克一定不会冒着风险告诉你们他是谁。”

“谢谢你的关心，凯尔。不过这些人是雇佣兵。以前在部队里待过的。他们的忠诚无可置疑。他们不关心高尚的理想。他们只知道我给他们的钱很多。而且他们知道如果接下来六个月，他们按我说的做，他们还会得到额外的奖励，足够让他们退休三次的。”

德雷克转向吉布和亚林司盖。“按我说的做，”他说，“是时候卸掉艾琳·帕尔默的电子装置了。”

吉布点点头然后面向艾琳。“好吧，”他说道，“我的搭档要卸掉你的窃听器和两个制导装置。他穿着防弹衣，如果你想要滑头，我会直接开枪。如果你躲在他后面避开子弹，他会没事儿，我会继续开枪。”

身形魁梧的雇佣兵靠近她，把她的头按下，然后在她的头发里摸索，像是长臂猿在清理同伴头上的虱子，然后停下了。一根手指紧压着头骨上的一点，然后他从口袋里拿出一把小钳子，明显是提前准备好的专门用来卸掉头上装置的。他用钳子的尖端夹在艾琳的头上，然后拉了一下。

艾琳骂了一句，她头上一个小装置被亚林司盖扯掉了，出现了血印。不到一分钟，亚林司盖又把另外两个固定在她衣服上的小型装置拆除了。

亚林司盖把三件东西都放在手上，让大家看到。电子装置太小了，放在宽大的手掌上显得它们更小。

“你知道这些是什么吗，凯尔。”德雷克说道。

汉森紧紧皱着眉头。“吉布说是他扯掉了一个窃听器和两个导航装置。我想就是这些东西吧。”

“很高兴你刚刚有在认真听。”德雷克淡淡地说。

“我从来没见过这些东西。”艾琳说道。“一定有人放在我身上，可能趁我睡觉的时候。”

“我们怎么会相信你呢，艾琳?”德雷克说道，难过地摇着头。“把电子窃听器像这样置入某个人的头骨，深入头发里，是史蒂夫·富勒标志性的手法。我跟他工作了多年。相信我，我了解他。”

艾琳吃惊地转向汉森，“他和史蒂夫·富勒一起工作?”

“恐怕是的，”汉森回答道，看起来很内疚的样子。

“我以为你说的他知道史蒂夫·富勒只是因为他把他列入了什么名单之类?”

汉森面露难色，他是打算告诉她省略的这部分事情，但是他没想到事情会到这个地步。

而且更重要的是，他们怎么会在艾琳·帕尔默身上找到这些装置呢?她一直在耍他吗?他不敢相信。这一切根本不可能。

“我们昨天在一次例行扫描中发现了这些电子装置，”德雷克说道，“想象一下我有多吃惊，”他的声音变得沙哑。“我有多失望。”

“我是被陷害的，”艾琳轻轻地说。

“省省吧，”德雷克说道，“我不吃你这一套。你带着的这个窃听器，我敢保证是富勒直接收听的。还有那个导航装置。你只要亲自见到我本人，一定会在我身上装上另外那个。”

艾琳只是无助地摇着头，眼里充满了恐惧。

“现在的计划适得其反。因为窃听器传输我给你的错误信息。那些人会到旧金山等着见我。我敢说富勒就在那附近，不过他不会进来。他不知道我在这里。他以为我现在正在加州。”

他走向亚林司盖，几只触角从他的衬衫底下伸出来，拿了雇佣兵手里的两个导航装置。他很快把触角又变成了人的手形，触角再次消失在衬衫底下。他把两个导航装置递给商务车司机，那司机从他出现的那一刻起就一直保持沉默不动。司机把车窗放得更低，德雷克递给他了那两个小型装置，他把他们放进了口袋里。

“小心一点。”德雷克边说边朝司机点了点头，商务车很快驶出了车库，消失在视线中。

“明白是怎么回事儿了吗?”外星人对他的两个“间谍”说道，“他要去旧金山，带着艾琳的导航系统。她的窃听器已经坏了，不过很幸运的是，她的导航系统还没有。想想富勒全程监听了你，导航系统往旧金山去的时候，他肯定寸步不离地跟着你走。我现在可以举着一个大大的霓虹灯广告牌，上面写着‘史蒂夫·富勒注意了，德雷克在这里’，哪怕大摇大摆地走到科罗拉多的边境，也没人碰得了我，计划不错吧?”

汉森不得不承认，如果他说的都是真的，那么这是个非常好的计划。用她的电子装备误导其他人进行徒劳无功的跟踪。

德雷克第一次转向了布尔加特，指了指他腋下的金属容器，“我想，这是雾化的病毒吧?”

布尔加特微笑了一下，“没错。”

“很好，”德雷克走向布尔加特，伸出了他的人形手，分子生物学家把容器交给了他。

“麦克斯，我们出去吧。”德雷克说道。

他们都朝主屋的门走去，德雷克紧握着门的把手，然后转头望向两个还被枪指着的“间谍”，“我非常想把这一切弄个水落石出，我还有事儿要忙。疗法的配方我必须带走了。”他怒视着艾琳。“不过我两个小时以后回来，好好审审你们两个。”

“德雷克，你必须得相信我。”汉森说道。“我对这一切完全不知情。我也相信艾琳是被陷害的。她不会这样做的。”

“你还真是可爱。”德雷克说道，“也许对于你所做的，你讲的是真的。但是你被她欺骗的部分，也许并不是事实。”他耸了耸肩，“我想我们两个小时以后就能见分晓。”

40

外星人和矮个子基因学家一离开车库，吉布把两个被他们监禁的人分开了足足有十英尺远，亚林司盖小心地接近艾琳，给了她足够的尊重。他把她一只手的手铐从手腕上解了下来，然后用一个长条把手铐套在了健身房的不锈钢管上，朝向主建筑的入口，这让艾琳有足够的活动空间，但是也不能逃跑。

把艾琳锁好，亚林司盖又锁上了汉森，他把汉森和艾琳拴在同一边，不过隔着六英尺远。

汉森本想向他们求情，不过想了想意义不大。

当他们两人都被拴好了后，亚林司盖回到了他的搭档的身边，“如果愿意你们就好好锻炼锻炼吧。”满身横肉的雇佣兵轻蔑地说道，“我建议你们拉伸拉伸腿脚。”

汉森一开始还想刻薄地回敬他几句，不过最后他没有，“你们知道这是一个大误会。所有的误会都会解开的，那时候，我们又会在一条船上了。所以请一定记住这一点。”

“有可能，”吉布说道，“但是现在我们接到的命令很明确。直到德雷克回来，我们不能让你们单独待着。不过现在我们可以放心地在周围转转。”

两个雇佣兵走到了别墅的后门。吉布停下来把亚林司盖放在纪念盒上的冲锋枪放进了口袋，然后两个都走了，屋里就剩下汉森和艾琳。

汉森低下头，示意艾琳他现在不想和她说话。他需要理清一下现在到底发生了什么，哪些有可能是真的。

但是无论他从哪个角度来看，他都得不出任何结论。所有这些都说不通，甚至他都不能完全理解这一切。

汉森最后抬起头，把目光锁定在这个在这么短时间内就对他意义非凡的女人。“艾琳，”他开口道，“我对此非常抱歉。很明显德雷克已经疯了。或者说外星人疯了。我希望我能知道那些电子设备是怎么……附在……你身上的。但是显然你是被陷害的。我们必须搞清楚怎么回事儿为什么会发生这一切。”

艾琳重重叹了一口气，然后摇摇头，“凯尔，我可能不是被陷害的。”她轻轻地说道。“事实是我和史蒂夫·富勒合作。”

41

汉森觉得胃里一阵翻腾，似乎都要呕吐了。他惊恐地盯着艾琳·帕尔默。他那么信任她。这怎么可能？她一定是在见到他之前就已经跟富勒合作。但是最后这几天是怎么回事儿？

“德雷克说的每件事儿都没错。”艾琳继续说道。“我知道那些窃听器。富勒放进去的。我试着拖延，希望他听到德雷克说的这些后，他可以来扫荡这个地方。我完全不知道德雷克已经把窃听器的传输屏蔽了。我还计划在他身上装上追踪系统。我太天真了，希望能够迷惑他，然后尽量拖延时间。”

“但是为什么呀？”汉森追问道。“怎么会这样？”他苦苦摇着头，“我觉得你就是我会爱上的人。”他小声说道，小声得基本让人听不到声音。

他的眼睛里充满了悲伤，充满了背叛。他怎么能被完完全全骗了呢？

“我别无选择，”艾琳说道，“但是我必须这么做。你得承认，你也对我有所隐瞒。”

“就因为这样吗？你觉得我背叛了你了？并不是这样的，我只是……”

“别误会我的话，”她打断了他的话，“我知道你为什么要隐瞒。你没说的那些细节是你认为不让我了解全局的一些不相关的信息。这完全没有影响我加入富勒的决定。”她顿了一下，“我明白你为什么这么受伤，”她说道，“我不怪你。”

她的眼里充满了热情和爱盯着他，加重了他的悲伤。她在玩把戏吗？拉他入伙，色诱他？

“你是我最不想伤害的人，”艾琳说道，她看上去非常真诚。她停了一下，然后深深叹了一口气，温柔地说，“因为我也认定了你是我爱的人。”

汉森不知道该如何反应。半个小时以前他一定会欣喜若狂，但是现在呢？

“那么你为什么要这样做？”他问道。

“因为你不知道的还很多。”

“好吧。比如？”

“记得你在仙人掌旅店被飞镖射中？”

汉森点点头。他可不会轻易忘得掉这件事儿。

“嗯，那些飞镖所含的麻醉剂只能持续一个小时左右。不是十个小时或者十二个小时。”

汉森艰难地试着理解。“这是什么意思呢？”

“意思是在你失去知觉后发生了很多事情。比我告诉你的还要多。”

“我醒后你告诉我的事情有真的吗？”

艾琳面露难色，“嗯……没有太多是真的，”她承认道。

“我确实试图从旅店逃跑，尽管我觉得自己很厉害，但是没有人有那么厉害。”

汉森睁大眼睛盯着她，一言不发。

“好消息是，”她继续说道，“我们现在好像有足够的时间，”她朝手铐使了一个眼色，“我们俩现在哪儿也去不了。你准备好听你中枪之后醒来之前，在干涸的河床上醒来之前发生的这一切没有？”

汉森脑子还是一片空白，但是他努力点了点头。

“很好，”她说道，“我觉得你会认为这一切太有趣了，”她扬起了眉毛，“然后还有一些。”

42

艾琳不敢相信凯尔·汉森开着他刚刚得手的车冲到她的旅店房间外面，想把车当作武器。文弱书生一般的物理学家可是声称他连坐在轮椅里的九十岁老太太都搞不定。

是什么样的勇气！他一定是疯了！

每件事儿似乎以慢动作进行着。汉森用车击倒了其中一名攻击者，然后急停车，在车还没停稳之前，滚出了车。车子挡住了她的视线，让艾琳无法看到汉森落在了哪里，但是却能将车另外一边的攻击者暴露出来，正蹲在那里，拿着枪指着地面。

他一定是正对着凯尔！

艾琳朝着车后的那人一阵乱射，但是她几乎没有可能击中他。她的角度太差了，车子完全挡住了她，她还必须得射击得高点以免误伤了汉森。简直太让人绝望了。

站在汉森面前的人扣动了扳机。

“不！”

撕心裂肺的长声尖叫充斥在空气里，艾琳好一阵才意识到这是她自己口中发出的声音。

子弹已经用完，她还不停地扣动着扳机。她内心深处某个地方意识到她已经没有弹药了，但是她不在乎。没有弹药有什么关系呢？从十一岁开始她就没有真正在乎过一个人。但是最近她变得柔软了。她开始让人们走进她心里，不久前是丽莎·雷纳，现在是凯尔·汉森。

但是他现在却离她而去了。

她就是丧门星，她在乎的人都离她而去了……

增援突然之间凭空出现了，他们都扑向艾琳的旅店房间。很快他意识到她已经没有了弹药，立马破门而入。

她决定连挣扎都不要挣扎了。挣扎还有什么用呢？

最后，她射中的那个人走进了房间，鲜血从他的手上流下。当他看到她站在那里的时候，他好像松了一口气，没有显示出一点要显示他厉害的拳头功夫的意图。

“嗨，艾琳，”他说道，“我的名字叫瑞安。瑞安·布鲁克。”他用左手很别扭地拿着枪指着她，“我现在要你坐到床上去。”

艾琳想象了很多他会说的话，却偏偏没有想到这一句。

“为什么？”她单刀直入地问道，朝床走去，坐在了床边。

“因为我不想让你跌倒受伤。”他说道，语气基本上是……友好的。

这是她脑海里最后的理解，甚至有一点抱歉的语气。瑞安·布鲁克扣动了扳机。然后艾琳的眼前一片黑暗。

* * *

艾琳睁开了眼睛，吓了一跳，她怎么还活着？

两个人隔着一张大而豪华的红木桌子，坐在她的对面。两个她从来没见过的人。她的双手被松松地用塑料长条绑了起来，给了她足够的活动空间。

“帕尔默小姐，不好意思要把你绑起来，”两个人中的高个子说道，“不过据我所知，你可以不费吹灰之力就把我们两个打得屁滚尿流。我们想尽力避免这样的情况发生。”

“你们是谁？”她质问道。

“我的名字是史蒂夫·富勒。就是打电话给你，邀请你到棕榈泉面谈的那人。”

“我知道你是谁！”她恶狠狠地说，眼冒怒火，那是发自内心的仇恨，力量惊人，“我知道你的底细。”

富勒向后靠在了椅子靠背上，好像是为了躲避她犀利的目光和她拉开距离。他看上去真的像是吃了一惊。“关于我你都知道些什么事儿，能让你这么恨我呀？”

“我知道你是国际军火商。我知道你攻击了德雷克在尤马的总部，杀死了所有人。”她低下了眼眸，眼睛一下就湿润了，“我还知道你杀了凯尔·汉森。”她喃喃说道。

富勒观察了她几秒钟，然后担忧地望了望他的同事。艾琳觉得这个人比史蒂夫·富勒还要危险，虽然她并不知道到底哪里危险了。这又是她的直觉。

“首先，”富勒长叹一声，“我们在尤马没有杀任何人。我们使用的非致命性气体。其次，凯尔·汉森还活得好好的。跟你一样，他在隔壁房间安静地睡着呢。”

“胡说八道。你知道我多年研究你这样的心理变态者。我知道我天天都在跟世界上最狡猾的撒谎者打交道。你的‘诚意’没有打动我。你还可以做得更好。”

富勒又叹了一口气，然后从椅子上起身，“眼见为实，跟我来，我带你去看看凯尔。”

富勒带她出了房间，走下了过道，门外有保安把门，他用眼神让他们解除警戒。他打开了另外一个房间的门，门口也有两名保安把守。

艾琳进入了房间，然后屏住了呼吸，凯尔·汉森躺在一张简易小床上，他的胸脯有节奏地上下起浮着。

她冲上前去，好好检查了他一番，她用双手抚摸他的脸，轻抚他的脸颊，他是温暖的，看起来并没有受伤。

“现在相信我告诉你的了吧，”富勒的声音从她身后传来，“你和凯尔是我最不想要伤害的两个人。”

艾琳转过身朝向他，“我们这是在哪里?”她说道。

“我们在棕榈泉。在沙漠底下一个非常安全的设施内。就是我打电话给你想要请你来参观的地方。”他摇了摇头。“要不是我太低估你了，我们可以不必以这么不友好的方式见面。不过我还是要说，很难想象你如此勇敢且机智，真令人难以对付。”

他冷冷地看着她，“不过，你所知道的大多数事情或者说所有事情都是错的。你知道了真相后，情况会比你想象的还要严峻。”他朝门口走去，“我们回到我们刚刚来的地方，我还有很多事情要告诉你。我们越早说完，凯尔·汉森就能越早恢复意识。”

43

他们把她带回到了最初的那个房间。史蒂夫·富勒松开了她的手铐，让她确信他们正在被视频监视着，她没有机会逃脱。

艾琳的脑袋里一片空白。难道真的还有什么是她不知道的吗?她觉得肯定有，不然她和汉森不会活到现在。但是这怎么可能呢?

“那么我假设是凯尔跟你说我是军火商的?”富勒说道。

艾琳点点头。她本想默不作声，不回答他的问题，但是她决定配合——适度配合。她只告诉他们显而易见的事情。

富勒身子朝前，死死盯着她，“凯尔有没有提到疯狂的事儿？比如来自另外一个星球的来访者？”

“你提到这点真好笑。事实上，他提到了。很疯狂，对不对？”

富勒旁边的那人开始解扣子，不过他的手指看上去很笨拙。“没有你想象的那么疯狂。”那人说道，十二条鞭子一样的触须从他的胃的位置伸了出来，以非人类的速度和优雅度解开了衬衫上剩下的扣子。

艾琳吃惊得嘴巴都要掉下来了，愣了几秒钟都没有说话。怪不得她对这人感到非常不适。汉森已经提醒过她会这样的。最后，她眼睛睁得大大的，语无伦次地说道，“德雷克？”

那人——或者说——外星人——摇摇头，“不，我的名字是费米。”

“我混乱了。我以为你们只剩下一人了。保鲜膜人难道又组织了另外一次探险把你在德雷克之后又送到这里来了？”

史蒂夫·富勒转向费米，扬起了他的眉毛，“她知道你们叫保鲜膜人。”他说道，“而且花了你的人民九牛二虎之力才把你送到地球。凯尔好像告诉了她挺多相关信息。”

外星人皱了皱眉，“艾琳，凯尔没有提到除了德雷克以外的保鲜膜人吗？是你推测地球上只有一个保鲜膜人？还是他给你说的只有一个？”

“他说的。”艾琳说道，就是这么简单一句话也难以说出口。为什么凯尔·汉森没有告诉她还有其他人？难道就没有她可以相信的人了吗？

但是她马上意识到她有答案了，“德雷克一定没有告诉凯尔这些人的存在，”她说道，“这样就能解释了。”

费米摇摇头，“艾琳，史蒂夫和我数年前就在一间和这间房间相似的房间中见到了凯尔。你们星球上有四个保鲜膜人。凯尔是肯定知道的。”

艾琳好像受到侮辱一般往后退了一下，脸色苍白。

“听着，帕尔默小姐，”富勒说道，“艾琳。我知道你经历了很多，不知道该相信谁。但是我相信你也同意，单单听凯尔的一面之词是不对的。他告诉你地球上只有一个保鲜膜人。显而易见这不对。如果你能告诉我们他都告诉了你一些什么信息，可以帮助我们尽快地了解现状。”

艾琳像是僵尸一样点点头，这对她造成了多大的伤害呀？

艾琳开始讲述汉森告诉她的一切。一个叫做十七大星系的星系联盟。停放在十七大星系不同太阳系中的 16 艘星际方舟。汉森与德雷克的合作，德雷克强调除掉心理变态者是避免人类自我灭亡的唯一方法。汉森说的史蒂夫·富勒是军火商，以及为什么史蒂夫·富勒想要除掉德雷克的原因。

富勒和他的外星人同时认真地听着，惊讶、摇头，有时候还会互相对望着，但是很少开口。

当艾琳讲完，他们告诉艾琳，汉森告诉她的关于保鲜膜人、十七大星系，以及如何将他们传送来地球这些事儿都是准确的，但是在说到保鲜膜人来到地球后的事儿，汉森的讲述偏离了轨道。他们一共有四人，而不是一个人。他们到来后并没有长时间独立存在，而是马上联系了美国政府，因为美国是军事实力最强的国家。

富勒和费米像多年前跟汉森讲述整个组织如何建立起来一样，又同样如此地向艾琳讲述了这一切，史蒂夫·富勒负责整个组织，这个组织活动的目的和范围。他们解释了为什么他们要从汉森在卡内基梅隆大学附近的公寓绑架汉森的原因，以及保鲜膜人是想延伸地球上量子力学和计算机的前沿向汉森作出了承诺。

他们讲完后，他们静静地等待着艾琳消化完这一切。这么多矛盾的事实和情况相冲突，让她觉得脑袋都要爆炸了一般。

“那么为什么凯尔要误导我？”她问富勒，“为什么你不告诉我你是军火商？德雷克是真的？除非你告诉我他不是那个人——那个外星人——想要和我合作治愈心理变态者的人。我想到目前为止我不愿意相信。凯尔说过只有一个保鲜膜人——有量子计算机——能够找到配方，我相信他说的。那么你们也参与了其中一部分？治疗心理变态者？”

富勒深深吸了一口气。“我会回答你所有的疑问，所有的。但是我们现在先回顾一下。首先让我们告诉你一些凯尔从来没有告诉过你的事情。这会让你所有的疑问都迎刃而解。这是你弄清楚一切前因后果的唯一方法。”

艾琳朝她对面的两个人挥了挥她的右手，做了一个经典的“这是你的表演时间”的手势。

“你们称之为的十七大星系，”费米开始娓娓道来，“已经停滞不前数万年了。我们的社会、我们的科学几万年以前基本没有什么改变，那时尼安德特人还在争取地球上的霸权。十七大星系的最早成员几千年前就注意到了这一根本悖论。他们想象一个拥有动力、激情和不屈不挠精神的种族会带领我们走向卓越。一个对于物理定律敢于说不的种族。一个敢于让星系和宇宙臣服于他们的种族。这个极端好胜的种族一定是极具野心的，贪得无厌，不顾一切。不可避免地会自我毁灭。计算机模拟显示在各种情况之下都会发生。这样的种族会发展大规模杀伤性武器、经历显著的人口过剩。这一种族的不成熟、野心和鲁莽会导致世界末日。每次都逃不过这一命运。”

“十七大星系在自我毁灭中幸存下来，是因为他们太温和了，与驯服银河系的狼比起来，他们是总要慢半拍的羊。但是我们很早以前就已经意识到我们的灭绝只是时间问题。我们的人口每年都在减少。我们老态龙钟了，在衰退，力不从心。我们也许几百万年或者是几千万年后都不会灭绝，但是我们的灭绝是注定的。”

外星人顿了顿，然后扬起了眉毛，“这就是悖论。像十七大星系这样温和的种族能够成功地发展到成熟期，但是没有动力进行殖民，没有动力凭借着韧性和意愿打破看上去似乎是不可能的科学壁垒。那些拥有这样动力的种族，像是你们地球人，又无法快速发展到成熟期。”

艾琳点点头，被这位陌生的外星人所说镇住了。

“我们推断从长期来说，我们唯一的机会是能找到一个极端好胜的种族，并且干预它的自然发展，帮助它进入成熟期，引导它。”

艾琳点点头。“这样这个种族就可以带领你们达到下一个阶段，”她悄声说道。“这样这个种族就可以取得进步，为十七大星系注入一剂活力。在接下来科学进步和殖民的几百万年中你们还可以遇到多少智慧生命。”

“非常正确，”费米说道，“太容易满足、太安逸没有足够的野心是病。得治！我们所设想的像狼一样的种族就是良方。如果你们愿意，你们就会是炸弹引线上的氢弹。如果十七大星系能够及时拔掉引线，将巨大的爆炸力引向建设新的追求，这股巨大的力量可以成为驱动我们所有星系向前的动力。”

外星人与艾琳眼光对视。“这并不是说所有人都赞同这样的做法。相当多的人担心这样的种族会对星系产生影响——加速我们的灭亡。治疗配方可能会比疾病本身更恐怖。但是他们投票决定采用这一战略——如果我们需要采取行动。但是我们并不确定我们可以找到这样的种族。即使确实有这样的种族存在，我们碰巧又找到了这样的种族，能够及时干预他们的发展的机会还是非常小。”

“所以我们用尽我们最后的一点集体力量，我们为这渺茫的机会作出了努力。至少是找到了用比光速还快的速度派出了使团去保护那个种族。无论代价如何。我们最顶尖的科学家，星系中几千亿人中挑一的科学家为这次传输花费了几万年的时间。最后，我们找到了一种比光速还快的传输方法，和一台基本的量子计算机。我们发现这个种族有能力驱动整个星系达到下一新水平，即使这股动力带来很多发展包袱，这个种族仍然是我们唯一的机会。”

不可思议，艾琳暗想道。感觉是非常神奇的。人类的阴阳本质。人性中自我毁灭的一面正是勇敢获取物理定律、征服星系所需的品质。人性想要努力成为的——软弱没有野心善良温柔富有同情心——却做不到这点。只有飞扬跋扈、争强好胜、充满野心的种族才有希望凭借自己挑战银河系。

“那么我想我们就是你们要找的种族。”艾琳说道。

费米叹了一口气，“是的。你们确实是。”他说道，“但是很不幸，我们先发现其他一些东西，令整件事儿更加复杂的东西——一种我们没有预见到的生命形式，有可能会把我们灭绝的时间从几百万年缩短到几千年。”他身子向前。“这种最恶毒的生命形式能够让你们人类与之相比成为圣人一般。”

44

艾琳的眉毛都皱到了一块满脸狐疑，“智慧生命？”

“应该是的，”费米回答道，“我就不解释物理学原理了，但是我们发现了来自五万八千光年外的异常的量子模式。跟我们派出使团到具有天赋又自我毁灭文明那天所产生的量子模式近似。但是更加强大。我们很快就意识到我们所面临的是什么。一个正在制造虫洞的物种，把虫洞当作大门，这些大门能够实现瞬间转移。使用的科技是我们根本无法企及的。”

费米顿了一下，“现在我们知道注意哪些地方，”他继续说道，“我们发现这一物种已经占领了它们经过的大部分星系，并且朝着我们的星系森林的颈喉直奔而来。它们扫荡了一路上遇到的所有其他智慧生物。残酷无情可能都不足以形容它们。这一物种对待其他生物就像是烈火对干树枝一样。”

“它们速度有多快?”艾琳问道。

“很快，”费米说道，“它们三万两千年后就会到达地球。”

艾琳默想到，这些保鲜膜人显然比她更习惯用宇宙时间来思考问题。

“而且我们知道，如果它们来了，我们绝无还手之力。它们不想统治其他物种，它们只是想摧毁其他物种，彻底毁灭。”

“你说它们是一种从未没有遇见过的生命形式，”艾琳说道，“这是什么意思?”

“你知道地球上有一种叫作军蚁的昆虫吗?”费米问道。

“啊哦，”艾琳担心地说道，“这可不妙。”

“确实不妙，”费米说道，“军蚁的基因就决定它们一路向前。不断移动找到新领地，摧毁路上所有障碍物。蝗虫是地球上能找得出的另外一种类似生物。或者病毒，病毒使用细胞复制更多病毒，然后摧毁细胞，继续前进。但是军蚁会毁掉所有它们遇到的东西，所有生物。它们的字典里面没有‘不杀’两个字。”

“我看过纪录片，”艾琳冷冷地说道。

“想象一下在某个星球上军蚁还拥有了集体智慧，”富勒说道，“也许这是跟其他军蚁部落对抗产生的选择优势。”

“这不能说明它们从外形上跟军蚁相似，”费米说道，“我们对于它们的外形毫无头绪。只知道它们的行为。”他停了停。“我们姑且先把这种物种叫做‘蜂窝’族。原因很明显。”

艾琳若有所思地点点头。“好吧，”她说道，“所以你们现在发现了智慧军蚁——可能外形上一点不像蚂蚁，但是跟军蚁一样具有毁灭性——找到了摧毁星球的方法，极其极恐呀。”

“别着急，”史蒂夫·富勒说道，“还有更糟糕的。”

“不可能吧！”

“我理解，”费米说道，“所以我们也绝没想到。现在再来想象一下军蚁。每只军蚁都有一点脑容量，但是还不足以有感知能力。但是殖民能够获得感知能力，如果每只独立的军蚁能够把它们的脑容量统一集中起来形成某种神经网络。我们把其叫做蜂窝心。在一个满布着独立军蚁领地的星球上，各个领地都在争夺统治权，如果进化让其中一个种族在成千上万的物种中脱颖而出，它就会很快统治剩余物种，不只是其他领地，而是星球上其他所有生命形式。最后这种进化过程中的赢家会控制整个星球。就像是人类控制了地球，保鲜膜人控制了萨朗星一样。我刚才说过，现在一个单一的物种控制着数万光年以外。”外星人向艾琳倾斜，他目不转睛看着她，“你研究过人类大脑，你看出问题来了没有？”

“我好像不太明白你的意思。”

“记住，这一物种已经成为了一个巨大的有机体。并且，尽管每个独立的成员，尽管生理上是独立的，现在通过统一的神经系统联系在一起——蜂窝网。你知不知道为什么十七大星系从来没有想过这样的太空种族真的存在?”

艾琳睁大了眼睛，“当然了,”她说道，“因为这根本不可能。即使在一个星球上，如果人类大脑的所有神经元分布在地球上的每个角落，你的大脑根本不可能运转。即使是光速，神经元之间的联系也不够快。大脑结构如此紧凑的原因就是因为这样信号才能及时到达每个神经元。”

“说得没错,”费米说道，“我就是这个意思了。像这样的恶煞能够存在的原因只有一个，他们在进化过程中获得了比光速还快的神经元传输速度——即时传输。生物进化让这种物种利用了量子纠缠的力量。”

艾琳不停地眨着眼睛，“不好意思，这是什么意思?”她说道。

费米解释了宇宙中每个粒子互相之间是如何联系在一起的，十七大星系是如何利用量子纠缠进行即时交流，无论这种交流是否近在眼前或远在天边。

“所以这个物种是同时拥有了军蚁特性和量子力学的直觉,”外星人说道,“这就能解释它的科技为何能如此卓越。”

“你说的‘它的’科技,”艾琳问道，“不是‘它们的’科技?”

“蜂窝的各个成员组成了一个统一个体。”费米说道，“一个超级生物。你们人类是由几万亿的独立细胞构成，但是如果我说的是几万亿细胞的整体，那么你们不是就是一个单数么。”

“那它怎么可能是一个物种呢?”

费米微笑道，“问得好。这是语义上的微妙之处。物种的定义是生物的集合，所以从这个意义上来说你是对的。蜂窝是从单独独立个体开始的，拥有有限的独立的思想，但是却进化成了别的东西。但是因为这一个超级生物已经侵占了上万光年的宇宙，所以我们既把它当作单一生物又把它当作是整个物种来对待。”

艾琳决定不再纠结这个问题，下次再来想想整个文字游戏吧。“但是既然它是智慧型生物，”她说道，决定使用单数形式，“难道它不会调整它的行为？我理解它不会心甘情愿停止杀戮非智慧型生物。即使是富有同情心的人类还是会吃肉、或者鸡肉或者是鱼肉。植物也具有生命。所以对于人类来说，放弃杀生就等同于自杀。但是军蚁智慧殖民地至少会拒绝杀戮与之一样的智慧生物。”

“想起来似乎是这个道理，”费米说道，“但是实际却不是如此。智慧型、非智慧型，对于蜂窝来说全都一样啊。”

“你怎么知道的？”

“因为它已经渗透进入我们的一些族群了。”费米单刀直入地说道。

45

会议室响起敲门声，一人端进来一盘瓶装水和冷饮。房间里有咖啡机，史蒂夫·富勒借机给自己来了一杯。艾琳从来都不喜欢喝咖啡，她打开一瓶冰水倒了一杯。

费米也倒了一杯水，艾琳在想是不是所有十七星系的成员都是水做的。她不太了解，不过直觉告诉她，他们会很喜欢喝冰水。

当每个人都喝了些水和饮料了，艾琳将目光聚焦在费米身上，“渗透是什么意思？我以为它们三万二千年后才会到达地球。我是说它不会来到地球。”

“渗透不是物理意义上的。”费米解释道，“蜂窝成员可以在空间时间中进行短途旅行。但是长途旅行，它们必须要开启传送门，它们正在以惊人的速度建造这些传送门。但是一千四百年前，我们发现蜂窝还有另外一种能力：它能够远距离渗透意识，并且抑制宿主的意志。这不容易做到，而且还好不是经常能做到。”

“我们很快发现十七大星系中的十二个星系都被渗透了。剩下的五个星系因为不明原因还在抵抗中。当那些被当成宿主的个体被发现后，他们几乎都被控制他们的蜂窝意志杀死了。但是还是有少数幸存下来，这些为数不多的人让我们能够了解洞察蜂窝意志的思维过程。”

艾琳充满期待地看着他。

“就在一千四百年前，”费米说道，“我们发现蜂窝是极端自私、残酷无情、毫无怜悯心的。这种心态让人完全无法理解。尽管蜂窝意志是一个整体，但是同时它又高度碎片化。它的意志触须布满成千上亿的地方，所以它只有一小部分注意力是朝着我们的方向的。但是它却伸出了触须，进行试探侦察活动。它使用的是量子纠缠的原则，尽管具体的方法我们还不得而知。它试图控制意志，为它进行侵略打好前哨，为几万年以后的事情作好准备。”

艾琳想象着蚁群里的侦察兵，先遣部队，从主体中脱离出来。军蚁的比喻这个时候显得非常有用。

“最终，我们按照这个原理找到了一种非常简单快捷的方法辨别被蜂窝意志控制的个体。十二个容易受到感染的物种发现了相对应的基因能够植入他们整个种群的 DNA 中，让他们能够抵御这种形式的渗透。当基因被修改后，蜂窝侦察兵被赶走，再也回不来了。”

“好吧，”艾琳说道，“那么他们最后一次渗透是在一千三百年前？”

“不是，”费米说道，“花了好几百年时间来完善实施这一对策。所以完全阻挡蜂窝进入十七大星系的意志中是在一千一百年前。”外星人眉头紧蹙，“这并不重要了。我们显然不能让它肆意控制个体并且收集情报。但是即使不使用侦察兵，我们也早就知道我们会被它们拿下。也许军蚁需要足够的情报才能消灭对他们产生威胁的东西。但是我们可能就像是它们整个侵略大军路上遇到的小虫子一样，它们强悍几百万倍，也许根本不需要情报。”

富勒盯着艾琳，扬起了他的眉毛，“我想你肯定很清楚这一切，”他说道，“对于蜂窝行为的描述是不是听起来非常像……心理变态者。”

“是的。我能理解。”她回答道。

这一切都让她感到惶恐不安。超级生物会最终到来，毫不留情。这种自私智能生命如此巨量——数万亿的个体数万年光年——那么这种自私也是惊人的。

艾琳知道许多科学家都认为地球上昆虫殖民是终极的合作体现。但是她现在意识到这一切应该刚刚相反。当然了，如果你把军蚁看作个体，那么他们是互相协作的。它们用自己的身体搭桥这样他们的同类就可以过去。它们随时准备着牺牲自己。但是如果你把它们看成是超级生物，是一个个体中能够独立活动的细胞，个体的行为不再是合作性的。它们非常自私。她自身体内的细胞表现得高度合作，但是它们只有一个目的：维持她是一个个体。

蜂窝肯定跟军蚁一样有着同样无情的需要来前进。所以它只会在乎它自己的需要，满足它自己。任何自身以外的东西都凭它随心所欲——心理变态者的典型标志。

椅子和折磨这样的词会让正常人大脑不同的部分作出反应；

从本质上就把这两个词区分开来。但是心理变态者不会。同样的，对于正常的感性物种，感性生活和非感性生活会被明显区别开来。但是对于蜂窝意志来说却不会。

“在我看来，蜂窝似乎不只是心理变态。”艾琳说道，“它是最极端的心理变态者，最极端、最暴力、最无视一切的心理变态者。”

“非常正确，”费米说道，“尽管十七大星系没有一个星系了解这样的情形，因为我们都是温顺的绵羊。”

“叫你们绵羊你们不介意吗?”艾琳说道。

“不介意。正是这样才让我们成为绵羊吧。我们知道有些人类如果被叫做绵羊他们会生气的。但是我们了解我们自己。放在社会的不同集群中，这样的比喻很恰当。我说过，狼群在了解宇宙之前，就已经撕碎了自己，而绵羊不会。”

艾琳点点头。“继续说，”她说道。

“根据我们现在所知道的一切，”费米继续说道，“蜂窝到达的时候，我们会听天由命。我们很快就会被消灭。”他突然双眼放光，“但是当我们发现你们的时候，简直就是奇迹。你们各个方面都符合我们苦苦寻找的那个物种。我们想要解救你们这样的种族，把你们培养成我们的带头人。这样即使停滞发展几亿年后我们也不会灭亡。但是现在这件事儿却分外紧迫。我们四个人被选中来执行历史上最重要的任务。保护你们，这样你们就可以带领我们在蜂窝到来时对抗蜂窝，这样我们才有幸存的希望。”

艾琳摇摇头，“但是我们的科技落后你们太多。而你们的科技似乎又落后于蜂窝种族。我觉得我们可能跟你们一样没有什么用。我们可能是狼，但是狼对于坦克来说跟羊对于坦克来说没什么区别。”

“错!”外星人坚定地说道，“我们接受到你们第一次信号后，你们的发展简直不可思议。让人瞠目结舌。你们第一次无线电传播只是一百年左右以前，使用真空管，在宇宙时间的一瞬间，你们就掌握了相对论、量子力学、基因工程、移动电话、超音速飞机，并且在量子计算上起步了。我们将是十七大星系中最早攀登上科技巅峰的星系，你们一百年间做的事儿整整花了我们四千年的时间。而且你们的发展还在不断加速。你们有永不满足的好奇心，永不枯竭的驱动力。你们得寸进尺。你们有了十亿美元，你们还想要十亿美元。你们野心勃勃。如果我们能够帮助你们度过这个关键的时期，你们可能对蜂窝构成威胁。即使你们只有一千年的时间来准备而不是三万二千年。

艾琳在回味他的话时，房间里一片寂静。所以这四个保鲜膜人的任务具有深刻意义，他们不只是为了他们单个种族的未来，还是为了整个星系的未来。

“那么你们四个是怎么选出来的?”她问费米，“你们四个一定有特别之处吧。”

费米笑了，“是的，但是挺讽刺的是，让我们在萨朗星上成为反面教材的特点，却让我们入选了。在各项测试中，我们四个是我们种族中最具进取心、竞争性、最有动力的，也就是羊群中最不像羊的四个。我们比地球上最和平的素食主义者都还差得远，但是我们确是我们种族中为数不多能够忍受地球上残忍暴行的人。”

艾琳忍不住笑了，“不是开玩笑吧?”

“绝不开玩笑，”费米说道。

“回到正题上，”史蒂夫·富勒说道，“保鲜膜人是最近才跟我们说了关于蜂窝的事儿。在取得我们的信任之前，他们不想让我们知道这么疯狂的故事。然后他们吓到我们了。世界永远不会知道他们的贡献有多重要。但是他们说明了这一情况后，我们开始考虑如何采取最佳的战略步骤应对。绵羊，即使是绵羊的计算机都不可能像野狼一样制定战略。”富勒扬起了他的眉毛。“这样就把你牵扯进来了。”

“我必须说我还没有想清楚我是怎么被扯进来的。”

“我们决定要加速这个进程，”富勒说道，“增加人手。进行头脑风暴，分析敌人，现在就着手准备。保鲜膜人对于要提供给我们技术很紧张，他们要确保我们不会玩火自焚。”

“你也知道，我们人类很可能自我毁灭，”艾琳说道，“就像是不要给一个疯狂的青春期孩子一把上了膛的手枪，而且这个孩子还可能是你的未来的救世主，这样不明智。”

“先不说明不明智，”富勒回答道，“即使没有他们的科技，我们也可以找到更好的方法加速我们自己的发展。我的观点是，如果每个人都知道十七大星系的历史，我们将要在星系大家庭中所扮演的领导角色，以及蜂窝三万二千年以后的威胁，人类是会团结起来的。至少比我们现在好。”他叹了一口气，“不过这件事儿以后再慢慢讨论。现在，我们正在帮助十七大星系了解即将来临的敌人。他们计算机上有所有从蜂窝上收集到的情报。当我们意识到蜂窝的行为跟罕见的食人狂魔心理变态者非常相似时，我们想到也许心理变态研究方面的专家能帮上大忙。”

当然了，艾琳暗想，她怎么会没有想到呢。

“我看到了《华尔街日报》那篇报道，查了查你的背景资料，”富勒继续说道，“你正是我们要找的人。睿智、专注于心理变态者的研究、年轻。而且你用远程方法探测心理变态者的想法可能会对我们阻止地球上最危险人类目标有帮助。”

“现在，你的招聘电话总算说得通了。”艾琳打趣道。

“我对你了解越多，越觉得你适合这份工作。我希望你能够组建起一支核心小分队进入我们的敌人的大脑中。至少比十七星系的好。分析所有已知的蜂窝行为。”他顿了一下。“我计划建立的这个大团队当然还会有外星生物学家。但是，我们希望你能够带领我们叫做外星生物心理学家的团队。”

艾琳必须承认这样的职位听起来非常诱人，具有挑战性还非常重要，比天天进监狱有趣多了。

“我刚刚说过，”富勒继续说道，“我们还在为要不要向全世界宣布带来的后果有所争论。研究这是不是我们在接下来的五到十年要做的事儿。所以我们需要顶尖的心理学家和精神病领域的医生来预测人类会对这样的事实作出何种反应。这是会让我们的种族更加团结？还是会带来恐慌？这样的事实会让我们更加坚定？即使敌人三万年后才会到来？”他盯着艾琳，“我也想让你参与进来。”

艾琳点了点头。“这样一切都能说得通了。但是在开始招聘我之前，你知道我需要见到一个保鲜膜人。这样我就能相信你所说的。所以你要我飞到你们总部，对我进行入职培训。”

“完全正确。然后我们不断对你进行审查。收集你的资料。我们监控了你的手机。”富勒摇摇头，“遗憾的是，我们没有机会窃听你们的对话，直到我跟你会面那天。但是你无法想象我有多吃惊，当我打开录音听到德雷克的声音。”

“对了，”艾琳说道，“我以为德雷克不再为你们工作了，你们不会吃惊吧。这是怎么回事儿？他跟你们其他人意见不合吗？”

“不是，”富勒说道，摇摇头，“他在一次爆炸中被炸成了灰。”

46

凯尔·汉森专心致志地听着艾琳讲述她在棕榈泉和史蒂夫·富勒以及叫做费米的外星人的见面。五分钟以前，当她开始讲的时候，她还是站着的，不过现在她已经把手滑到钢支柱的底端，盘腿坐在了冰冷的车库地上。不过很快她又开始往下倒，声音变得非常微弱。

最后，她一言不发了，汉森看得出来她努力想要睁着眼睛。

“艾琳?”他担心地喊道，“艾琳你还好吗?”

“不好，”她细声说道，声音几乎小到听不到，“我觉得……头晕，低血糖休克。”她嘟哝说着。

“你有糖尿病?”汉森简直不敢相信。德雷克怎么会不知道这个信息呢?即使是成年型糖尿病，这也应该在她的档案中。

“我故意没说的……不想表现出……软弱。”

汉森完全不敢相信。他知道她不想表现出软弱，但是她似乎不是连这样的信息都要隐瞒的人。

这一切都是真的吗?一件事儿接着一件事儿?正在艾琳向他透露她为什么行事令人费解的原因时，已经说了一半，正要进入关键部分时?如果真的有上帝，那么上帝肯定不是眷顾凯尔·汉森和艾琳·帕尔默的。接下来会发生什么?地震?

不过比起她还没有讲完的故事，她那危在旦夕的生命似乎更不可预期。汉森隐约记得糖尿病的低血糖休克如果不及时治疗是可能致命的。

艾琳指着亚林司盖放在展示柜上的她的那些物品，银色的圆筒还放在那里，“胰升糖素注射。”她虚弱地说道，“紧急情况。注射……大腿。”说完她双眼紧闭，失去了知觉。

汉森竭尽全力大声呼喊，一直高声叫喊着，直到吉布和亚林司盖冲进车库，手持着手枪。

门一打开，汉森停止了叫喊。

两个雇佣兵检查了房间确保没有潜在威胁，囚犯还被锁着，没有紧张的理由，他们放下了武器。

汉森用他没有被锁上的手指着艾琳，“她低血糖休克了。”他快速说道，“那个你们从她身上搜出的圆筒是紧急……我觉得她说的是胰升糖素。不管是什么，你们马上给她注射。快点！”

两人互相对望了一下，似乎不知道该怎么办。

“你们知道德雷克还想审问她的，”汉森咆哮道，“你觉得老板要是知道她死了还会拍着你们的背给你们奖金吗？快点！分分钟都宝贵！”

吉布走向不锈钢圆筒，然后小心翼翼递给了汉森，似乎是定时炸弹一样，随时都会爆炸。“打开。”他说道。

汉森朝吉布示意让他放到他被铐着的右手上，吉布递给他后，汉森用大拇指和食指固定着金属试管，然后用那只没有铐着的手按压一端的小金属钮，希望能够打开。不出所料，银色试管的一部分滑进了另外一半，一个玻璃管的注射器装满着无色液体露了出来。

“拿着，”汉森说道，“小心点。”

看到圆筒里装的正是汉森刚刚所说的，不会对吉布造成威胁，所以他就按吉布说的做了。

“插进她的大腿里，”汉森喝令道，“赶紧！确保全部注射进去了。快！”他大叫。

吉布从他脚踝的刀鞘中拔出一把匕首，在艾琳的裤子上划了一个口子，这样就不会在插进去时，让针头折断在裤子上，他把针头扎进她的腿上，将整整一管液体注射进去。

汉森发出呼唤声，然后又小声说道，“谢谢你!”

吉布和亚林司盖都在车库没走，看看接下来会发生什么事儿。几分钟后，艾琳眼皮就眨了几下睁开了。

她望着汉森的眼睛，微微一笑，“谢谢你。”她轻轻说道。她看到吉布手里还拽着空的注射器。“还有你。”她对他说。

“你会好起来吗?”汉森问道。

艾琳点点头。“已经好了很多了。”

又恢复了几分钟，艾琳从地板上站了起来，看着吉布说道，“谢谢。”她再次道谢。“我现在没问题了。没必要再守着我了。”

吉布回味着她的话，几秒钟后终于作了决定，他转向亚林司盖，“我们走吧。”他说道。几秒钟后他们就穿门而出，走向别墅里，消失在视线中。

在他们离开后，汉森盯着艾琳，眼里充满了责备的眼光，“艾琳，我知道你不希望表现出软弱。但是保守这样的秘密不让人知道是非常危险的。”他转过头，“上帝呀，你可能会死的。”

“这样确实很蠢。”艾琳承认道。“而且时机还非常不巧。但是我们下次再来讨论我是不是很傻吧。”她继续说道，她的声音立马充满了力量，“现在，我要讲完这一切到底是怎么回事儿。”

汉森点点头，“你继续吧，”他说道，非常希望能听完剩下的部分。并且也非常急切想要知道命运还会给他们安排什么样的困难让他们去挑战。

47

“德雷克在爆炸中被炸成了灰?”艾琳重复了一遍，这是什么意思？

“很显然嘛，”史蒂夫·富勒继续道，“关于他的死亡的报告被夸大了。”他扬起了眉毛。“但是我们那个时候并不知情。我们是最近才知道的。在收集关于你的信息的时候才发现的。从你的手机上听到那个怎么也不会错的声音的时候，想象一下我们有多吃惊。”

“是不是他制造了死亡的假象，这样他就可以完全消失？”艾琳问道，“这样他就可以比其他的保鲜膜人采取更加激烈的行动来拯救我们？”

富勒摇摇头，“这是保鲜膜人历史上最重要的任务。这根本不可能是他的动机。没有人比德雷克更加了解我们所做的一切。”

“那还有什么可能的解释呢？”

“蜂窝，”费米冷冷地说道，“一定是找到了突破他的防御对他进行控制的方法。这让我们非常非常担心。”

艾琳眯起了眼睛，“你真的认为蜂窝意志的一部分已经出现在了地球上？”她说道。

“必须是这样的。”费米说道，“蜂窝是如何得知这个任务的我们无从得知。但是真相就是，这是一场战争的关键点，本应该在三万二千年后才出现。所以蜂窝使用比平时多得多的力量来渗透德雷克的意志，并不会让我吃惊。他想要占得先机。但是德雷克在基因上就已经专门对此进行了防御，我一直觉得无论蜂窝如何尝试，都不会成功，不过现在证明我们错了。”

“但是你们怎么知道这是真的呢？你自己都说不可能有漏洞的。所以也许有其他难以想象的原因呢。也许德雷克因为在地球上待太久发疯了。”

“我倒是希望如此。”费米说道，“但是听到他的声音，听到他的目的——跟你一起治疗心理变态者。我们立即意识到蜂窝在战争开始之前就想赢得胜利的绝妙计划。”

“我不明白。治疗心理变态者听起来更像是保鲜膜人的计划。一个忍无可忍的保鲜膜人想要进攻而不是防御来保护人类。如果德雷克是被蜂窝控制，他为什么不让我们毁于核战争？”

“太冒险了。”费米说道，“我们来推演一遍整个过程吧。蜂窝最终成功控制了德雷克。地球上的保鲜膜人都被非常好地保护起来，我们从来不能出现在相同的地点。就像是你们国家的总统和副总统从来不坐一架飞机。相信我，这里的安全措施比看起来要严密得多。那么德雷克，我们现在把他叫做蜂窝德雷克，他不再受自己控制，不能保证攻击我们会成功。如果他失败了，我们肯定会警觉，蜂窝意志会被我们剿灭，蜂窝就再也没有机会了。”

艾琳双唇紧闭。“这解释了他为什么没有攻击地球上的保鲜膜人，但是这不能解释他为什么没有攻击人类。”

“因为他知道我们还在，到处监视。”费米说道。“即使他成功制造出了致命的高传染性的生物病毒，并且躲过了我们的监视，但是一旦有人死亡，我们还是会发现，我们会使用我们的科技和计算机对抗这种病毒。即使这会让一半以上的人类被消灭，让我们的文明倒退几百年，但是蜂窝三万二千年以后才会到达，分析显示这次受挫，从长期的角度来说，只会让你们更强大。就像是断骨在治愈后会更加强健，或者是部分的烧毁会让森林更加茂密。”他停顿了一下。“但是我们没有必要推测。因为我们知道蜂窝德雷克想要干什么。首先，他会伪装德雷克的死。你觉得接下来他会干什么呢？”

艾琳耸了耸肩，“不知道。”

“我们几乎可以确定他首先会把凯尔·汉森招入麾下。”费米说道，“凯尔能够帮他利用地球上有限的零部件打造一台初级的量子计算机，跟所需的人类咨询师和合作者打交道。”

“据你告诉我们的来判断，”史蒂夫·富勒继续说道，“蜂窝德雷克一定说服了凯尔跟他一起参与现在这一切，我被说成是危险的军火商，杀害了其他三个保鲜膜人。这可能就是凯尔没有向你提到其他保鲜膜人的原因。不过现在这点并不重要——至少根据他所说的真相是这样的。”富勒摇摇头，“凯尔也在六个月后制造了他死亡的假象，这样他就能全面加入蜂窝德雷克。”

艾琳点点头，但是没有做声。

“我们本来会对凯尔委以重任等他一旦从卡内基梅隆大学毕业，”富勒继续说道，“他的死让我们受到了重创。不只是因为他的聪明智慧，当然这是非常重要的一部分，而且还让你想象不到的谦虚。而且我们还监控了，挖出了他的一切，喜欢上了他，他是一个好人。”

艾琳自己也很快得出了这样的结论。

“凯尔提过很多次德雷克使用量子计算机。”艾琳指了出来，“所以他们肯定是成功了。”她眉头紧蹙，满脸迷惑，“但是我还是没弄懂。蜂窝的伟大计划就是为了治愈心理变态者？这对他们有什么好处？……他？”她自己纠正了自己的用词。

“就像我说过的，蜂窝德雷克知道我们还在到处监控，”费米说道。“我们还有量子计算机和其他所有能力。我们对一切可能引起大规模破坏的东西进行扫描监视：核武器、生物武器、化学武器以及其他任何东西。我们对采购物品和其他信息进行匹对，如果他试图进行任何形式的大规模杀伤性武器攻击，我们都可以阻止，即使是蜂窝在这里。我刚刚说过，他不能消灭整个人类，你们人类几千年后会变得更加强大。”

外星人摇摇头，“但是我们不是寻找能够打造原始的量子计算机的人，”他解释道，“或者是能够制造出治疗方案而不是致命方案的人。简单来说，他知道治疗方案一定可以逃过我们的雷达扫描。我们不会产生一丁点的怀疑，直到地球上每个人都被感染了。”

“好吧，然后又怎么样？”艾琳说道，还是没想明白，“治疗方案会让你们实现保护我们的目的，降低我们自我毁灭的概率。”

“不是，”费米坚定地说，“治疗方案会削弱你们。治疗方案会让你们失去你们能够发展到这一步最根本的素质——那是你们积极的因子。”

“不可能！”艾琳歇斯底里地叫道，“我不相信！是的，心理变态者是残忍且无畏。在商业方面或其他方面他们的胆量和无畏可能是积极的因素。心理变态者会非常能言善辩，还会不走寻常路，他们太具有破坏性，且破坏性大于创造性。”

艾琳记得告诉过汉森电车实验研究，研究指出心理变态者比常人是更好的功利主义者。从另外一个角度来说，核弹可能比普通炸弹更具有威慑力，但是这又如何？这对于核弹被引爆摧毁整个世界来说只是微不足道的安慰。

“我们同意，”费米说道，“在那些心理变态者身上，他们基因所带来的负面影响远远超过了积极的一面。但是蜂窝的治疗方案会将这种基因从人类基因库中永远抹去。不只是心理变态者。他发现了多少心理变态基因？”

“八条。”

“好的，想象一下你运气不好，八条基因都在你身上，你是一个心理变态者。对于社会来说是巨大的负面影响。但是如果你只有其中四条基因呢？那会让你变得如何呢？可能比常人更加自私，更有野心，更愿意冒险，没有什么同情心。但是在这种情况下，这些好的特质能够推动社会向前发展，超过它所带来的负面影响。我们用计算机作了分析，如果从人类基因库中去掉所有八条能够产生心理变态的基因，人类就失去了她的利剑。他们不会成为十七大星系那样的绵羊，但是他们会失去贪得无厌的动力，他们最厉害的竞争力，不再对蜂窝构成威胁。”这是真的吗？心理变态者是帮助人类统治这个危险的星球所拥有的最极端不受欢迎的特点吗？这是艾琳从来没有想过的问题。

“我们把所有信息都输入进了计算机。”外星人说道。“分析显示以蜂窝的角度来看，把蜂窝德雷克打入我们内部是他们的上上之策，是最可能实现长期目标的策略；也就是把人类的棱角都磨去，在蜂窝最终到达地球之时，人类不再成为他们的威胁。”

“你确定你和蜂窝没有高估这些基因对人类动力和野心影响的重要性？”艾琳问道。

“问得好，”费米说道，停下来作沉思状，“你有没有看过最早的《星际迷航》电视剧重播。”

艾琳摇摇头，不知道他想说什么。

“我是铁杆粉丝，”费米说道，“很讽刺的是，我的一个保鲜膜人同事叫做吉恩·罗登贝瑞（《星际迷航》电视剧的创造者）的，反而不是粉丝。”

“什么？”

“没关系，”费米说道，“反正我读了《星际迷航》所有剧本。我没看电视剧，因为受不了电视剧里的暴力场面，读剧本我可以轻松地将暴力部分跳过。”

“好吧，讲的是什么？”

“有一集叫做《内部敌人》，我想在这一集中就非常好地说明了为什么有些负面的特点在适当控制的情况下是必须保留在你们种族的原因。在这一集里面，传输机把科克分成了两个一模一样的人——至少是外形看起来如此。但是其中一个人完全是心理变态者，另外一个就是一只绵羊——跟十七大星系的人很像。这一集里精彩的地方就是富有同情心的科克老是作不了困难的决定。他们使他失去了能力。他完全不能作决定。一无是处。另外一方面来说，心理变态的科克就一直都怒气冲冲，行为异常。”

“我不得不承认，”富勒说道，“我们发现蜂窝德雷克想干什么以后，费米让我看了这一集，是很好看的一集。”

“我的生活要是恢复了正常，”艾琳苦涩地说道，“我肯定也要去买来看。”

“接着说，”费米问道，“麦考伊和斯波克对情况进行了分析。麦考伊对富有同情心的科克说了下面一段话，我原文引用一下：‘智慧、逻辑，你似乎就用了所有这一切，这也许就是一个人最基本的勇气的来源。’但是后来，斯波克，一位人性的学生告诉了麦考伊后面的话，这段话跟我们的讨论最相关：‘是什么让一个人成为出色的领袖？我现在看到的是他的负能量的一面让他变得更加强势。一个人的邪恶的一面，如果你愿意加以控制和管束，对于这个人气场来说非常重要。’”

艾琳差点就拍案叫好了，冥冥之中刚刚那些台词不就是现在情况的重现么？一个外星人像脑残粉一样引用《星际迷航》的句子真的是太不真实了，“非常有趣，”她承认道。

确实是这样的。费米的计算机已经证明了她自己的判断，心理变态的负面影响在基因完美风暴所带来的积极因素面前黯然失色。但是她也看得出费米的想法，人类保留一部分这样的基因对于人类要担当的领军角色必不可少。

房间里的人都陷入了长长的沉默。最后，富勒朝艾琳点点头说道，“就是这样了。我们基本上把所有情况都尽可能地跟你讲清楚了。我知道你还需要好好想想。不过你相信我们吗?”

艾琳意识到自己是相信的，就如实告诉他了。

“我们需要你的帮忙。”富勒说道。

“别担心。我不会给德雷克那些制剂的详细信息。他不能进行这个计划的。”

“只是现在而已。”富勒说道，“这不会阻止他又从头开始再次尝试的，或者其他的计划。我们完全不知道蜂窝的全部能力到底有多强，整体计划到底是怎么样的。我们现在就必须终结他们。”

艾琳陷入思考，“你们想让我做什么?”她问道。“为什么凯尔不能参与我们的谈话？为什么让他昏迷躺在那里?”

“我们非常肯定人类是蜂窝意志不能渗透进入的种群之一。”费米说道。“但是就在几天以前，我们还没有怀疑德雷克。所以有可能比平常更多的蜂窝集中了数年的力量进行渗透。凯尔已经和蜂窝德雷克工作了很多年。”

“你们不会觉得凯尔也被控制了吧?”

“不是，”富勒说道，“我们觉得这种概率很小，但是不幸的是，如果随意假设冒的风险太大。”

“他不可能。”艾琳坚持己见，“相信我。我们俩已经……”她话说了一半。“嗯，我的意思是我，呃，我们俩已经在一起了。非常亲密的。”她加了一句，他们的表情让她相信她并没有吓到他们，虽然她不知道他们怎么会知道的。“有一些反应是装不出来的。”她继续说道，“他就是真真实实的人类。”

“一千四百年前，当保鲜膜人家族的人被渗透的时候，他们毫不知情。”费米解释道。“即使渗透被控制住了，这种渗透是可以控制生理和社会反应的，具有仿真功能。被控制时，蜂窝能够运行刺激反应程序，被控制的个体不能中途停下来。无论真的凯尔·汉森会说什么，不论他会作出如何的回应，蜂窝都可以控制这些通路，并且得知结果。然后选择一模一样的反应。所以实际上，你看到的就是凯尔·汉森，从里到外，彻彻底底，包括个人癖好或者生理反应。除非他选择不要如此反应，如果蜂窝意志渗透进入的个体即使就像蜂窝一样表现几分钟，它也会暴露的。”

这确实挺麻烦的，但是光从逻辑上来讲，艾琳还是完全相信凯尔就是凯尔，但是她能理解为什么这个团队如此小心翼翼。“你们确定其他保鲜膜人没有被渗透吗?”她问道。

“确定。”富勒说道，“保鲜膜人知道迹象标志。他们非常微小就像是量子信号一样，但是他们的计算机知道怎么找到这些信号。保鲜膜人都没被感染，除非这三个人都被控制了。但是他们第一时间通知了我们蜂窝和我们现在的情况，我们知道现在他们并没有被控制。”

“如果你们知道迹象标志，”艾琳说道，“你们为什么不能排除凯尔?”

“我们对于人类的迹象标志几乎一无所知，”费米说道，“再说一次，我们甚至都不确定你们种族是不是能够被渗透的。”

“好吧，”艾琳说道，“我也跟德雷克合作了很多年了。那么你们怎么知道我没有被渗透呢?”

“我们监听了你和德雷克的对话，”富勒答道，“德雷克非常想要你的治疗配方，但是你没有给他。”

艾琳点点头，“你想说什么?”

“我们在讨论的时候，”富勒说道，“假设我们能够说服你帮助我们，我们进行了团队头脑风暴，编出了一个能够让你和凯尔重新回到德雷克那里的假故事。”

“编故事来干什么？”

“我们刚刚用了些时间来告诉你是怎么一回事儿，”富勒说道，“但是我会跟你讲讲这个假故事，看看你觉得是不是可行。”

艾琳点点头。

史蒂夫·富勒从口袋里拿出手机，不到三分钟，又来了一个人，手臂用绷带吊着，就是那个进入艾琳酒店房间的男人。

“我布置给布鲁克队长和他的手下一个艰巨的任务，”富勒说道，“他们必须毫发无损地抓住你们两个，但是还要有要求，他们必须让凯尔在你之前失去意识，这样我们就可以晚些时候让他相信你成功逃脱了，而且还救了他的命。这样我们就不用使用暴力，或者他根本不相信。队长表现得非常好，自己冒了很大风险，因为我的要求严重束缚了他的手脚。”

布鲁克朝富勒点点头，感谢了老板的赞赏。然后他转向艾琳，“我一定得谢谢你枪下留人。”他感激地说道。他朝自己受伤的手臂做了一个手势，“打得好。让我出局但是没让我受任何永久性伤害，我欠你一个人情。”

“是呀，呃……不用谢。”艾琳说道，慢慢咧开嘴笑道，“我必须承认，我还不习惯别人因为我朝他们开枪而感谢我的。”

“女士，你朝很多人开过枪吗？”布鲁克说道。

艾琳大笑道，“没有，你是第一个。”

“很荣幸。”布鲁克浅浅地笑了一下，“不论何种情况，我的团队都想出了一个可行的假故事。”他接着向艾琳描述了艾琳在仙人掌酒店救凯尔的英勇行为。“我们找到一个绝佳的地点，你可以告诉凯尔，你躲在那里等待他醒过来。我们很是得意。你知道图森有一条干涸的河流吗?”

“是的,”艾琳说道,“我的室友告诉我的。圣克鲁斯河。”

“很好。不过等你一飞回去，继续伪装的时候，我们就想把你放在那里。在桥下，然后把雷克萨斯给你留在机场。”

“一辆雷克萨斯？我怎么解释?”

“你跟你的导师去开过会吗?”

艾琳摇摇头。

布鲁克微笑道，“呃不过凯尔·汉森不知道这点，对吧?”然后，耸耸肩，他加了一句，“我觉得你的导师是会开雷克萨斯去机场那种人。”

48

艾琳·帕尔默总算讲完了汉森昏迷后所发生的一切，汉森竟一时无言以对。这么多年来，他一直相信史蒂夫·富勒已经背叛了保鲜膜人，把他们都杀光了。只剩下德雷克。他一直相信德雷克是全心全意想要拯救人类的。

而现在呢？难以置信。五万八千光年以外的一个冷酷无情的物种，能够控制保鲜膜人派到地球的特使的物种，让地球上的保鲜膜人以及描述中的十七大星系都在其面前都显得脑洞开得不够大。

但是汉森相信每一句话。艾琳不可能还有其他方法能够知道费米，或者另外一个叫做罗登贝瑞的保鲜膜人。这是唯一说得通的解释，为什么她会改变立场，为什么德雷克能在她身上找出那些电子设备。

这一切得到了很好的解释。德雷克在车库里的反应就足以说明这一切。他不但表现得不像是一个和平主义者，而且似乎还很享受让我们很不舒服的事儿。这么多年来，汉森不止一次发现德雷克的行为跟他最初了解的保鲜膜人有太大出入。但是他每次都为德雷克开脱。

汉森吃惊地盯着艾琳，“所以他们派你回来当卧底？”他说道，“然后能够定位这里……定位蜂窝德雷克，帮助富勒阻止他。”

艾琳点点头。

“是不是就是因为这样你昨晚才不跟我亲密一些？”他突然问道。“因为你觉得我可能是蜂窝凯尔？”

艾琳笑了，“不是。我确定你是人类。他们太神经质了。但是我的头骨里面装着窃听器呢。富勒和他的人都在监听。我觉得想着一堆人坐在监控的另一端盯着……我们做爱的……那杂音……有点让人放不开。”

汉森做了一个鬼脸。“不是开玩笑，”他同意说道，“那传出去我们就成裸奔者了。但到底是什么让你这么确信我没有被控制呢？”

“从五万光年之外控制一个人的意志一定非常困难——即使你能将你的想法立即传输出来。而且，很明显，要控制人类不是简单的活儿。蜂窝一定是很多年前就开始了。控制你有什么用呢？他们已经控制了德雷克。为什么要消耗力量来控制两个肩并肩一起工作的人呢？”

“好吧，让我告诉你，没有人控制我。”

“要是你被蜂窝控制，你一定会这样说的。”

汉森皱着眉头，“说得对。”

“别担心，凯尔。”艾琳微笑着说，“我说过，我对你深信不疑。但是我向富勒保证过，在德雷克被杀死之前，没有确定你是没有被渗透时，我不会冒险告诉你这一切的。”

“那计划是杀了德雷克?”汉森说道，“说了他不会对蜂窝造成伤害。他死了，他们就会抛弃他的意志思想。有没有办法把蜂窝意志弄出他的意志来救他?”

“恐怕没有。至少据费米说是没有的。现在，蜂窝的控制力太强大了。如果蜂窝要离开德雷克，它一定会想办法弄死他的。杀了德雷克是唯一的方法。”

汉森陷入了沉思，“有没有可能富勒没有被德雷克的追踪系统骗?”

“可能不会。”艾琳眉头深锁，“我们只能靠我们自己了。富勒承诺过不会让这样的情况发生。他的防卫计划中，他根本不知道德雷克会发现这些电子设备，进行这么聪明的反追踪。”

“蜂窝表现出来非常厉害的骗术。”

“对的。但是我觉得我们人类还是骗术方面最顶尖的。我觉得蜂窝还只是很有天赋的，但不成熟。我们人类才是这方面真正的专家。”

“有可能。”汉森说道。“不过可能这保持不了多久了。我们失去了。你知道为什么德雷克离开。去释放病毒。富勒又被骗去追踪假的车，现在没有办法阻止他了。有趣的是这个治疗配方短期对于人类来说是福音。即使最终它会耗尽我们人类前进的动力，放缓我们的科技进步，即使它会让我们在一场我们永远没可能看到的战争中失败。”

“别这么肯定我们一定会战败。”艾琳说道，“德雷克在上一轮赢了，没错。让富勒完全出局让我们损失很大。但是事情并不完全是表面上看上去的那样。”

“你什么意思?”

“我不能告诉你。”她说道，“因为德雷克非常可能在这个车库里装了窃听器。”

汉森的眼睛睁大了。他怎么就没想到呢。但是她是对的。这很明显。不然为什么他们俩被单独关在这里无人看管？

德雷克一定是想让他们俩毫无顾忌地聊天。他希望在他进行审讯之前他们俩就能提供一些有用的情报。

“不管了，”艾琳继续说道，“故事就是这样的。我可能漏掉了什么。”她加了一句，慢慢地点头，同时给汉森使了一个眼色。“不过我觉得我把大部分都讲完了。”

汉森紧张地看着她好像是想读懂她的心思。她已经泄露了还有内幕，她不应该知道的。但是他怎么也想不出到底是什么。他们两个被关着，没有武器，没有后援，德雷克肯定已经完成了病毒释放。

艾琳把手指放在她的嘴唇上。然后她开始紧缩她的手，那只被铐在健身器上的手。她居然可以把她的手变得那么小，她轻轻倾斜了手腕，在手铐上腾出更多空间，即使如此，即使用她另外一只手要把她被套住的手从塑料手铐上脱下来也是不可能的。

她并没有气馁，她一脸的专注，她开始看到她手上的皮肤嵌进了塑料里，鲜血开始渗出，她弯曲着她的手腕，让鲜血沾满整只手，当成是润滑剂。汉森被她的冷静惊呆了。她没有痛苦地呻吟，她脸上除了坚定不移没有任何表情。

正当艾琳的手快要挣脱出来的时候，门突然开了，德雷克、布尔加特、吉布和亚林司盖进到了车库里。

亚林司盖看了一眼艾琳，举起了枪，“你的手铐有什么问题吗？”

艾琳摇了摇头，“没问题。你为什么这样问？”

德雷克瞪了一眼人高马大的雇佣兵，“用枪指着她，别让她从手铐里出来跑了。”他说道。

“收到！”亚林司盖说道。

“那么，”德雷克说道，面朝着两名囚犯，“聊得还开心吗？”

“别假装你没有偷听！”艾琳说道。

“我听了，但是没有听全。我在忙着释放病毒呢。现在你们无法阻止了。”

“是怎么释放的？”汉森真切地好奇地问道。

德雷克朝矮个子基因学家做了一个手势，“我让麦克斯把配方分装在了30个半满的香水瓶里。”他回答道。“我们要确保它闻起来不错。我之前已经招聘了30位女士到丹佛国际机场的航站楼喷香水。假装是自己喷。我向她们解释是为香水公司做的市场调研，随后会对乘客作问卷调查，看看他们是否在机场闻到宜人的气味了。”

“厉害！”艾琳不得不承认道，“要进行全球感染，还有什么地方会比国际机场更好的呢！”

“非常正确！”德雷克说道，“丹佛机场是你们地球上最繁忙的十五个机场之一。就在我们说话的同时，已经有被感染的乘客搭乘飞机抵达美洲的任何一个城市了、世界上的大多数的国家。要不了几天，世界各地就会布满数以万计的感染源中心。感染性这么强的病毒不需要费什么事儿开始，但是为什么呢？”

汉森把头转向了基因学家和两名打手。“你们有人听到我和艾琳的对话吗？”

三人都表明他们没有听到。

意料之中，汉森暗想。德雷克肯定只会让他自己一个人听到他们俩谈话的内容。但是德雷克的人类团队都在这里。也许他可以在他们心里埋下怀疑的种子。可能不会奏效，但是也是有这种的可能性的。一个五万光年以外的邪恶蜂窝意志正在控制德雷克？心理变态者的治疗配方是消耗人类进步伟大计划的一部分？让这些人相信这些太困难了。但是汉森还是决定要告诉他们这一切。

“你们都知道我曾经是最支持德雷克的。”他朝车库里的人类开口说道，语速非常快，因为他知道德雷克会随时让他闭口。“但是艾琳让我相信德雷克骗了我。他也在骗你们。所以听我说，不要让德雷克朝我开枪。没有什么比这更危险。如果你们听我说了，还是不相信我，那么就朝我开枪。”

吉布思索了一下，“行，”他说道，“我们就听你说，为什么不呢？告诉我们，我们是怎么被骗了。”

“不行，”德雷克说道，“马上向他开枪！”

“如果德雷克没有隐瞒什么，”艾琳说道，“他为什么这么急迫想要杀了我们？”

汉森盯着基因学家的眼睛，“德雷克告诉过你他是彻底的和平主义者，是不是，麦克斯？开枪听起来像是和平主义者说的话吗？”

“我说朝他们开枪！”德雷克暴跳如雷说道。

吉布犹豫了。

德雷克恶狠狠地摇摇头，“没关系，”他说，“你们这些人很快就都会没用了。”

突然，布尔加特和两个打手突然跪下，痛苦挣扎并尖叫着，两个打手拿着的武器落在他们身旁的地上。他们继续在地上一边打滚一边叫喊着，就好像是他们的身体被人泼了盐酸。

汉森瞥了一眼德雷克，他没有动，看起来很心烦。

尖叫持续了几秒钟，然后所有三个人都晕了过去，同时晕了过去。空旷的车库里骤然安静下来。

德雷克走向三个失去知觉的人，从地上捡起其中一把枪，然后朝他们三个的脑壳分别开了一枪，他的表情从始至终没有变过。

德雷克在进行冷血屠杀的同时，艾琳又再次继续她之前想要挣脱手铐的努力，刮下了更多的皮肤，但是小心翼翼没有刮掉手腕上的皮肤，保护桡动脉。她英勇地把手腕以上的皮肤都活生生剥掉一直看到骨头，但是总算挣脱了。

在德雷克朝最后一名他的前雇员射击完毕后，他扔掉了枪，转身朝向艾琳，面对面，艾琳手腕上流下的鲜血一滴一滴溅到了光滑的地板上。

被蜂窝控制的外星人摇摇头，似乎对艾琳可悲的抵抗行为感到厌恶，“你向我再走一步，我就会像对他们一样灭了你。”他警告道。

艾琳没有回答，但是她待在了原地没动。

“现在让我跟你把事情讲清楚，凯尔，”德雷克说道，眼睛一刻也没离开过艾琳·帕尔默。“艾琳说她做了些手脚的意思是她给我的配方不是真的。”

汉森瞄了艾琳一眼，艾琳吃惊地睁大了眼睛。

“是的，艾琳。你的把戏我都知道。你觉得我为什么会首先怀疑你？你给我假配方的时候，我就知道不对劲了。你小憩的时候，我让吉布扫描出了你的窃听器。”

“你怎么会知道我给了你假信息？”艾琳不解地喃喃自语道。

“谁也不能保证你能够活下来来到这里。所以我决定我还需要有备选计划，万一你没有成功。我一直在等，等到富勒把监控从你的公寓撤掉，然后闯了进去，我很小心没有惊动任何人，没人知道我去过。不过我确实打开了你的电脑，从你的文件里找到了真的配方组合。跟你说话之前五个小时我就已经拿到了我需要的东西。”

“那么你为什么没让麦克斯立即进行扩散?”艾琳问道。

“我决定等你给我，因为我已经告诉凯尔你是关键，我不想再跟他解释。我必须得说，你给我错误信息的时候我非常吃惊。”他摇了摇头，“但是别搞错了。你可怜的欺骗行为没有任何效果。你们一离开通话现场，我立即就把正确配方给了布尔加特。所以我释放的这种病毒将会完全达到预期效果。”

汉森发现自己竟无言以对。艾琳的最后杀招也毫无用处。

艾琳的表情从愤怒变成了冷静，就像是不想让蜂窝满足地看到她被打倒的样子。她耸耸肩。“那又怎么样?反正三万年以后你们横扫地球的时候我根本都不在人世了。而且，治疗好了这些心理变态者，你还让我们省事儿不少。你技高一筹。我计较这些干吗。”

“哦，这还不是全部，”德雷克说道。“现在我完成我的主要任务，我暴露了，我用这个宿体来尽可能多地消灭你们也没有什么损失。这是一个机会，看看富勒和地球上的保鲜膜人到底有多厉害的好机会。我必须得说，从这次行动来看，一定也不怎么样呀。他们把你当作死间，然后盲目地跟着一辆空卡车。也许我高估了你们物种的潜力。你已经没有了反抗能力，这也没有关系了。但是我敢打赌接下来的几年我至少可以消灭你们一半的人类，在我的宿主被消灭之前。”他怒视着艾琳，“你现在在乎了吗?够不够普遍?够不够切肤之痛?”

“但是为什么?”艾琳问道。许多年前，当心理辅导师把她从她父亲的宠物诊所抱出来的时候，她也是这样问道。“为什么你们要消灭其他所有的智慧生物?”

“因为只有我才是重要的。其他不是我的东西或者不能作为燃料的东西都是废物，是真实生活、真正智慧的无力的复制品。我们终将统治整个星系，然后几万亿年后，整个宇宙。”

德雷克忘情地诉说的时候，艾琳已经慢慢地一步一步挪到了倒在她身前的雇佣兵旁边。

“我现在得走了。”外星人对艾琳说道，“但是我想要你在死之前知道你完败得有多彻底。你的失败会让你几十亿的同胞在短期内被消灭，被毁灭，这也是我来到这里的使命。”他失望地摇摇头。“唯一遗憾的是要这么快把凯尔·汉森也杀了。”他加了一句， “他可以继续当我的爪牙。”德雷克耸耸肩，“好吧。”

又一次，德雷克的表情没有任何改变，但是汉森的大脑已经被疼痛信号淹没，几乎要吞没他的整个身体。这就好像是他脑袋内部有喷火器一样，就像是数万只红蚂蚁要将他身体里的每个细胞撕成碎片。

他尖叫着跌落在地上，就像刚刚那些人一样，比他想象的还要来势汹汹痛苦万分，还有恐惧。深深的、慢慢渗透的、足以让你失去反抗能力的恐惧，伴随着痛苦。他发现自己在求死，只求任何能够结束这一巨大痛苦的方式。最后，他的意志应了这个要求，他晕了过去，完完全全跌在了光滑的地板上。

同时，艾琳也跪了下来。因为剧痛，她的眼里噙着泪水，比她以往经历的任何疼痛都要更加强烈。但是没有害怕。她以前感到过强烈的恐惧，但是在她进入青春期以前她就已经熟知了这种绝对的害怕。

她努力想要保持清醒。尽管她成功做到了这点，蜂窝还是继续对她大脑中的恐惧中心施加压力，试图使她失去行动能力。当蜂窝意识到她还没有失去意识的时候，她又感到一阵剧痛，比第一波还要强烈的剧痛。她从自己几乎都要闭上的眼睛里看到德雷克走向失去意识的凯尔·汉森，捡起了一把刚刚杀死了其他人的枪。

艾琳想要去阻止，但是她动不了。恐惧和痛苦太强烈了。

她的父母和她的漂亮的妹妹安娜浮现在了她的脑海里，艾琳知道没有任何恐惧、任何痛苦能够与失去他们后的软弱相提并论，现在失去凯尔·汉森更是如此。她不会允许历史再次重演——这次不行。

德雷克举起了枪，落在了汉森的前额上。

凭着最后意志力的大爆发，艾琳冲破了受制于恐惧的身体束缚，朝前扑向地上，拿着吉布的枪，上满膛，她朝外星人开枪，打光了弹夹里的所有子弹，把外星人打成了真正的马蜂窝，倒在了原地，手中的枪毫无攻击力地滑落在地上。

“不会再有意外发生了，”她用尽最后一丝力气讲道。

说完，艾琳·帕尔默倒在了冰冷的车库地板上，失去了知觉。

49

凯尔·汉森眨动了几下眼睛，最后终于看清了这个世界。他意识到自己躺在床上——他完全不知道这是哪儿。艾琳·帕尔默坐在他旁边的一把椅子上，正用平板电脑在看书。他微微动了一下头，她立马就察觉到了，她朝他扑了过去，用尽她的全力，但又温柔地抱了抱他。

她微微起身，然后热烈地吻着他的唇。“你终于醒了。”她兴高采烈地说，“感觉怎么样？”

“我昏迷了多久了？”

她看了看手表。手腕上还缠着绷带，不过她看起来气色不错。衣着干净、神色自然，“二十个小时。”她回答道。

汉森环顾了一下四周，“我们安全了吗?”

“非常安全。”

他把一只脚放到床的一边，坐起来面对着艾琳，“我感觉这一幕发生过一样。”他说道，“多少次我晕了过去，肯定必死无疑的时候，醒来第一眼见到的就是你?”

“那个嘛，”她回答道，咧开嘴笑着，“我觉得你这一生已经经历了两次了，你觉得呢?”

汉森大笑道，“好吧，快告诉我你是怎么让我们俩脱险的?”他说道，“这次换个套路，告诉我真相。我不想让你觉得只要我昏过去挺长时间，你就可以跟我撒谎。”

艾琳点点头。“我会记住的。发生的事情就是我捡起了吉布掉在地上的枪——朝那个可恶的外星人开枪。不是德雷克，是蜂窝——你知道的。”

“但是你怎么做到的？吉布和亚林司盖可都是硬汉呀，都撑不过那种程度的恐惧和疼痛。布尔加特和我像纸牌屋一样就倒下了。怎么你一个女孩子能够在这些方面这么出色呢?”

“嗯，”艾琳调皮地笑着，“我就是想让你知道我是超女，不过我确实有合理的解释。”

汉森期待地望着她。

“我作弊了。”

“别这样啦。”

“我作弊了。我告诉过你我必须要删减一些我和富勒见面的细节。这样德雷克就不会听到。现在让我来告诉你。富勒很吃惊，蜂窝居然不会刺探我的意志来直接拿到配方。蜂窝知道它能够控制人类，但是富勒惊讶它居然没有费点力气溜进你的大脑中去获取这点信息，这样可比控制整个人简单多了。”艾琳顿了顿，“这让我豁然开窍。”

汉森眨了一下眼睛，等着她接着说。

“它肯定试过。那天晚上我在旅馆里突然尖叫着醒过来。那种痛苦是强烈的——一定是蜂窝——试过但是失败了。”

汉森缓缓地点着头。“这合理得恐怖了。”他说道，“那是我听过的最惨的尖叫。你说过你记不得自己做过任何噩梦。”

“确实如此。富勒说他们怀疑当蜂窝想要进入某个人类的大脑时，我们的大脑会自动屏蔽它，但是它的进入尝试会击中我们大脑的恐惧和痛苦中心，德雷克就是这样在尤马逃脱的，富勒最出色的四个手下经历这样高级别的疼痛都晕了过去。”

汉森叹了一口气，“有趣，”他说道，“我突然很容易就能想象到是什么样子了。”他停了一下，“那这么说，你就有了提前准备。但是我还是不明白提前知道能够让你作些什么准备。”

“提前预警就是提前准备好了。”艾琳说道，“你不会认为给我注射的真的是血糖素吧，对吧？你不会真的以为我是糖尿病患者还瞒着吧？”

“现在想来，”汉森说道，“我当时是觉得挺奇怪的。所以你是装的糖尿病哦？”

“是的。我们被困住了。紧急时刻。德雷克知道我给了他错误的配方，然后发现了窃听器和跟踪装置，情况就变得非常糟糕了。我真的是想着靠富勒和他的人来解救我们。但是吉布搜了我的身，把富勒给我的应急注射器拿走了，那可是在紧急时候救命的。”

“那里面是什么？”汉森问道。

艾琳又咧嘴而笑了，“是吗啡，量足够大。”她加了一句。“我告诉过你我作弊了。即使是用了足够放倒一群水牛剂量的吗啡，那种痛苦还是超过了我曾经经历的所有痛苦。我都不敢想，你经历了多大的痛苦。即使有了吗啡的帮忙，我还是差点没能摆脱痛苦和恐惧朝德雷克开枪。”

汉森赞赏地点了点头。他还奇怪呢，为什么她能够那么冷静地故意割破手腕，刮掉自己的一层皮逃出来，现在知道原因了，是吗啡。

“太意外了，”他说道，“不过这不会掩盖你一点点的光芒，艾琳。吗啡被拿走，德雷克又在监听，你想出假装糖尿病这一招，让我帮你拿到注射器就是很了不起了。实际上，你的机智让我们活了下来，我所受的痛苦跟这比起来根本不值一提。”

“谢谢。我知道为什么这么喜欢你了。”她说道，然后向前趴上去亲吻了他。

“别误解了我的意思。”汉森说道，“我很高兴活了下来。我还计划要带着你实现你的诺言，让我的生活丰富起来。但是我们败了。人类被拔去了‘尖牙’，我知道这不会影响我们或者我们孩子，或是我们孩子的孩子。但是没有了我们更加成熟但是又无情的后人领导的十七大星系，蜂窝最终会是这场战争的赢家。”

艾琳笑得更加灿烂了，她看起来那么高兴，让汉森都觉得她可能会飘起来，“不会的，我觉得我们赢了。”她说道，“我们完胜。”

凯尔盯着她，“好吧，这次我又猜错了什么？”

“富勒知道如果跟敌人正面交锋没有任何计划可以获胜。而且不对每个基地都进行两遍搜索的风险太高。所以他必须确保没有其他任何干扰因素。这样即使德雷克最后得手了，知道我给了他假配方，我们还有备选计划。你猜是什么？”

汉森双唇紧闭，想了许久，还是一无所获，他摇摇头。

“我对他的 DNA 合成器动了手脚。”艾琳高兴地说道，“跟富勒以及他的人讨论了很久，我们想了一个法子。我一直计划在德雷克释放病毒之前就要测试一下病毒。我们俩还为此讨论过。你解释了你已经亲自检查了将要使用的设备，超级序列魔力。明显的，要确保病毒完好，我必须亲自上网。”

汉森好奇地睁大了双眼，“太聪明了，”他说道，“也就是说你上网查询德雷克的病毒的时候，你让他的DNA合成器染上了计算机病毒。”

“挺厉害的对吧。我和你飞回图森，在桥下那些事儿，最后开车到科罗拉多，富勒的人一直都在忙。他们深夜叫醒了为超级序列魔力写程序的工程师。国家安全部什么的。他帮助他们绕过了他自己写的防火墙然后修改了程序。他们还设计了一个假的网站让我访问——可以——检测病毒。这个网站在假装检测病毒是否致命的时候，就乘机破坏了合成器。那么它在生成DNA序列的时候就会加入错误的碱基对，但是在检查序列的时候会显示已经插入了正确的碱基对。”

“难以置信，”汉森说道，“但是既然你要破坏合成器，你干吗还要给德雷克错误的配方?”

“任何干扰。万一计算机病毒没有起作用呢?或者麦克斯坚持让我们下载序列到另外一台计算机上网呢，而不是超级序列魔力?富勒把这叫做‘皮带背带’战略。”

汉森大声笑了出来，“我想这就是你说的，要是说到弄虚作假没有哪个物种比得上我们人类。我没有记错吧?”

“我就是这么说的。我的故事还没说完呢。因为富勒决定要试试谍中谍。只是赢还不够。只是阻止了蜂窝驯化我们还不够，把它从保鲜膜人宿主身上赶走，他还想让蜂窝觉得它自己赢了。”

汉森脸上再一次浮现出疑惑的表情，“我们做到了是不是?离这里五万八千光年，蜂窝已经把我们从未来威胁的名单上抹掉了。”

“没错，尽管事情并没有完全按照最初预想的发展。我们最初料想的是德雷克会相信我给他的信息，并不会怀疑我。我会在他身上装上追踪系统。富勒能够让德雷克释放已经被破坏的病毒，连感冒都不能引起的病毒。蜂窝会认为它已经赢了，几天以后，富勒会进去把德雷克弄出来。没有按照这样计划的进行，但是我们还是达到了目的。”

“现在蜂窝不再管我们了吗？”

“是的。保鲜膜人认为这种试探性的远征，远距离控制另外的意志是需要耗费巨大能量的。他们认为蜂窝可能在很长很长时间内都不会再浪费它的精力来管我们了。一旦保鲜膜人建立起比光速还要快的传输设备，他们就会向十七大星系报告，提醒他们警戒可能的渗透。他们的科技没有蜂窝的科技先进，但是还是比较先进的。他们会找到更好的方法来防止他们的人被蜂窝渗透，他们也会提高警戒。从今以后他们不会再降低这样的警戒了。”

汉森点点头。“干得漂亮，艾琳。”

“是富勒一手策划的啦。”艾琳谦虚地说道。

“真的吗？”汉森说道，“因为好像你拯救世界的时候，再一次救我的时候，富勒正追着开往旧金山的货车去了。”

“嗯，从技术上来说，第一次我救你是假的，所以那一次不算。”

汉森哈哈大笑起来，“说得对。我想你就救过我一次。”他停了一下，“这是好事儿，因为我怎么谢你也不够。”他的声音温柔而发自心底，他的身体语言也说明了不只是感激，更是仰慕。

“不用谢。”艾琳轻轻说道，基本上是羞怯着说的。

汉森深吸了一口气，“我们现在到底在哪里？不知道为什么，我觉得是棕榈泉。”

“猜对了，我们就在棕榈泉。我们俩都被邀请加入富勒的团队。好玩吧？”

汉森扬起了眉毛，“也许吧，”他说道，脸上露出一脸坏笑，“工作不会无聊吧？”

“我得说……不会，我觉得会很有趣的。我还可以向你保证提供一位有爱心的同事，不会在意你的头发会花上几个月长出来。”

“很高兴听到你这么承诺。”

“我们的起薪将会是每年 30 万。因为他们是不允许雇佣重刑犯的，我们获得总统赦免我们到目前为止所犯的任何罪刑。”

富勒头一天晚上告诉了她赦免的事儿，在等凯尔醒来的时候，她花了不少时间回想最近发生在她生活里的这些事儿。她还是感到内疚，因为进行了非法的实验，引起了三个犯人的死亡。没有任何赦免能赦免她的内疚。

但是如果她决定投身于帮助保鲜膜人一起让人性平稳过渡它的青春期，帮助十七大星系更好地理解与心理变态者类似的蜂窝，这大大缓解了她的负罪感。

除了赦免，富勒还保证恢复她在亚利桑那大学以及整个西南地区的清誉。他们会再次登出照片解释误会。她可以继续完成她的博士学位，如果美国总统亲自跟波兰德主任电话交涉的话。

她等不及想要见丽莎·雷纳。她已经准备好了要给这支队伍增加一个历史学博士，等丽莎获得她的学位的时候。富勒正在着手准备披露十七大星系的事情。如果这一切真的发生了，那么有人把保鲜膜人电脑上的几万年的星系文明编撰成书将会是多么伟大的事情。可能就编撰成精彩的大百科全书吧。艾琳不知道她能不能说服富勒接受她的建议，或者丽莎会不会感兴趣。不过她最大的优点就是固执，她会全力尝试的。

她觉得关于人类心理变态者的课题还是依然……复杂的。她现在可以继续完善她的能够探测到心理变态者的仪器，当然只能是他们内部使用。但是她以前是想永远治愈这样的人，是不希望有这样的事情继续发生。是的，她现在认识到这样做是邪恶的——真正的邪恶——因为对这些素质加以控制有助于激发人类的创造力。但是带给人类的痛苦的这一代价也将会是巨大的。

她想起了她的父母和小安娜——他们会赞成还是反对她的行为？现在无从得知了。

但是如果他们并不是白白受了折磨和不是白白早逝呢？她愿意用全世界换他们回来，即使一天也好，她要把那一天发生的一切都抹去。但是如果不是这次悲剧，她不会选择这个专业，也不会得到这个帮助阻止蜂窝的职位。德雷克会利用其他的研究者，也许他会成功。

如果她的家人一定要以这样残酷的方式死去，也许她可以得到一点点慰藉，从某种意义来说，因为他们的死决定性地改变了整个星系未来的命运。她并不是佛教中的因果论者，某件事有更崇高的目的，特别是像这样一件冷酷无情的事情。但是她真的能完全放下吗？也许不能。

又或许萌生这样的想法就是另外一种让她感觉好些的方式，对治疗配方置之不理，背叛她家人的记忆。

想到所有跟心理变态者和她家人相关的事情，她知道不会有简单的答案。这些是一直困扰她的事儿，而且会继续保持……难解。

但是艾琳突然想到还有另外一种可能。她现在明白了为什么这一组能够是个人成为恶魔的基因要保留在整个人类基因中。但是有没有一种方法把这些基因留在心理变态者的生殖细胞中——确保他们能够一直遗传下去保持人类的优势——同时并扩大它的负面影响？不是那些只有一部分基因的人，而是那些拥有所有八条基因的个人。人类现有的科技和药物水平还远远达不到这一点。但是十七大星系在基因遗传工程方面领先人类几万年。是的，这是非常复杂的工程，甚至超出了他们的能力范围。不过也许不是呢。艾琳决定一定要想出办法来休息，先是地球上的保鲜膜人，然后是十七大星系。即使这样的奇迹在接下来的几代人都不能完成，也不能有丝毫松懈。

但是她以后还有的是时间来慢慢考虑。现在，她只需要对她已经做成了的事情感到欣慰就行了，她人生的新旅程即将开启，最后让浪漫融入她的生活。

“30万年薪还有总统特赦。”凯尔·汉森重复了一遍她的话，和她面对面坐在床上。“听起来很有诱惑力呀。特赦包不包括从亚利桑那大学书店里偷了一个书包、两件T恤还有两顶帽子?”

“当然包括了。”艾琳答道，“我坚持的。还包括买了一辆黄标车，污染了市容市貌。”

汉森笑了起来，“这样的话，我就接受这份工作了。”他高兴地说。“但是我还有一个疑问。我们单独在车库的时候，我记得我听到你说你某天爱上我了。我没有听错吧?”

“什么?”艾琳说，假装听不懂，“一定是你自己的幻觉。我是说，这太疯狂了。我好像才认识你，二十秒钟吧？我觉得以后五年十年指不定发生什么事儿呢。但是我，我觉得让我爱上一个讨厌的，还打不过坐在轮椅里的九十岁老太太的计算机物理学家好像很荒诞。”艾琳咧嘴大笑，“不过既然你提出了。”她加了一句，“我好像听过你说过类似的话。”

汉森从床上站了起来，灿烂地对她笑着，“我猜我们当时都压力太大了。”他打趣地说道。“想象一下，那个时候我们两个可能都产生了幻觉。”他停了下来，扬起了眉毛，“但是我有一个办法。看看我们的关系能不能升华到更高的……高度。要是我同意把我的感情状态改成有伴侣？”

“哇。开的条件不错。我知道你的感情状态对你来说很重要。”艾琳摸摸下巴，好像在作什么艰难的抉择，在仔细考虑，努力让自己不笑出来。

那一刻，她觉得自己现在是成年以来感到最兴奋的时刻。她突然意识到不论蜂窝多么强大，它都不可能体会到关心除了自己以外的他人的快乐，或者被人关心的快乐，或者是为别人牺牲的快乐，或者是被冲昏了头的快乐，又或是恋爱的快乐。

这些可能是人类软弱的根源，也可能是人类灵感和力量的源泉。

“我答应你的条件，凯尔·汉森。”她最后说道，融化在他的怀里，热烈地吻着他。

在她完全被热情吞没之前，在她的理性中心向热吻的感觉经验彻底缴械投降之前，她最后的想法就是为蜂窝感到遗憾。

本书中涉及英制单位换算公式如下：

1英里＝1.609千米	1磅＝0.454千克
1英尺＝0.305米	1码＝0.914米
1英寸＝2.54厘米	